JOHN BUDE
war das Pseudonym von Ernest Carpenter Elmore (1901-1957), der mehr als dreißig Kriminalromane verfasste. Elmore war Mitbegründer der britischen Crime Writers' Association und arbeitete als Produzent und Regisseur am Theater. Der Roman »Mord in Sussex« aus dem Jahr 1936 erscheint hier zum ersten Mal auf Deutsch.

EIKE SCHÖNFELD
Jahrgang 1949, übersetzt seit über 30 Jahren englischsprachige Literatur, darunter von Nicholson Baker, Charles Darwin und J. D. Salinger. Er wurde mehrfach ausgezeichnet, unter anderem mit dem Preis der Leipziger Buchmesse.

John Bude

MORD IN SUSSEX

Aus dem Englischen von Eike Schönfeld

Mit einem Nachwort von
Martin Edwards

KLETT-COTTA

Klett-Cotta
www.klett-cotta.de
Die englische Originalausgabe erschien 1936 unter dem Titel
»The Sussex Downs Murder« bei Skeffington & Son, London.
2015 wurde der Roman von der British Library,
London, wiederveröffentlicht.
© 2015 by Estate of John Bude
Nachwort © 2015 by Martin Edwards
Für die deutsche Ausgabe
© 2021, 2023 by J. G. Cotta'sche Buchhandlung
Nachfolger GmbH, gegr. 1659, Stuttgart
Alle deutschsprachigen Rechte vorbehalten
Printed in Germany
Cover: ANZINGER UND RASP
Kommunikation GmbH, München
unter Verwendung eines Fotos von
© NRM/Pictorial Collection/Science & Society Picture Library
Gesetzt von Dörlemann Satz, Lemförde
Gedruckt und gebunden von CPI – Clausen & Bosse, Leck
ISBN 978-3-608-98714-0

INHALT

Kapitel 1 • Die Eröffnung eines Problems 9

Kapitel 2 • Knochen 24

Kapitel 3 • Noch mehr Knochen 39

Kapitel 4 • Die Tante in Littlehampton 57

Kapitel 5 • Der Mann mit dem Umhang 70

Kapitel 6 • Eine neue Sicht auf den Fall 83

Kapitel 7 • Sackgasse 101

Kapitel 8 • Geständnis 113

Kapitel 9 • Maschinenschrift 126

Kapitel 10 • Untersuchung 144

Kapitel 11 • Das dritte Problem 164

Kapitel 12 • Der Mann mit dem zweiten Gesicht 178

Kapitel 13 • Der Mann mit der Sonnenbrille 190

Kapitel 14 • Brook Cottage 201

Kapitel 15 • Der mysteriöse Mieter 214

Kapitel 16 • Sichtung der Indizien 231

Kapitel 17 • Der Höhepunkt........................ 249

Kapitel 18 • Rekonstruktion des Verbrechens 264

Kapitel 19 • Die Eröffnung eines Problems 283

Nachwort von Martin Edwards 285

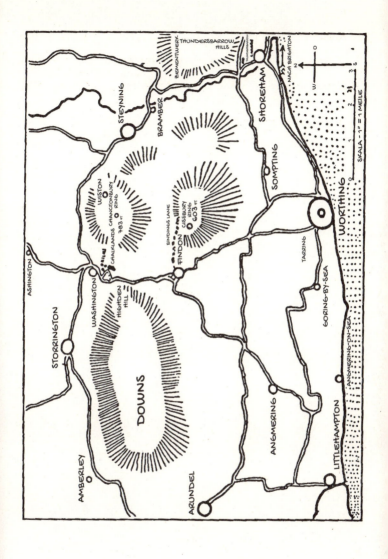

Kapitel 1

DIE ERÖFFNUNG EINES PROBLEMS

Jener Teil der Sussex Downs, in dem unsere Geschichte spielt, wird vom Chanctonbury Ring beherrscht. Diese ovale Haube aus mächtigen Buchen sieht man an schönen Tagen von nahezu jedem Punkt der kleinen Gemeinde Washington aus. Wie viele Dörfer hat es zwei Straßen, zwei Pubs, zwei Kramläden, eine Schmiede, einen urigen Teeladen und eine Buslinie. Obwohl die Gemeinde von der Fernstraße Worthing-Horsham durchschnitten wird, hat sie sich, dem Fortschritt zum Trotz, all jene lokalen Eigentümlichkeiten bewahrt, die im alten Feudalsystem wurzeln. Im Herrenhaus lebt noch immer ein echter Landedelmann, angesichts dessen sich das Grüppchen Müßiggänger vor dem Chancton Arms, gleich welcher politischen Überzeugung, instinktiv an den Hut tippt; und das Wohl der Kirche ruht in den konservativen Händen von Reverend Gorringe, einem typischen Pfarrer, wie er in den Romanen Trollopes zu finden ist. Das alles bestimmende Gesprächsthema ist der Landbau, und die meisten kräftigen Männer geben sich dem Pflug hin wie Kätzchen der Milch. Innerhalb der Gemeindegrenzen liegen Höfe verstreut, deren Besitzer seit Generationen denselben Namen tragen.

Chalklands, das lange, niedrige, unterhalb des Rings gelegene Bauernhaus, wurde seit drei Generationen von den Rothers bewohnt. Das obere Ackerland ging nahtlos in die kurzrasigen Hänge der Downs über, auf denen John und William Rother, die derzeitigen Bewohner, ihre Shorthorn-Rinder weideten. Die Rothers hatten nicht immer auf Chalklands gelebt. Vor dem Schwund eines beträchtlichen Teils ihres Vermögens hatten sie das Dyke House besessen, und etliche von Johns und Williams Ahnen lagen in einer Gruft bei der Washingtoner Kirche begraben. Aufgrund von Familienporträts wurde behauptet, John Rother sei seinem Urgroßvater Sir Percival Rother, der im Nordzimmer von Dyke House verstorben war und den letzten verbliebenen Platz in der Gruft eingenommen hatte, wie aus dem Gesicht geschnitten. Seit jenem Ereignis hatten sich die Rothers mit einem Bauernhaus sowie einem Rechteck guter Erde auf dem Kirchhof begnügt.

John und William waren Brüder, was Fremde verblüffte, da sie bis auf ihre Herkunft scheinbar keine Gemeinsamkeiten aufwiesen. John war rau, aber herzlich, ein stämmiger, ziemlich lauter, plump-vertraulicher Typ von rötlichem Teint; William dagegen war schmal, hoch aufgeschossen und empfindsam. John war praktisch veranlagt, William phantasievoll. John war zufrieden damit, den Hof zu bestellen, wie es schon sein Vater und sein Großvater vor ihm getan hatten; William, der jüngere der zwei Partner, war ein experimentierfreudiger Theoretiker. So war es nur natürlich, dass sich zwischen den Brüdern ein gewisser Antagonismus herausgebildet hatte. Und das Dorf hatte schnell mitbekommen, dass diese Misshelligkeiten nicht geringer wurden, als William unvermittelt Janet Waring heiratete, die Tochter eines pensionierten Obersts, der unlängst in East Grinstead verstorben war. Wäre es um Williams Finanzen besser bestellt gewesen, so das Gerücht, dann hätte er seine Frau nicht nach Chalklands gebracht. Doch John war der Kapitalist des Betriebs, und William musste sich dem anbequemen.

Die Rothers waren bei ihrem Einkommen nicht allein auf die Landwirtschaft angewiesen. Sie brannten auch Kalk. Hinter dem Haus befand sich ein großer weißer, gut zehn Meter hoher hufeisenförmiger Kreidesteinbruch, in den sich die Grabenden mit ihren Pickeln unablässig weiter hineinfraßen. An einer Seite des Bauernhauses standen drei Kalköfen, deren cremefarbener Qualm durch einen Buschgürtel strudelte und noch vor Erreichen der Kieszufahrt verwehte.

Am 20. Juli 193-, einem Samstag, stand ein Hillman Minx vor der langen Veranda, die mit weißem, über die unteren Fenster des Hauses hinausragendem Gitterwerk versehen war. Vor der Haustür redete John, einen Koffer in der Hand, mit Janet und William.

»Es ist also sinnlos«, sagte er, »mir Post nachzuschicken, bevor ich in Harlech angekommen bin. Ich könnte die Fahrt jederzeit unterbrechen. Wenn ich Urlaub mache, will ich mich nicht an eine feste Route binden.«

Janet lächelte. »Genau wie ich, John. Hast du auch alles eingepackt?«

John nickte, setzte eine Tweedmütze auf, gab Janet einen Kuss auf die Wange und hielt William die Hand hin.

»Also, Will, du hast gut zu tun die nächsten drei Wochen. Vergiss nicht Timpsons Bestellung für die anderthalb Yard und auch nicht Johnsons Ladung für Dienstag. Sieh zu, dass er auf Zack ist, Janet, und nicht immer bloß rumtheoretisiert.

Du weißt ja, Will, Baukalk kriegt man nur, indem man Kreide brennt. Na, dann Wiedersehn.«

William nickte und murmelte etwas Konventionelles von einer schönen Zeit, die John sich machen solle, wobei er dessen Affront wie üblich überhörte, da er wusste, dass sein Bruder immer enttäuscht war, wenn er den Köder nicht schluckte.

»Genug Benzin?«

»Zwanzig Liter, danke – in einem sauberen Tank. Ich will den Verbrauch prüfen.«

»Schön – und in Harlech bist du ...?«

»Mittwoch, allerspätestens«, sagte John und setzte sich ans Steuer. »So lange musst du eben warten, falls du einen guten Rat brauchst.«

Nach mehreren lautstarken Abschiedsworten und viel Winken schoss der Hillman um die Kurve der Zufahrt und verschwand hinter einer beschnittenen Lorbeerhecke.

Im selben Augenblick trugen sich zwei weitere, damit nicht zusammenhängende Ereignisse zu. Die Gemeindeuhr schlug Viertel nach sechs, und Pyke-Jones, der bedeutende Entomologe aus Worthing, ließ sich, zufrieden seufzend, in der vegetarischen Pension namens Lilac Rabbit in einen Sessel sinken. Pyke-Jones war soeben von einem strapaziösen Streifzug mit Netz und Botanisiertrommel über die Downs bei Findon zurückgekehrt. An Wochenenden pflegte er im Lilac Rabbit abzusteigen, womit er Findon – ein Dorf ungefähr auf halbem Wege zwischen Worthing und Washington – zum Hauptquartier für seine beherzten Angriffe auf die heimischen Schmetterlinge und Käfer machte. Wie er so dasaß und zur Vorbereitung auf seine Abendmahlzeit, bestehend aus Nusskotelett, Salat und rohen Möhren, ein Tonicwater trank, konnte ihm kaum bewusst sein, dass John Rothers Abreise von Chalklands seine Pläne für den folgenden Morgen durchkreuzen sollte.

Ihm war kaum bewusst, als er am Sonntag, dem 21. Juli, morgens um neun Uhr aufbrach, dass er mitten hinein in eine Tragödie geriet. Der Weg nach Cissbury Hill führte ihn über ein gewundenes, sonnengebleichtes Sträßchen, das am Fuße der Downs verlief und schließlich auf einem einsamen Hof rund sechs Kilometer vom Dorf entfernt endete. Ungefähr auf halber Strecke dieses besseren Feldwegs entriegelte Pyke-Jones ein Eisentor, hinter dem die offenen Downs begannen, und machte sich an den sanften Anstieg, der dort mit wahllos verstreuten dichten Ginsterbüschen gesprenkelt war. Hundert Meter vom Weg entfernt stieß er zu seiner Verblüffung auf einen abgestellten Wagen. Jemand hatte ihn rückwärts zwischen zwei große Ginsterbüsche gefahren. Die ihm zugewandte Tür der Limousine stand offen, und etwas abseits davon lag eine Tweedmütze im Gras, mit dem Futter nach oben. Von Neugier getrieben schaute sich Pyke-Jones die Sache näher an, ziemlich verdutzt darüber, dass der Besitzer des Wagens so achtlos gewesen war, die Tür offen und seine Mütze auf dem Boden liegen zu lassen.

Nach wenigen Schritten blieb er jedoch abrupt stehen, stieß einen Schrei des Entsetzens aus und kniete sich hin. Die Tweedmütze war innen voller Blut! Auch auf dem Trittbrett des Wagens war Blut, ebenso auf der Polsterung des Fahrersitzes sowie auf dem Lenkrad. Die Windschutzscheibe wies an mehreren Stellen spinnwebförmige Bruchlinien auf, und der Boden des Fahrzeugs war mit Glassplittern von den zerschmetterten Anzeigen des Armaturenbretts übersät. Er wagte es nicht, die Mütze zu berühren, stattdessen erhob er sich und rief mit hoher, bebender Stimme:

»Hallo – ist da jemand? Ist jemand hier?«

Keine Antwort.

Zutiefst erschüttert und voller Angst, was sich da zugetragen haben könnte, zögerte Pyke-Jones einen Augenblick und überlegte, was er tun sollte. Dann zog er ein Notizbuch hervor, notierte sich hastig das Kennzeichen des Wagens und lief eilends zurück nach Findon.

Zwei Stunden später saß Superintendent Meredith, der unlängst von Carlisle nach Lewes versetzt worden war, mit William Rother in dem altmodischen Wohnzimmer von Chalklands.

»Es besteht kein Zweifel, Mr. Rother«, sagte Meredith gerade, »es ist der Wagen Ihres Bruders. Dass Sie die Mütze identifiziert haben, macht die Sache noch klarer. Haben Sie irgendeine Ahnung, wie der Wagen dorthin gekommen sein könnte oder wo Ihr Bruder jetzt ist?«

»Nicht die mindeste. Ich verstehe das nicht. Mein Bruder ist gestern Abend gegen sechs nach Harlech in Wales gefahren. Er hatte vor, unterwegs bei der einen oder anderen Sehenswürdigkeit haltzumachen. Sie sagen, der Wagen wurde an der Nordseite vom Cissbury gefunden?«

Meredith nickte.

»Kurz vor der Sackgasse, Mr. Rother, die auf Bindings' Farm endet – sechs Kilometer von Findon entfernt.«

William, blasser als gewöhnlich, litt ganz offensichtlich unter der Belastung der unerwarteten Ereignisse.

»Ja, das kenne ich. Aber warum John dorthin fuhr, ist mir

unbegreiflich. Sie sagen, die Polizei hat die Umgebung des Hügels abgesucht und keine Spur meines Bruders gefunden?«

»Keine. Auch auf Bindings' Farm hat niemand was bemerkt. Der Sergeant von Findon hat dort gleich Erkundigungen eingezogen. Selbstverständlich wird die Suche fortgesetzt. Man wird die übliche Vermisstenanzeige herausgeben, ich bräuchte also eine Beschreibung Ihres Bruders, Mr. Rother – Größe, Statur, Teint, Kleidung, auffällige Merkmale und so weiter. Könnten Sie mir da weiterhelfen?«

Nachdem alles notiert war, klappte Meredith sein Notizbuch zu und fuhr fort: »Ich weiß, dass das schmerzhaft für Sie ist, Mr. Rother, aber wir müssen uns leider den Tatsachen stellen. Können Sie sich aufgrund der vorliegenden Indizien denken, was wir vermuten müssen?«

»Eine Gewalttat?«

»Genau. Natürlich besteht auch die Möglichkeit eines Selbstmordversuchs, allerdings habe ich einen sehr gewichtigen Grund, diese Erklärung auszuschließen.«

»Der wohl vertraulich ist?«

»Leider ja, Mr. Rother. Wissen Sie, es gibt gewisse Hinweise, die die Polizei immer gern in der Hinterhand behalten möchte. Gegenwärtig weist alles auf einen tätlichen Angriff hin. Wobei sich im Moment noch unmöglich sagen lässt, wann und warum Ihr Bruder überfallen wurde. Kennen Sie vielleicht jemanden, der ihn verletzt haben könnte? Irgendjemanden, der einen Groll gegen ihn hegte?«

Nach einigem Überlegen schüttelte William den Kopf.

»Ich glaube, mein Bruder war in der Gegend ziemlich beliebt. Bei seinen Privatangelegenheiten hielt er sich zurück.

Er hat mich nie richtig ins Vertrauen gezogen. Überhaupt waren wir kaum je einer Meinung – besonders was die Landwirtschaft betrifft.«

»Sie sind hier Partner?«

»Ja – auf dem Hof und auch bei der Kalkbrennerei.«

Meredith machte sich noch rasch ein paar Notizen, blickte dann auf und sagte nach kurzem Nachdenken:

»Ihnen ist bewusst, dass es in dieser Sache einen ziemlich verwirrenden Faktor gibt, Mr. Rother?«

»Ich verstehe nicht –«, begann William.

»Wenn wir davon ausgehen, dass Ihr Bruder überfallen wurde – wo ist er dann? Ein Verletzter würde nicht weit kommen, ohne Aufmerksamkeit zu erregen, zumal in einer ländlichen Gegend wie dieser.«

»Vielleicht wurde er ja gestern spät abends überfallen«, meinte William, »ist dann weggelaufen und irgendwo auf dem Hügel zusammengebrochen.«

Meredith schüttelte den Kopf.

»Das hatte ich anfangs auch gedacht, Sir – aber die Blutspur endet ein paar Schritte vom Wagen entfernt. Das ist doch ziemlich eindeutig, nicht?«

»Aber warum? Ich verstehe nicht ganz –«

»Es legt nahe, dass es einen zweiten Wagen gab und der Angreifer wahrscheinlich einen Komplizen hatte. Ihr Bruder muss wohl weggefahren worden sein, vielleicht bewusstlos, um ihn so weit wie möglich vom Tatort zu entfernen.«

»Aber aus welchem Grund denn, Mr. Meredith?« William war immer erregter geworden, während der Superintendent mit nüchterner Stimme den wahrscheinlichsten Verlauf der Tragödie nacherzählte. »Das ist doch alles so sinnlos! Warum hat man meinen Bruder überfallen? Und wer? Wie zum Teufel ist sein Wagen an den Fuß des Cissbury Ring gelangt, wo er doch unterwegs nach Harlech sein sollte?«

»Könnte ich diese Fragen beantworten, Sir, dann wären die polizeilichen Ermittlungen bereits abgeschlossen. Am plausibelsten scheint mir noch die Erklärung, dass er in einem zweiten Wagen weggefahren wurde. Entführung mit dem Ziel, Lösegeld zu erpressen.« Meredith lächelte schief. »Eine bedauerliche kriminelle Angewohnheit, die aus den Vereinigten Staaten importiert wurde. Doch das ist reine Theorie. Bislang deutet nichts darauf hin.«

Eine lange Pause entstand, in der William beklommen zu den Verandatüren schritt und auf den Rasen hinausstarrte.

»Sagen Sie, Superintendent«, fragte er, und es fiel ihm offensichtlich schwer, seine Gefühle zu verbergen, »wie stehen die Chancen?«

»Wobei, Sir?«

»Dass mein Bruder noch lebt?«

Meredith zögerte, zuckte mit den Achseln und antwortete dann mit dem ihm eigenen Bedacht: »Es ist noch zu früh, um etwas Definitives zu sagen, Sir. Sie stehen wohl fünfzig-fünfzig. In den nächsten vierundzwanzig Stunden, sobald die Beschreibung Ihres Bruders an die Polizeistationen weitergeleitet wurde, wissen wir vermutlich sehr viel mehr. Womöglich wird sie auch noch im Rundfunk durchgegeben, wenn während der nächsten Tage nichts ans Licht kommt. Bis dahin, Mr. Rother, würde ich mich an das alte Sprichwort halten: ›Keine Nachrichten sind gute Nachrichten.‹«

Er stand auf, nahm seine Schirmmütze vom Klavier und setzte hinzu: »Eines noch, Mr. Rother – wie war Ihr Bruder gestimmt, als er Sie gestern Abend verließ? Wirkte er bedrückt, ängstlich, nervös?«

»Nein – ich würde sagen, er war in ganz normaler Stimmung.«

»Worüber haben Sie geredet – etwas Besonderes?«

»Ach, nur über alltägliche Dinge – über Bestellungen von Baukalk, die ausgeliefert werden mussten. Ich erinnere mich noch, dass ich John gefragt habe, ob er auch genügend Benzin im Tank hat.«

Meredith nahm dieses Detail zur Kenntnis, grübelte und fragte dann unvermittelt: »Hat er diese Frage beantwortet?«

»Ja.«

»Und Sie erinnern sich, was er sagte?«

»Wortwörtlich. Er sagte: ›Zwanzig Liter, danke – in einem sauberen Tank.‹«

»Was wohl bedeutet, dass er den Tank geleert und mit exakt zwanzig Litern gefüllt hat?«

»Das stimmt. Es war ein Tick von ihm, bei langen Fahrten den genauen Verbrauch zu bestimmen.«

»Haben Sie eine Ahnung, was für einen sein Wagen hatte?«

»Ungefähr sieben Liter auf hundert Kilometer. Vielleicht weniger.«

»Danke«, sagte Meredith. »Nun will ich Sie nicht länger aufhalten, Mr. Rother. Sie können sich darauf verlassen, dass ich Ihnen die Ergebnisse unserer Ermittlungen sofort mitteile. Haben Sie Telefon?«

William nickte.

»Dann rufe ich Sie an, wenn sich etwas Neues ergeben hat.«

William ergriff die angebotene Hand und schüttelte sie herzlich.

»Danke, Mr. Meredith«, sagte er, während er ihn zur Tür begleitete. »Ich mache mir natürlich die größten Sorgen. Ihre Rücksicht ist mir eine große Hilfe. Ich weiß gar nicht, wie ich das meiner Frau erzählen soll. Sie müsste jeden Moment von der Kirche zurück sein.«

»Sie mochte Ihren Bruder?«, erkundigte sich Meredith, während er diplomatisch durch die Tür trat.

»Sehr«, sagte William trocken. »Sie hatten eine Menge gemeinsam. Eigentlich habe ich immer –« Er brach mit einem entschuldigenden Lachen ab. »Aber hören Sie, Superintendent, ich darf Ihre Zeit nicht mit Familiendingen verschwenden. Hier lang – nach links.«

Auf dem Rückweg nach Findon, neben seinem Fahrer sitzend, fand Meredith, dass die Befragung William Rothers wenig erbracht hatte. Er hoffte, der Vermisste werde binnen der nächsten vierundzwanzig Stunden auftauchen und damit einem ärgerlichen Routinefall ein Ende setzen. Momentan war der einzig originelle Faktor Rothers Verschwinden, und sollte er auftauchen, wären der Fall und das Rätsel automatisch gelöst. Wenn nicht – Meredith grinste vor sich hin –, aber das war ja lächerlich! Man konnte keinen einfach so verschwinden lassen wie ein Zauberer ein Kaninchen im Zylinder, lebend oder tot. Nein, Rother würde schon auftauchen und der Fall sich als der übliche »Tod durch einen wahnsinnigen Mörder« oder etwas Ähnliches entpuppen – ein kaltschnäuziges Verbrechen ohne jedes Motiv, wegen seines zufälligen Ursprungs desto unerfreulicher.

»Andererseits«, dachte er, »würde das nicht John Rothers Wagen am Fuße des Cissbury Ring erklären. Zwanzig Liter Benzin, ja? Genau. Das ist wohl das einzige verwertbare Indiz, das ich durch die Befragung erhalten habe.« Er wandte sich an den Constable am Steuer. »Fahren Sie mich doch noch mal zum Tatort, Hawkins. Können Sie einen Benzintank entleeren und den Inhalt messen?«

»Nichts leichter als das, Sir – wenn wir an der Tankstelle in Findon vorher zwei Zehn-Liter-Kanister holen.«

Dort wurden die Kanister in den Wagen gestellt, und anschließend bogen die beiden Männer von der Hauptstraße nach links in die Bindings Lane ab, wie sie bei den Einheimischen hieß, und fuhren den Fuß des Hügels entlang. Bei dem Hillman stand ein Constable Wache, um ihn herum hatten sich schon ein paar Gaffer eingefunden, zumeist Kinder. Es gab nichts weiter zu berichten, auch die Suche in der Umgebung hatte bislang nichts Neues ergeben. Hawkins löste eine Anschlussmutter an der Vergaserleitung und ließ das Benzin sorgsam in die Kanister ab.

»Die genaue Menge messe ich in der Direktion«, sagte Meredith. »Aber wie viel ist es ungefähr?«

»Etwa anderthalb Kanister, Sir«, sagte Hawkins.

Nachdem Meredith und der Constable dafür gesorgt hatten, dass der Hillman zur Findoner Tankstelle gebracht wurde, setzte er sich in den Streifenwagen und ließ sich zurück nach Lewes fahren – eine Strecke von rund vierzig Kilometern.

In seinem Büro machte er sich dann mit einem Messbecher daran, die Menge des Benzins aus Rothers Tank genau zu ermitteln. Er war gerade damit fertig, als der Chief Constable, Major Forest, nach forschem Klopfen an der Tür ins Zimmer gestapft kam. Er stapfte immerzu – ein brüsker, untersetzter, energischer kleiner Mann mit borstigem Schnurrbart und

Halbglatze. Obwohl stets kurz angebunden bis zur Grobheit, mochten seine Leute ihn, da sie seine beinahe schon dämonische Effizienz anerkannten.

»Hallo, Meredith. Was liegt an? Machen Sie denn nie Feierabend?«

»Die Rother-Sache, Sir.«

»Ach, die mit dem verlassenen Wagen. Ich habe Ihren Bericht auf meinem Schreibtisch gesehen. Schon eine Meinung dazu?«

»Noch nicht. Sieht mir nach einem Überfall aus.«

Major Forest pflichtete ihm bei.

»Und was zum Teufel treiben Sie jetzt gerade? Hier stinkt ja alles nach Benzin. Sie wollen wohl aus Protest gegen Überstunden das Revier abfackeln, wie?«

Meredith erklärte ihm, was er von William Rother in Chalklands erfahren hatte.

»Und – wie lautet das Ergebnis? Na kommen Sie schon, Meredith, nur nicht so oberschlau. Sie haben doch was rausgefunden.«

»Es sind ungefähr sechzehn Liter übrig, Sir. Rother hat Chalklands mit genau zwanzig Litern verlassen. Sein Wagen verbraucht etwa sieben Liter. Eine simple Rechnung ergibt also –«

»Schon gut! Schon gut!«, schnitt ihm der Chief das Wort ab. »Verschonen Sie mich mit Mathematik. Sie wollen mir also sagen, dass Rother rund fünfzig Kilometer gefahren ist, bevor er den Wagen unterhalb des Cissbury abgestellt hat?«

»Ganz genau, Sir. Und der direkte Weg von Chalklands ist ungefähr sieben Kilometer lang.«

»Was beweist?«

»Nichts, Sir.«

»Pff – das bringt uns ja sehr viel weiter.«

»Im Moment noch nicht. Später könnte uns das aber von Nutzen sein. Wissen Sie, Sir –«

»Ach Sie, machen Sie Ihre Arbeit nur weiter auf Ihre sture Art. Ihre Methoden habe ich noch nie verstanden. Sie sind gründlich, aber auch pingelig. Bei Details sind Sie wie so eine verflixte Frau. Aber ich mische mich da gar nicht ein. Das ist Ihr Fall. Wenn Rother nach drei Tagen noch nicht aufgetaucht ist, bringen wir seine Beschreibung von London aus ins Radio.«

»In Ordnung, Sir.«

Drei Tage später verkündigte eine nüchterne Stimme:

»Bevor ich die allgemeinen Nachrichten verlese, hier eine Durchsage der Polizei. Vermisst wird seit Samstag, dem 20. Juli, John Fosdyke Rother, Alter neununddreißig Jahre, Größe ein Meter siebzig, stämmige Gestalt, rötlicher Teint, Haare seitlich ergraut, blau-graue Augen, glattrasiert. Zuletzt trug Mr. Rother einen hellbraunen Anzug mit Kniehose, hellbraune Strümpfe und braune Brogues. Wahrscheinlich ohne Hut. Sein Wagen wurde am Sonntag, dem 21. Juli, wenige Kilometer landeinwärts von Worthing unterhalb des Cissbury Ring verlassen aufgefunden. Es wird angenommen, dass Mr. Rother mit Gedächtnisverlust umherirrt. Wer Informationen zu seinem gegenwärtigen Verbleib hat, möge sich bitte beim Chief Constable der Sussex County Constabulary – Telefon Lewes 0099 – oder bei der nächsten Polizeiwache melden.«

Das war am Mittwoch, dem 24. Juli.

Eine Woche später wurde John Fosdyke Rother noch immer vermisst, und der Superintendent war bei seinen Ermittlungen keinen Schritt vorangekommen. Entgegen Merediths vorherigem Spott hatte derjenige, der Rother überfallen hatte, offenbar das Unmögliche bewerkstelligt – das Kaninchen war aus dem Zylinder fortgezaubert worden.

»Und das«, dachte Meredith, »spricht kaum für das Werk eines wahnsinnigen Mörders.«

Vielmehr sah es ganz so aus, als hätte die Polizei es mit einem sorgfältig geplanten und raffiniert ausgeführten Mord zu tun, mehr noch, mit einem Mord ohne Leiche!

Kapitel 2

KNOCHEN

»Na, egal, was es ist, Mann«, sagte Ed apodiktisch, »eigentlich dürfte da gar nichts drin sein.«

»Ja, stimmt«, nickte Bill. »Lässt sich schlecht mischen, wenn da Brocken drin sind, die nicht im Kalk sein dürften. Verdirbt den Grus – erst recht den Mörtel.«

»Möcht sowieso mal wissen, was das überhaupt ist«, sagte Ed und hielt das fremdartige Ding hoch, das aus dem Kalksack in den großen Trog Sand gefallen war, in dem der Mörtel angerührt werden sollte. »Sieht mir ganz nach einem Stück Knochen aus, oder?«

»Menschenknochen«, ergänzte Bill in einer schaurigen Laune der Phantasie.

»Wohl eher Hundeknochen«, sagte Ed und warf den fraglichen Gegenstand auf einen Schutthaufen in der Nähe. »Jetzt steh nicht so rum – reich mal den Wasserkanister, dann mischen wir das Zeug.« Und mit einem vorwurfsvollen Blick: »Du mit deinem Menschenknochen. Was sind das denn für kriminelle Phantasien.« Dann, etwas heiterer: »Weißt du, Bill, solche Sachen – Überreste, könnt man sagen, die hat man auch schon an komischeren Stellen gefunden als in nem Sack ungelöschten Kalk. Ich hab mal von einem in Arundel gehört, der hat nen Menschenschädel in nem alten Kamin gefunden,

den er abgerissen hat. War'n Normanne, haben sie gesagt – weiß der Himmel, woher die wussten, was der arme Teufel war, bloß von seinem Schädel.«

Ed spuckte in die schäumende Kalkbrühe, die er gerade mit Wasser ablöschte, dann rührte sein Kollege Sand hinein. Sie legten das Fundament eines neuen Flügels, der an Professor Blenkings' »reizvollem Herrenhaus« an der Promenade von West-Worthing angebaut werden sollte. Dieser Herr, ein emeritierter Anatomieprofessor, schritt soeben vom Gartenhaus kommend, wo er sein Mittagsschläfchen beendet hatte, über den Rasen. Die lauten Stimmen der zwei Maurer lenkten ihn zurück zu der Erkenntnis, dass der neue Flügel nach monatelangen Streitereien mit seinem Architekten nun tatsächlich Gestalt annahm. Er fühlte sich umgänglich und folglich auch gesprächig.

»Tag, die Herren.«

Die beiden Arbeiter tippten sich grüßend an die Mützen.

»Tag, Sir.«

»Na, wie läuft's?«

»So gut's eben geht«, sagte Ed und zwinkerte Bill zu. »Aber mein Kumpel hier meint, er hat im letzten Packen Kalk, der vom Bauhof reingekommen ist, einen Menschenknochen gefunden.«

»Einen Menschenknochen!« Der Professor fingerte an seiner grünen Sonnenbrille. »Interessant. Sehr. Zufällig habe ich mich mein ganzes Leben lang mit Knochen befasst. Den würde ich mir gern mal ansehen.«

»Ich hab Sie bloß auf den Arm genommen, Sir. Das ist bloß der Rest von ner Hundemahlzeit, wenn Sie's genau wissen wollen. Ich hab ihn auf den Haufen da geschmissen.«

Der Professor folgte Eds ausgestrecktem Arm mit den Augen, trat einen Schritt heran, spähte hin und stieß einen scharfen Ruf aus.

»Großer Gott! Sehr außergewöhnlich! Ihr Freund hat recht. Das *ist* ein Menschenknochen.« Er bückte sich, nahm das Exemplar in die Hand und drehte es prüfend herum. »Ein ausgewachsener männlicher Femur. Und auch noch fast intakt. Höchst interessant.«

»Femmer?«, fragte Ed, schob die Mütze zurück und kratzte sich am Ohr. »Was'n das?«

»Ein Oberschenkelknochen – der längste Knochen im menschlichen Skelett.«

»Und wie zum Teufel kommt ein menschlicher Oberschenkelknochen in den Sack mit dem ungelöschten Kalk? Das würd ich gern wissen«, sagte Ed nachdrücklich und fügte düster hinzu: »Und das *sollten* wir auch wissen, Sir. Das sehn Sie doch, oder?«

»Ungewöhnlich ist es jedenfalls, da haben Sie recht.«

»Mehr noch, Sir – das ist mehr als das. Viel mehr. Sehn Sie das nicht?«

Ed war nun zutiefst aufgewühlt.

»Was soll ich sehen?« Der Professor war von der Vehemenz des anderen etwas verwirrt.

»Dass das ne Sache für die Polizei ist«, forderte Ed. »Vielleicht gibt's eine natürliche Erklärung dafür. Vielleicht auch nicht. Vielleicht ist der Femmer nicht zufällig in den Kalksack reingekommen. Vielleicht ist es ja –«

»Ja – vielleicht ist es Mord!«, schrie Bill, entschlossen, Eds dramatischer Enthüllung zuvorzukommen.

»Mord!«, rief der Professor ungläubig aus. Er hatte sich so

viele Jahre mit Menschenknochen beschäftigt, dass er fast vergessen hatte, dass Menschenknochen, mit Fleisch umhüllt, umherliefen, sprachen und atmeten.

»Ja«, nickte Ed. »Wenn einer einen kaltgemacht hat, dann muss er doch die Leiche loswerden, nich?«

»Also müsste man –«, begann der Professor, nun richtig verstört. »Sie meinen, ich sollte die Polizei verständigen?«

Ed sagte emphatisch: »Allerdings, Sir. Und zwar sofort. Wir wollen ja nicht, dass wir deswegen Ärger kriegen, stimmt's, Bill?«

»Dann rufe ich an! Ich rufe sofort auf der Wache an.« Und schon trabte der Professor zum Haus, den Oberschenkelknochen wie einen Schirm unter den Arm geklemmt. »Herrje! Mord. Höchst interessant.« Im Flur begegnete er der Haushälterin und hielt ihr den Knochen unter die Nase. »Das ist Mord, Harriet. Sagen die Arbeiter. Ich muss die Polizei anrufen. Wir wollen deswegen keinen Ärger haben.«

Zwanzig Minuten später befragte Sergeant Phillips von der Stadtpolizei Worthing die kleine Gruppe im Garten. Seine Fragen waren knapp und präzise. Fünf Minuten darauf hatte er alles Nötige beisammen und in sein Büchlein notiert. Die Männer arbeiteten für die Baufirma Timpson & Son in der Steyne Road. Sie hatten keine Ahnung, wo Timpson seinen Kalk einkaufte, aber Fred Drake, der Vorarbeiter, werde ihm weiterhelfen können. Der Professor erklärte, er habe den Knochen sogleich als einen Femur erkannt. Seiner Ansicht nach sei der Knochen an beiden Enden mit einer chirurgischen Säge durchschnitten worden, wahrscheinlich, um ihn vom restlichen Körper zu trennen. Er habe keine Ahnung, wie alt der Knochen sein könne, fest stehe aber, dass er zu einem männlichen Erwachsenen mittlerer Größe gehört habe. Natürlich sei es schwierig, die ursprüngliche Statur eines Mannes allein anhand des Knochenbaus zu bestimmen. Es sei nicht zwangsläufig so, dass der Femur eines dicken Mannes größer als der eines dünnen Mannes sei. Das alles sei eine ganz außerordentliche Sache – beispiellos, meinte der Professor, und er hoffte aufrichtig, dass der Grund für das Vorhandensein des Knochens in dem Sack kein Verbrechen sei.

Bei Timpson traf der Sergeant den Vorarbeiter am Wasserhahn an, wo er sich gerade die Hände wusch.

»Fred Drake?«

»Der bin ich.«

»Ich bräuchte mal eine Auskunft.«

»Schießen Sie los.«

»Der Sack Kalk, der heute Morgen zu Professor Blenkings' Haus an der Promenade geliefert wurde – wo kam der her?«

»Rother«, sagte der Vorarbeiter. »Rother in Washington. Kennen Sie die?«

Der Sergeant nickte. Mehr noch, er wusste auch vom Verschwinden John Rothers. Für ihn sah es ganz so aus, dass der Oberschenkelknochen, den er in Packpapier gewickelt unter dem Arm trug, der Grafschaftspolizei übergeben werden musste. Der Nebel lichtete sich schon. Fast instinktiv hatte er diese Verbindung gezogen.

»Wann ist diese Ladung reingekommen?«

»Gestern. Anderthalb Yard.«

»In Säcken?«

»Nein – unsere Leute füllen ihn je nach Bedarf in Säcke. Wir kippen ihn in den großen Schuppen da drüben.«

»Wurde davon noch mehr benutzt?«

»Nein.«

»Gut – dann sorgen Sie dafür, dass der Schuppen verschlossen und der Kalk nicht angerührt wird, bis wir uns wieder bei Ihnen melden, Mr. Drake. Zu gegebener Zeit wird man das Mr. Timpson vom Revier aus erklären. Danke für die Auskunft. Schönen Tag noch.«

Superintendent Meredith pfiff in den Hörer, als die Nachricht aus Worthing eintraf.

»Daher weht also der Wind, wie? Passen Sie auf, Sergeant. Ich komme gleich vorbei und hole den Knochen ab. Bis dahin lassen Sie den Kalkhaufen bei Timpson von einem Ihrer Leute durchsieben. Sollte noch mehr auftauchen, dann rufen Sie diesen Professor an und sagen ihm, er soll sich mit uns um achtzehn Uhr bei Ihnen treffen.«

Im Streifenwagen Richtung Worthing begann Meredith, Hawkins weitgehend ignorierend, seine Sicht der Dinge diesem neuen Aspekt anzupassen. Er hegte keinen Zweifel, dass der Oberschenkelknochen zu John Rother gehörte – es war vollkommen undenkbar, dass diese beiden außergewöhnlichen, ja sensationellen, mit den Rothers verbundenen Faktoren nicht in Beziehung zueinander standen. Ein Mann namens Rother wird an einer einsamen Stelle überfallen und getötet, seine Leiche vom Tatort weggeschafft. Rund zehn Tage später wird ein männlicher Femur in einer Ladung Kalk entdeckt, die aus den Rotherschen Brennöfen stammt. Die Ereignisse dazwischen ließen sich gewiss ungefähr wie folgt rekonstruieren: Der oder die Mörder sahen sich nach der Tötung ihres Opfers mit der Notwendigkeit konfrontiert, die Leiche loszuwerden. Zweifellos glaubten sie, dass es Tage, ja Wochen dauern würde, bis der verlassene Hillman an der abgeschiedenen Stelle unterhalb des Cissbury Ring entdeckt würde. Wenn sie die Leiche also bis dahin loswerden könnten, standen ihre Chancen, vor der Aufklärung des Verbrechens zu entkommen, womöglich auf den Kontinent, gut. Zweitens konnte die Leiche der Polizei Anhaltspunkte liefern, die der Mörder gar nicht bedacht hatte. Ließ man die Leiche jedoch verschwinden, dann gab es *ipso facto* auch diese Hinweise nicht.

Nun konnte man sich eines Leichnams auf verschiedene Arten entledigen, und manche waren wirksamer als andere. Man konnte ihn vergraben, in Säure auflösen, ins Wasser werfen oder verbrennen. Meredith gelangte zunehmend zu der Annahme, dass Rothers Mörder letzteres Mittel gewählt hatte. Der Leichnam war an einem sicheren Ort zerteilt worden, laut Professor Blenkings mit einer chirurgischen Säge, und dann waren Gliedmaßen und Rumpf entweder teilweise oder ganz in den Kalköfen von Chalklands verbrannt worden. Der Mörder hatte zweifellos beabsichtigt, die Identität seines Opfers zu verschleiern und die Knochen womöglich Stück für Stück zu verstreuen, wodurch das Verbrechen vielleicht nie entdeckt werden würde. Meredith mutmaßte, dass man Teile der zersägten Leiche während der letzten zehn Tage, sicherlich nachts, in den Ofen oder die Öfen gesteckt hatte. Da der Kalk an verschiedene Baufirmen im näheren Umkreis geliefert wurde, war es durchaus möglich, dass der eine oder andere Knochen in einer größeren Lieferung kein Aufsehen erregen würde. Der durchschnittliche Arbeiter würde sie für Tierknochen halten, und wäre der Professor nicht gewesen, dann wäre auch der Oberschenkelknochen mit dem Schutt weggeräumt worden.

»Im Moment noch reine Theorie«, sagte sich Meredith, »aber immerhin eine brauchbare Ermittlungsgrundlage.«

Während der Wagen durch die belebten Straßen Worthings rumpelte, wurde ihm klar, dass ein sofortiger Besuch in Chalklands dringend geboten war. Er wollte sich mit zwei Dingen vertraut machen – erstens mit der Methode des Kalkbrennens und zweitens mit einer vollständigen Liste der Bestellungen, die seit dem 20. Juli ausgeliefert worden waren. Unterdessen hoffte er, Worthing werde ihm etwas mehr Indizien liefern.

Er wurde nicht enttäuscht. Sergeant Phillips, Professor Blenkings und ein Inspector erwarteten ihn schon in dessen Büro. Auf dem Tisch lag ein Paket in braunem Packpapier.

»Und?«, sagte Meredith nach der Vorstellungsrunde, »hatten wir bei Timpson Glück?«

»Und ob«, erwiderte der Inspector. »Sehen Sie sich das mal an.«

Mit der Geste eines Verkäufers, der eine geschmackvolle Krawatte anpreist, öffnete der Inspector das Paket. Darin lag ein ganzer Haufen Knochen – große, kleine, dicke, dünne, gerade, gebogene.

»Mein Gott! Es besteht wohl kein Zweifel, dass das alles Teile eines menschlichen Skeletts sind, Professor?«

Der Professor trat vor und spähte durch seine Brille, die er nun anstelle seiner grünen Sonnenbrille trug. Nach einer raschen Prüfung schüttelte er den Kopf.

»Herrje, nein – an der Herkunft besteht kein Zweifel.« Er nahm zwei kleinere Knochen heraus und legte sie sich auf die flache Hand. »Sehen Sie sich nur mal die hier an, meine Herren. Zwei schöne Mittelhandknochen eines männlichen Erwachsenen. Und das hier«, er hielt ein anderes Teil hoch, »ist die obere Hälfte einer abgesägten Tibia. Und dieses sonderbare Ding da nennen wir Sesambein. Vielleicht wissen die Herren ja, wie der Volksmund dazu sagt, hm?«

»Kniescheibe«, vermutete Meredith mit einem Augenzwinkern zum Inspector hin.

»Sehr richtig«, strahlte der Professor, als beglückwünschte er einen Studenten zu einer unerwarteten Diagnose. »Eine menschliche Kniescheibe. Das ist ja wirklich eine umfassende Sammlung. Erst ein Femur, dann eine Tibia – ah, und da haben wir ein hübsches Stück einer Fibula, an die unser Sesambein anschließt. Mit anderen Worten, wir könnten beinahe ein gesamtes rechtes Bein von der Hüfte bis hinab zur Hälfte des Schienbeins erstellen. Hochinteressant, nicht?«

»Sehr interessant«, sagte Meredith trocken. »Und auch äußerst hilfreich, Sir. Einmal angenommen, ich könnte die ... nun ja, sagen wir, die fehlenden Teile des Puzzles beschaffen, könnten Sie es mir dann zusammenfügen, Professor?«

»Ganz gewiss. Ich könnte Ihnen ein richtig hübsches Skelett bauen, vorausgesetzt, Ihre Knochen gehören alle zum selben Erwachsenen.«

»Ob das bei denen da wohl der Fall ist?«, fragte Meredith rasch.

»Auf den ersten Blick würde ich sagen, ja – aber wenn ich sie mitnehmen könnte, dann könnte ich –«

»Tun Sie das. Und teilen Sie mir das Ergebnis so schnell wie möglich mit.«

»Spätestens morgen.«

»Schön. Würden Sie mich direkt anrufen? Lewes 0099.«

Wieder strahlte der Professor. »Das ist ja alles sehr ungewöhnlich, nicht? Herrje! Ich hätte nie gedacht, dass ich einmal zur Aufklärung eines Mordes beitragen würde. Höchst interessant. Höchst interessant.«

Woraufhin der Professor die Überreste einsammelte, den Beamten einen schönen Tag wünschte und ein Liedchen summend verschwand.

»Der alte Bursche wird noch nützlich sein«, lautete Merediths innerer Kommentar, als er die Polizeiwache verließ. »Sollten wir diese ›umfassende Sammlung‹, wie er es nennt, auch nur annähernd zusammenbekommen, wird es eine gerichtliche Untersuchung geben müssen. Aber wir bräuchten schon mehr als Glück, um die Identität des Skeletts festzustellen!«

Da es schon sehr spät war, beschloss er, Chalklands erst am nächsten Morgen aufzusuchen.

Es war kurz nach neun Uhr, als sein Wagen auf den Weg einbog, der von der Hauptstraße zum Hof führte. Wenig später hielt er vor der langen weißen Veranda. Eine junge Frau goss Geranien in Töpfen, die zwischen zwei riesigen Schiebefenstern stufenförmig übereinander standen. Beim Anblick des Wagens stellte sie die Gießkanne ab und ging zu dem Superintendent, um ihn zu begrüßen.

»Guten Morgen, Ma'am. Ist Mr. William Rother irgendwo in der Nähe?«

»Mein Mann? Ja, ich glaube, er ist irgendwo drüben bei den Brennöfen.«

»Danke, Mrs. Rother. Da ich keine Uniform trage, sollte ich Ihnen vielleicht erklären, dass ich Superintendent der Polizei bin und das Verschwinden des Bruders Ihres Mannes untersuche. Mein Name ist Meredith.«

Die Frau wirkte kurz erschrocken, dann sagte sie leise, wobei sie sich beklommen umschaute:

»Mein Mann sorgt sich wegen dieser schrecklichen Sache zu Tode, Mr. Meredith. Sie quält ihn richtiggehend. Auch wenn er wenig sagt, weiß ich doch, dass er unablässig an John denkt. Sagen Sie mir ehrlich – wie stehen die Chancen, dass John je wieder auftaucht, was glauben Sie?«

Meredith zögerte, musterte die aufgewühlte junge Frau eingehend und beschloss instinktiv, ihr ausweichend zu antworten.

»Das vermag ich Ihnen nicht zu sagen. Es sind schon Vermisste Jahre nach ihrem Verschwinden wieder aufgetaucht.«

»Aber mit solchen Verletzungen – da ist es doch kaum vorstellbar, dass er weit gekommen ist?«

»Wir wissen doch gar nicht, wie schwer er verletzt war, Mrs. Rother. Wie kommen Sie darauf? Ich habe Ihrem Mann gegenüber keinerlei Einzelheiten erwähnt.«

»Aber ... aber ich habe in der Zeitung darüber gelesen«, erwiderte die Frau, offensichtlich voller Unbehagen, dass sie ertappt worden war. »Da war von schrecklichen Blutflecken die Rede.«

»Pure Übertreibung.«

Meredith tat ihre Befürchtungen mit einem Achselzucken ab und nahm Mrs. William Rother genauer in Augenschein. Ihm fiel auf, dass ihre natürliche Schönheit durch die nachgezogenen Lippen und die dunklen Schmierer unter ihren hellen grauen Augen teilweise entwertet war. Offensichtlich war ihr Mann nicht der Einzige, der sich wegen John Rothers Verschwinden Sorgen machte. Sie war jünger, als er erwartet hatte – vielleicht fünf-, sechsundzwanzig, mindestens zehn

Jahre jünger als ihr Mann. Sie besaß eine Munterkeit – ihr größter Reiz, wie er fand –, die diesen hellen grauen Augen eine Vielfalt an Ausdrucksnuancen verlieh und ihrer jugendlichen Figur eine zarte Energie.

»Fein gezeichnet«, war Merediths innerer Kommentar. »Und mit einem Hirn hinter dem guten Aussehen.«

Laut fuhr er fort: »Können Sie mir sagen, wo es zu den Öfen geht?«

Sie kam ans Tor und zeigte es ihm.

»Dort – hinter den Büschen rechts. Da sehen Sie auch den Rauch aufsteigen.«

Meredith tippte sich an die Mütze und machte sich zu Fuß in Richtung der fetten weißen Qualmwolken auf, die sich nach und nach mit dem Wind verloren. Gleich hinter den Büschen stand er dann schon vor den Öfen.

Weites, flaches Land lag in der Ferne hinter der Naturmauer, in welche die Öfen eingelassen waren. Ein ausgedehntes, wenngleich tiefes Tal, von der nicht einzusehenden Landstraße durchschnitten, fiel vom Niveau des Hofes ab, um auf der anderen Seite zu dem baumgekrönten Höcker Highden Hill anzusteigen. Zur Rechten hin, zwischen den Grüppchen der Sommerbäume, duckten sich die Ziegel- und Strohdächer Washingtons. Etwas erhaben, ihr grauer Stein hob sich düster von dem blauen Himmel ab, stand die Kirche, hinter deren nördlichem Schatten das Pfarrhaus kauerte. Unmittelbar unterhalb der Öfen verlief eine Fortsetzung des Wegs, auf dem Meredith gekommen war und der offenkundig irgendwo wieder auf die Hauptstraße stieß. Eine niedrige Feuersteinmauer säumte den zehn Meter tiefen jähen Abfall zwischen den Öfen und dem Sträßchen. Auf der anderen Seite der

Mauer lagen die Ställe und diesseits von ihr eine Art Hof, wo der Kalk auf die Wagen geladen wurde. Auf diesem Hof stand William Rother und sah dabei zu, wie ein Fuhrmann sein Pferd anschirrte.

Meredith beugte sich über die kleine Mauer und rief.

»Entschuldigen Sie, Sir. Könnten Sie mal für einen Moment hochkommen?«

Rother schaute rasch auf, erkannte den Superintendent, nickte und lief dann den Weg entlang, der ihn schließlich auf das erhöhte Niveau brachte. Dort angekommen, streckte er ihm die Hand entgegen. Meredith war schockiert über sein Aussehen. Während der letzten zehn Tage hatte sich sein Gesicht komplett verändert. Aus einer dünnen weißen Maske, hier und da ausgehöhlt wie vom Meißel eines Bildhauers, brannten die dunklen, flackernden Augen eines Mannes, der am Rande eines Nervenzusammenbruchs steht.

»Mein Gott, Sir!«, rief Meredith unwillkürlich. »Sie sehen krank aus.«

»Ich bin krank«, erwiderte Rother sachlich und mit ausdruckslosem Blick. »Überrascht Sie das? Sagen Sie«, er legte dem Superintendent eine schmale, nervöse Hand auf den Ärmel, »sagen Sie mir – gibt es Neuigkeiten?«

»Leider nicht, Mr. Rother. Ich bin heute wegen anderer Erkundigungen hier. Zugegeben, sie hängen mit dem Verschwinden Ihres Bruders zusammen, aber momentan ist es eher etwas Privates. Verstehen Sie?«

»Vollkommen.« Seine Stimme klang absolut uninteressiert. »Was genau möchten Sie wissen?«

»Ich möchte wissen, wie Sie Kalk herstellen«, sagte Meredith rundheraus.

Rother beäugte den Superintendent argwöhnisch, als wäre er unsicher, ob er richtig gehört hatte.

»Aber was hat das denn –«

»Bitte, Mr. Rother, ich habe Ihnen doch gerade erklärt, dass es sich um eine private Polizeiermittlung handelt. Ich bitte Sie nur um eine Auskunft, und es ist auch gut für Ihren Seelenfrieden, wenn Sie sie mir geben.«

»Na schön.« Rother hob die schmalen Schultern. »Ich zügle meine natürliche Neugier. Also, der Vorgang ist ganz einfach. Da sind die Öfen – es sind drei –, rund sieben Meter tief. Zunächst wird am Boden des Schachts ein Feuer gemacht, und danach lässt man es nicht mehr ausgehen, es sei denn zur Reparatur.«

»Wie halten Sie die Öfen am Brennen?«

Rother zeigte auf zwei Haufen – der eine schwarz, der andere weiß – zu beiden Seiten der kreisrunden Öffnung des Ofens.

»Kreide und Kohlenstaub – wir in der Gegend nennen ihn *cullum*. Meistens zweimal am Tag schaufeln wir eine Schicht Kreide auf eine Schicht *cullum* in die Öfen. Wenn die rot glühende Kreide den Boden des Schachts erreicht, ist sie durch die Verbrennung in Kalk umgewandelt. Da drunter sind Backsteinbögen, die am Boden eines jeden Ofens enden. Dort graben die Männer den Kalk heraus, oben fällt dann automatisch die Kreide nach, woraufhin der Ofen von Neuem mit Kreide und *cullum* beschickt wird. Um es so einfach wie möglich zu sagen: Wenn ein Ofen richtig läuft, besteht er aus drei Schichten. Ganz unten reiner Kalk, in der Mitte rot glühende Kreide, oben reine Kreide, dazwischen jeweils Schichten unverbrannter *cullum*. Können Sie mir folgen, Mr. Meredith?«

»Absolut, Sir. Sie haben mir genau das gesagt, was ich hören wollte. Um welche Zeit werden die Öfen üblicherweise aufgeschichtet?«

»Frühmorgens und spätnachmittags.«

»Fällt das Niveau denn während der Nacht ab?«

»Ja, bis zu einem gewissen Grad, wegen des Zerfallsprozesses bei der Verbrennung.«

»Einen halben Meter?«

»Ja, würde ich sagen.«

»Danke. Und nun würde ich gern einen Blick in Ihr Auftragsbuch werfen.«

Kapitel 3

NOCH MEHR KNOCHEN

Was immer William Rother von Merediths seltsamer Bitte um Einsicht in das Auftragsbuch gehalten haben mochte, er gestattete seinen abgehärmten Zügen keinen Hinweis darauf. Er murmelte lediglich tonlos »na schön« wie einer, der sich einer Laune, wie merkwürdig auch immer, nicht widersetzen will, und ging voraus zum Bauernhaus. Diesmal betraten sie es durch den Hintereingang; sie gelangten über einen kleinen Hof mit einer Tanne und einem Viereck ungepflegten Rasens, an den sich unebene Platten anschlossen, in eine luftige Küche mit Steinboden, deren Mittelpunkt ein riesiger, gründlich gescheuerter Kieferntisch bildete. Am hinteren Ende stand unter einem niedrigen Fenster ein zweiter, kleinerer, mit einem roten Tuch bedeckter Tisch, der mit Hauptbüchern, Akten, Briefen, Nachschlagewerken, Tintenfässern, Füllfederhaltern und Papier beladen war. Auf dem breiten Fensterbrett war eine Reiseschreibmaschine platziert.

Rother lächelte matt.

»Das Büro«, erklärte er, mit dem Kopf hin nickend. »Wie's eben so ist. Hier in Chalklands können wir mit keinem richtigen Arbeitszimmer dienen. Was genau wollten Sie sehen?«

»Ich möchte, wenn möglich, eine Liste sämtlicher Kunden,

die Sie in den letzten zehn Tagen – also seit der Nacht, als Ihr Bruder verschwand – mit Baukalk beliefert haben.«

»Auch mit der jeweils ausgelieferten Menge?«

»Ja.«

Rother nahm ein gewöhnliches schwarzes Schreibheft und reichte es Meredith.

»Darin finden Sie alles, wonach Sie suchen, Mr. Meredith. Für mich ist das eine außergewöhnliche Bitte, aber Sie kennen Ihr Metier am besten. Ich würde alles tun, was dabei hilft, das Rätsel um Johns Verschwinden aufzuklären; und wenn er tot ist – was ich allmählich befürchte –, dann soll derjenige, der ihn ermordet hat, auch hängen. Aber was Sie sich von diesem Auftragsbuch erhoffen, ist mir zu hoch.«

»Darf ich mir eine Kopie machen?«

Rother nickte.

»Ich bin dann so lange im Kreidesteinbruch. Falls Sie sonst noch etwas brauchen, bin ich dort zu finden. Er ist ja direkt hinterm Haus.«

»Danke – mit mehr will ich Sie momentan nicht behelligen, Mr. Rother. Ich schreibe mir nur kurz die Daten in mein Notizbuch, dann bin ich wieder weg. Noch eine Frage, bevor Sie gehen. Hatte Ihr Bruder irgendeinen Freund, mit dem er wirklich vertraut war?«

»Ja – Aldous Barnet, der Schriftsteller.«

»Der Kriminalschriftsteller?«, fragte Meredith und grinste.

»Genau der. Er bewohnt ein Haus namens Lychpole, bei der Kirche. Er und John sind zusammen zur Schule gegangen. Sie kennen ihn?«

»Nun ja, ich habe zwei Bücher von ihm gelesen. Ich muss schon sagen, sein Inspector Jefferies hat bei seinen Ermittlungen meistens eine ganze Menge mehr Glück als ich! Der Bursche ist offenbar so brillant, dass er sich mit dem normalen Alltagskram gar nicht befassen muss. Ich beneide ihn.«

William zeigte mit einem fahlen Lächeln, dass er Merediths Belustigung registriert hatte, nickte und schritt, mit den Gedanken schon woanders, zur Tür hinaus.

Meredith setzte sich an den Tisch am Fenster und vertiefte sich in das Auftragsbuch. Es entsprach weitgehend seinen Erwartungen. 1. Spalte: Datum des Eingangs der Bestellung. 2. Spalte: Name und Adresse der Firma. 3. Spalte: Menge des bestellten Kalks. 4. Spalte: Datum der Auslieferung. Zwischen Montag, dem 22. Juli, und Mittwoch, dem 31. Juli (also dem Vortag), waren zwölf verschiedene Firmen beliefert worden. Die Mengen variierten zwischen einem und zweieinviertel Yard, was, wie Meredith wusste, eine gemeinhin so genannte »Ladung« Baukalk bildete. In den meisten Fällen war eine volle »Ladung« geordert worden. Fünf der Firmen waren in Worthing ansässig, darunter Timpson, drei in Pulborough, eine in Steyning, eine in Storrington, eine in Ashington, und die verbliebene Sendung, ein Yard, war an die Pfarrei von Washington gegangen.

Er klappte gerade sein Notizbuch zu und legte das Auftragsbuch zurück, als eine füllige, rotbackige Frau in die Küche gepresht kam. Jede Pore ihres Körpers verströmte Gutmütigkeit. Sie trug ein zartlila bedrucktes Kleid, dessen aufgekrempelte Ärmel ein Paar kräftige, sonnenverbrannte Arme freigaben, sowie eine große blaue, strapazierfähige Schürze, die um das, was eigentlich die Taille sein sollte, gebunden war.

»Ach Gottchen!«, rief sie aus, von dem unerwarteten Eindringling in ihrer Küche aus ihrer üblichen Beherrschtheit aufgeschreckt. »'Tschuldigen Sie bitte. Ich hatte ja keine Ahnung, dass jemand Fremdes hier ist, ja.«

»Schon gut, Mrs. ...?«

»Kate Abingworth mein Name. Ich bin hier die Haushälterin, ja. Und das seit fünfzehn Jahren.«

»Mr. Rother hat mich nur eben kurz etwas abschreiben lassen.«

»Ah, Mr. Willum, der Ärmste.« Und sie schüttelte in mütterlicher Anteilnahme den Kopf. »Der isst weniger als ein Spatz braucht, dass er fliegen kann, ja. Ist schlimm, wenn man mit ansehen muss, wie er so verkümmert. Zart war er ja schon immer, aber die Sorge, die sich jetzt aufs Haus gelegt hat, die hat den jungen Burschen völlig verändert.«

»Mrs. Rother scheint auch betroffen zu sein?«, bemerkte Meredith, stets hellhörig, wenn es um mögliche Informationen ging.

»Ja, Mrs. Willum, die nimmt's auch schwer, klar. Ist ja auch kein Wunder, wo sie Mr. John doch so gemocht hat. Wie Mann und Frau warn die – wenn Sie verzeihn, dass ich das so einfach sag. Nicht dass es so weit gegangen ist, 'türlich nicht, aber was die für ein Aufhebens umeinander gemacht haben. Wie eine Henne mit ihrem Küken, so war Mrs. Willum mit Mr. John, aber ich hab ja immer –« Hier senkte Mrs. Abingworth die Stimme und trat näher an den Superintendent heran, sagte es ihm beinahe ins Ohr: »Ich hab immer gesagt, Mrs. Willum hat *den Falschen geheiratet!*«

Diese letzten Wörter betonte sie so stark, dass Merediths Blick einen Ausdruck verblüffter Ungläubigkeit annahm. Ihm wurde bewusst, dass Kate Abingworth eines jener schlichten

Gemüter war, deren größte Freude es im Leben ist, über ihre Arbeitgeber zu tratschen.

»Ihnen ist also etwas aufgefallen, hm?«, fragte Meredith verschwörerisch. »Geschehnisse, sozusagen?«

»O ja«, strahlte Kate Abingworth, hocherfreut, diese Vertraulichkeiten weitergeben zu können. Ihre Stimme senkte sich zu einem Flüstern. »Eines Abends, so sicher, wie ich Luft hol, hab ich Mrs. Willum aus dem Haus schleichen sehn, einen Koffer in der Hand, und sie ist zu Mr. John vorn am Rasen gegangen. Wissen Sie, er, also Mr. Willum, schläft nicht bei ihr – nicht mehr. Sie schläft jetzt im Nordzimmer, und was ich sagen will, eine Frau, die in so einem kalten, zugigen Stall von Zimmer schläft, muss richtig gute Gründe haben, dass sie nicht bei ihrem Mann schläft.«

Meredith nickte zustimmend, und Mrs. Abingworth, der plötzlich ins Bewusstsein trat, dass sie ihre Geheimnisse bei einem vollkommen Fremden abgeladen hatte, richtete sich auf, machte etwas Resolutes mit ihrer Haarpracht, schüttelte die Schürze aus, ging zu dem altmodischen Herd und hob den Deckel eines riesigen Topfs, in dem etwas vor sich hin köchelte.

»Nicht dass ich das *wüsste*«, setzte sie hinzu. »Ist bloß so eine *Vermutung*.«

»Natürlich«, sagte Meredith und weiter, während er seine Mütze nahm: »Das riecht aber gut, Mrs. Abingworth.«

»Na, das soll's doch auch, ja. Ist Quittenmarmelade, nach dem Rezept von meiner lieben alten Großmutter, die erst einen Tag vorm sechsundneunzigsten verstorben ist. Eine wunderbare alte Frau war das, meine Großmutter. Na, Ihnen einen guten Tag, ja.«

Meredith kehrte zu seinem Wagen auf der Zufahrt zurück, stieg ein, ohne noch einmal Janet Rother gesehen zu haben, und fuhr nachdenklich hinab ins Dorf. Kate Abingworths freiwillige Information hatte seine Neugier geweckt. Beispielsweise fragte er sich, warum die Frau in der Nacht, als sie sich angeblich mit ihrem Schwager auf dem Rasen traf, einen Koffer dabei hatte. Warum einen Koffer, wo sie doch ganz offensichtlich am nächsten Morgen zum Frühstück in Chalklands am Tisch saß? Mrs. Abingworth hatte nicht angedeutet, dass William seine Frau der Untreue verdächtigte, also konnte sie die Nacht auch nicht irgendwo mit John verbracht haben. Die Haushälterin hätte durchaus zwei und zwei zusammengezählt, wenn Janet und John am nächsten Morgen nicht zum Frühstück erschienen wären. Aber warum war sie überhaupt auf dem Rasen? Meredith seufzte. Eine romantische Verwicklung mit dem Schwager, nahm er an, die Faszination der verbotenen Frucht. Er fragte sich, ob der Vermisste wohl in die Frau verliebt war oder ihre Zuneigung nur aus Gefälligkeit erwiderte. Vielleicht hatte ja Aldous Barnet etwas dazu zu sagen, und so beschloss er, Lychpole einen Besuch abzustatten, sobald er in der örtlichen Polizeiwache ein paar Anrufe getätigt hatte.

Von dort aus kontaktierte er methodisch nacheinander Worthing, Pulborough, Steyning, Storrington und Ashington. Er betonte die Notwendigkeit, dem Verbleib eines jeden Krümels Kalk, der aus den Rotherschen Öfen stammte, nachzuspüren. Die lokalen Behörden sollten sich mit den betreffenden Baufirmen in Verbindung setzen und sämtliche Kalkbestände genauestens sieben lassen. Falls Säcke schon zu Baustellen gebracht worden waren, mussten diese aufgesucht und die Arbeiter befragt werden, ob sie in dem verwendeten Kalk etwas Knochenartiges oder gar Knochen gefunden hatten. Ergebnisse sollten schnellstmöglich nach Lewes übermittelt werden. Anschließend schickte er den Constable zum Pfarrhaus, an dessen Südseite ein neues Erkerfenster eingebaut werden sollte. Ein Handwerker vom Ort namens Sims hatte die Arbeiten übernommen, und diesen Mann sollte der Constable aufsuchen und das gesamte Yard Kalk durchsieben lassen.

Zufrieden mit dieser sorgfältigen Organisierung fuhr Meredith die gewundene, steile Dorfstraße hinauf, vorbei am Kaufladen und der Schule, und hielt vor einem weißen Tor mit der Aufschrift »Lychpole«.

Nachdem er dem Hausmädchen erklärt hatte, dass er ein Superintendent der Polizei sei, wurde Meredith in einen langen Raum mit niedriger Holzdecke geleitet, wo wenige Minuten später Aldous Barnet hinzukam. Er war ein großer, leicht gebeugter, blasser, intellektuell wirkender Mann mit Hornbrille, der Mitte fünfzig sein mochte.

»Wir sind uns nie begegnet, aber ich habe von Ihnen gehört«, sagte er und hielt Meredith die Hand hin. »Major Forest ist ein alter Freund von mir. Er war mir bei den technischen Aspekten meiner Kriminalromane eine große Hilfe. Aber setzen Sie sich doch.«

»Danke, Sir«, sagte Meredith und ließ sich in einen großen Chintz-Sessel sinken. »Ich will nicht stören, falls es gerade nicht passt, aber es dreht sich um das Verschwinden von Mr. John Rother. Ich bearbeite den Fall.«

»Schlimme Sache das«, murmelte Aldous Barnet kopfschüttelnd. »Eine üble Geschichte, nicht? Ich weiß, es ist nicht sonderlich klug, der Polizei Suggestivfragen zu stellen, aber sagen Sie, sind Sie schon weitergekommen? Ich kenne nur das Wenige, was man gleich am Anfang entdeckt hat.«

»Wir können nichts mit Sicherheit sagen ... noch nicht. Deshalb bin ich auch zu Ihnen gekommen. Sie waren John Rothers bester Freund, nicht?« Barnet nickte. »Dann wissen Sie wohl auch etwas über seine persönlichen Angelegenheiten.«

»Ein wenig – ja«, räumte Barnet mit offensichtlicher Vorsicht ein. »Er war da eher zurückhaltend. Was genau möchten Sie denn wissen?«

»Nun«, fuhr Meredith scheinbar widerstrebend fort, »Sie wissen ja, wie es ist – da wird ein Mensch ins Rampenlicht gezerrt, und die Leute reden. Häufig bekommen wir dann eine Menge unerfreulichen Klatsch zu hören – das meiste davon unwahr. Also bin ich zu Ihnen gekommen, weil ich weiß, dass ich mich auf Ihre Informationen verlassen kann, Mr. Barnet. Sagen Sie, ist denn etwas dran an dem Gerücht, dass John Rother, sagen wir, eine Affäre mit der Frau seines Bruders hatte?«

Barnet brauste auf: »Woher haben Sie das denn?«

»Diese Frage kann ich leider nicht beantworten – aber stimmt es? War da etwas zwischen den beiden?« Meredith nahm den misstrauischen Gesichtsausdruck des anderen wahr. »Kommen Sie, Mr. Barnet, es bringt Ihnen nichts, wenn Sie sich in der Sache zieren. Ich untersuche das Verschwinden Ihres Freundes. Nehmen wir einfach mal an, dass er am Cissbury tatsächlich *ermordet* wurde – was dann? Sollten Sie mir da nicht helfen, so gut Sie können?«

»Entschuldigen Sie«, sagte Barnet ruhig. »Sie haben vollkommen recht. So sehr ich es verabscheue, anderer Leute schmutzige Wäsche ins Tageslicht zu hängen, muss es wohl um der Gerechtigkeit willen geschehen. Viel kann ich Ihnen aber nicht sagen – das war eine Seite an Johns Leben, bei der er sich äußerst zurückhielt. Ich weiß lediglich, dass das zwischen ihm und Janet angeblich doch ein wenig mehr war als nur ... Freundschaft. Man hat sie zusammen auf den Downs gesehen, zu Fuß und zu Pferd – im Dorf war das bedauerlicherweise Gemeingut.«

»Sie meinen, sie verhielten sich schamlos?«

»Nein – das nicht«, sagte Barnet hastig. »Wohl eher blind der Neugier anderer gegenüber.«

»Und William Rother?«

»Der wusste natürlich Bescheid. Wie konnte er nicht?«

»Und dennoch hat er nichts unternommen?«

»Wie denn? Das war ja alles nicht so eindeutig, dass er eine Szene machen konnte. Natürlich war er wütend – aber er und John hatten sich ohnehin schon immer in den Haaren gelegen. Nicht nur bei dieser Geschichte, sondern überhaupt. Ich kann mir auch denken, dass Janet darin eher die Passive war. Ich glaube nicht im Mindesten, dass sie John geliebt hat.«

»Soweit Sie wissen, Mr. Barnet, haben John und Janet jemals irgendwo eine Nacht zusammen verbracht – ich meine, sind sie in ein Hotel oder dergleichen gegangen?«

Barnet schaute erst ungläubig drein, dann schockiert.

»Niemals! Jedenfalls soweit ich das persönlich weiß. Ich glaube, Superintendent, Sie legen ein zu großes Gewicht auf etwas, was lediglich ein romantischer Flirt war.«

»Vielleicht«, pflichtete Meredith ihm mit seinem üblichen

Takt bei. »Sie kennen das Paar, ich nicht. Deswegen bin ich ja zu Ihnen gekommen. Wissen Sie etwas über die finanziellen Vereinbarungen in Chalklands?«

»Also wirklich!«, grollte Barnet. »Ist es denn nötig, dass ich solche Fragen beantworte?«

»Nicht unbedingt«, erwiderte Meredith und lächelte beschwichtigend, »aber Ihnen muss klar sein, Mr. Barnet, dass Sie, sollte es eine gerichtliche Untersuchung geben, wahrscheinlich als Zeuge vorgeladen werden. Da ist es doch gewiss besser, Rothers vertrauliche Angelegenheiten auch vertraulich zu besprechen, als sie durchs ganze Dorf zu posaunen?«

Barnet gab sich mit einer Geste der Resignation geschlagen.

»Ach, na gut. Fragen Sie. Das ist ja schließlich Ihre Aufgabe. Aber warum nehmen Sie sich da nicht Rothers Anwalt vor? Der dürfte doch bestimmt mehr über seine Finanzen wissen als ich.«

»Ich möchte nur eine einzige Information, und Sie würden mir eine Menge Zeit und Ärger ersparen, wenn Sie sie mir liefern könnten. Falls John Rother tot ist, wer wäre der Hauptbegünstigte?«

»Sein Bruder.« Auf Merediths überraschten Blick hin ergänzte er: »Sehen Sie, bei aller Abneigung gegen William hatte John doch eine fast schon fanatische Wertschätzung für den guten Familiennamen und das Anwesen. Tatsächlich haben wir erst kürzlich genau darüber gesprochen. Deshalb weiß ich es auch.«

»Und von wie viel reden wir hier ungefähr?«

»Das Anwesen natürlich, etwas Grundbesitz und rund zehntausend Pfund an Investitionen.«

»Ein hübscher Notgroschen«, bemerkte Meredith. Dann packte er seinen Informanten mit der ihm eigenen Abruptheit von einer anderen Seite. »William Rother ist schon ein hitzköpfiger Bursche, wie?«

»Hitzköpfig?« Barnet schüttelte entschieden den Kopf. »Schwer zu ärgern, würde ich eher sagen, aber ein Irrer, wenn er richtig gereizt wird. Ein missverstandener Sterblicher, Superintendent – ein Idealist, der seine Empfindsamkeit hinter einer stillen Missachtung der Meinung anderer verbirgt. Ich habe schon erlebt, wie er, wenn eines seiner Lieblingsprinzipien angegriffen wurde, vom Leder zog, als wäre er vom Teufel besessen. Dann ist er ein schwieriger Zeitgenosse, glauben Sie mir. Ich habe ihn bei lokalen Sitzungen erlebt.«

»Das Verschwinden seines Bruders scheint ihm sehr zu schaffen zu machen.«

»Das habe ich auch gehört. Seit jenem Sonntag habe ich ihn nicht mehr gesehen. Aber daran ist ja nichts merkwürdig, oder?«

»Nur das Eine«, sagte Meredith bedächtig, »dass das Verschwinden seines Bruders den Ärger wegen seiner Frau beseitigt und ihm ein kleines Vermögen an die Hand gibt.«

Barnet warf dem Superintendent durch seine Hornbrille einen verächtlichen Blick zu und sagte eisig:

»Ihr Polizisten habt schon eine ziemlich abartige Vorstellung von der Menschheit, nicht? John war sein *Bruder*, so uneins sie auch waren.« Dann plötzlich: »Großer Gott! – Sie wollen doch nicht etwa andeuten –«

»Ich deute gar nichts an. Ich versuche lediglich, zu einer angemessenen Sicht der Fakten zu gelangen. Außerdem könnte

Rother auch wieder auftauchen. Warum sind Sie so sicher, dass er es nicht tut?«

»Das bin ich doch gar nicht! Nein!«, protestierte Barnet hastig und dann, da das Hausmädchen hereingekommen war: »Ja, was gibt's denn?«

»Sir, in der Diele ist der Constable, er möchte dringend mit dem Herrn da sprechen. Ihm ist sein Wagen aufgefallen, als er vorbeiging.«

»Entschuldigen Sie mich bitte kurz?«, bat Meredith. Er erhob sich und folgte dem Mädchen in die Diele.

Zwei Minuten später betrat er wieder den Salon und schritt ans Fenster. Er betrachtete etwas, was er auf der flachen Hand liegen hatte, und bat Barnet zu sich.

»Wenn Sie bitte kurz kommen wollen, Sir. Ich hätte gern Ihre Meinung zu etwas. Schauen Sie sich das mal an.«

Barnet starrte einen Augenblick darauf, nahm dann die Gegenstände nacheinander in die Hand und drehte sie im Licht.

»Und?«, fragte Meredith begierig; die Bedächtigkeit des Mannes ärgerte ihn.

»Woher haben Sie das?«

»Hat der Constable gefunden.«

»Die gehören Rother. Sagen Sie mir, Superintendent, woher in aller Welt haben Sie das? Was hat das zu bedeuten? Herrgott, Mann, spannen Sie mich nicht so auf die Folter – was genau bedeutet das?«

»Das könnte Mord bedeuten, Mr. Barnet«, sagte Meredith ruhig, während er die kleinen Gegenstände in die Tasche steckte. »Noch kann ich nichts mit Gewissheit sagen. Wenn Sie mich jetzt entschuldigen wollen, ich muss noch weitere

Besuche machen. Danke für Ihre Informationen – Sie können sicher sein, dass ich diese Befragung so vertraulich behandle, wie es mir möglich ist.«

Während sein Wagen den steilen Hang zurück nach Chalklands hinaufraste, dachte Meredith: »Dann ist es also doch Mord! Eine zweite Identifizierung der Sachen in meiner Tasche wird Gewissheit bringen. Und jemand hatte auch ein Motiv. Ob wohl ...?«

William Rother saß gerade beim Mittagessen, als Meredith zum zweiten Mal im Bauernhaus erschien. Er kam mit einem fragenden Ausdruck auf dem schmalen, abgespannten Gesicht ins Wohnzimmer.

»Sie wollen mich sprechen?«

»Ja, Sir. Ich möchte Sie bitten, diese Dinge hier zu identifizieren.« Meredith räumte auf einem Beistelltischchen ein paar Sachen beiseite und legte die Gegenstände in einer Reihe hin – eine Gürtelschnalle, ein schmales Metallkettchen und eine kleine Messingscheibe, wie sie von Soldaten im Krieg getragen wurde. Ihm fiel auf, dass Williams Hand wie Espenlaub zitterte, als er die Dinge nacheinander aufnahm und betrachtete.

Schließlich sagte er gepresst: »Diese Dinge gehören meinem Bruder. Die Scheibe hat er an dem Kettchen da ums Handgelenk getragen. Wie Sie sehen, sind seine Initialen darauf eingraviert – J. F. R. –, und darunter steht auch sein Geburtsdatum. Nach dem Krieg hat er sich die Scheibe aus einem Granatsplitter, den er aus Frankreich mitgebracht hat, machen lassen. Er hat sie immer am rechten Handgelenk getragen. Wie eine Art Talisman.«

»Und die Gürtelschnalle?«

»Die passt zu dem Verschluss an dem Gürtel, den John am Nachmittag seiner Abreise nach Harlech getragen hat. Das war eine seiner Eigenheiten, dass er immer Gürtel und Hosenträger trug.«

»Sie können beschwören, dass diese Dinge Ihrem Bruder gehören?«

»Außer jemand hat eine genaue Kopie davon angefertigt«, sagte William. Dann sackte sein hochgewachsener Körper plötzlich auf einen Stuhl, und er fragte mit zitternder Stimme: »Es ist wohl zu viel verlangt, mir zu sagen, *wo* Sie diese Dinge gefunden haben und was das nun bedeutet, Mr. Meredith? Als sein nächster Verwandter sollte ich das doch wissen ... Ich bin durchaus aufs Schlimmste gefasst. Sagen Sie mir, bedeutet das ...?«

Er ließ seinen unbeendeten Satz wie ein Fragezeichen über Merediths Kopf hängen.

»Leider ja, Mr. Rother.«

William begrub sein müdes graues Gesicht in seinen Händen.

»O Gott!«, murmelte er gebrochen. »*Mord!*«

»Ich hatte gehofft, Ihnen würde diese Nachricht erspart bleiben, aber nun besteht kein Zweifel mehr. Es tut mir leid. Natürlich halte ich Sie über die polizeilichen Ermittlungen auf dem Laufenden. Damit nehmen die Untersuchungen jetzt eine neue Richtung. Nun haben wir etwas Konkretes, womit wir arbeiten können.«

»Nur wie konkret?«, fragte Meredith sich selbst, als er im King's Arms in Findon beim Mittagessen saß, wo er auf der Rückfahrt nach Lewes haltgemacht hatte. Nun, der Washingtoner Constable hatte Gürtelschnalle, Kettchen und Messingscheibe aus dem Kalk gesiebt, der drei Tage nach Rothers Verschwinden ans Pfarrhaus geliefert worden war. Und der Constable hatte noch weitere grausige Überreste entdeckt, die Meredith weder Barnet noch William Rother gezeigt hatte. Knochen. Noch mehr Knochen. Beim Eintreffen in der Direktion waren schon Nachrichten aus Worthing, Pulborough, Steyning, Storrington und Ashington eingegangen. Überall außer in Ashington hatte die örtliche Polizei in den Rother-Kalk-Lieferungen Knochen gefunden. Sie waren bereits nach Lewes unterwegs.

Meredith hatte diese Nachrichten gerade fertig gelesen, als das Telefon klingelte. Es war Professor Blenkings, der aus West Worthing anrief.

»Ah ja – herrje – der Superintendent. Ich bin in dieser kleinen Angelegenheit zu einer Entscheidung gelangt. Natürlich erst nach sorgfältigster Überlegung. In einem solchen Fall kann man gar nicht genau genug vorgehen, finde ich – es wäre doch unverzeihlich, wenn durch meine Aussage ein Unschuldiger gehängt würde. Können Sie mir folgen, mein Lieber?«

»Durchaus«, sagte Meredith, der seine Ungeduld auf bewundernswerte Weise verbarg. »Nun, Sir?«

»Die Knochen gehören zweifelsfrei zum selben männlichen Erwachsenen. Ich habe die wenigen verfügbaren Teile zusammengedrahtet, und sie ergeben ein recht vorzeigbares Gefüge eines menschlichen Beins. Mit einer etwas umfangreicheren Menge ... herrje, ja ... könnte ich –«

»Morgen«, warf Meredith ein, »bekommen Sie mehr Knochen. Viel mehr. Wir sammeln sie gerade an verschiedenen Orten ein. Ich werde sie direkt zu Ihnen schicken lassen, Sir.«

»Danke. Danke. Sehr freundlich. Ich mache mich dann gleich an die Arbeit und sehe zu, ob ich Ihnen das gewünschte Skelett zusammenbauen kann.«

»Sie sind uns eine große Hilfe, Professor. Ich melde mich bei Ihnen, um mich nach Ihren Fortschritten zu erkundigen. Auf Wiedersehen.«

»Wiedersehen, und wenn ich das sagen darf, ich habe durchaus Freude an dieser unerwarteten Arbeit, wie banal sie auch ist. Höchst interessant.«

»Banal!«, dachte Meredith, als er auflegte und damit die betuliche, hohe Stimme abschnitt. »Für ihn vielleicht schon – für mich dagegen sieht es ganz nach einer Heidenarbeit aus, in dieser Ermittlung *überhaupt* voranzukommen!«

Er saß breitbeinig, die gut ziehende Pfeife paffend, an seinem Schreibtisch, ließ die Indizien Revue passieren und wälzte den Fall in seinem Kopf.

Der erste zu beachtende Punkt war das Motiv. Warum war John Rother an diese einsame Stelle gelockt und dann ermordet worden? Wer hätte einen so schwerwiegenden Grund gehabt, ihn aus dem Weg zu räumen? Diese Frage hatte sich Meredith schon während des Gesprächs mit Barnet halb beantwortet. Es war kein Scherz gewesen, als er andeutete, William Rother habe zwei sehr starke Gründe gehabt, seinem Bruder den Tod zu wünschen. Zudem war William bestens befähigt, die Teile des zersägten Leichnams in den Ofen zu legen. Außerdem, warum war der Mann so ungeheuer aufgewühlt? Sein äußerst angespannter Zustand verdankte sich gewiss etwas Anormalerem als bloßer Trauer um den Verlust des Bruders. Zumal sie einander nie sonderlich grün gewesen waren. Die ungeteilte Loyalität seiner Frau und zehntausend

Pfund – das war der Gewinn. War William das Wagnis eingegangen?

Wie immer griff Meredith seine Theorie gleich darauf vom entgegengesetzten Blickpunkt aus an. William konnte seinen Bruder gar nicht ermordet haben, weil kein vernünftiger Mensch so dumm wäre, sich der Überreste sozusagen vor der eigenen Haustür zu entledigen. Warum sich die Mühe machen, die Leiche vom Tatort nach Chalklands zu schaffen? Warum nicht irgendwo zwischen den Ginsterbüschen auf dem Cissbury eine Grube ausheben und sie dort verscharren? Auch waren die Motive allzu offensichtlich. Jedermann würde sofort William verdächtigen, weil man von den Schwierigkeiten mit seiner Frau wusste und bald auch, wenn nicht ohnehin schon, dass er laut Testament seines Bruders der einzige Begünstigte war. Ferner wusste das ganze Dorf, dass er mit seinem Bruder über Kreuz lag. Wäre da das Risiko eines Mordes nicht zu groß?

Aber wer blieb dann noch? Janet Rother, Kate Abingworth, einer der Landarbeiter, Aldous Barnet ... Ach verdammt, dachte Meredith, die Liste ließe sich endlos fortsetzen! Wenn William nicht der Mörder war, konnte es jeder sein.

Er wandte sich wieder den bekannten Fakten zu. Jemand hatte Rother mit einem stumpfen Gegenstand – vielleicht einem Schraubenschlüssel – auf den Kopf geschlagen, was sich anhand der Blutflecken in der Mütze leicht folgern ließ. Die Leiche war – offenkundig mit einem zweiten Fahrzeug – von der Bindings Lane an einen Ort gebracht worden, wo sie zerteilt und versteckt werden konnte, um sodann Stück für Stück in den Ofen gesteckt zu werden. Indizienträchtige Fuß-

und Reifenspuren gab es keine, da es vor dem 20. Juli drei Wochen lang nicht geregnet hatte. Rother war irgendwann zwischen knapp 19.00 Uhr am Samstagabend und 9.30 Uhr am Sonntagvormittag, als Pyke-Jones die Tragödie entdeckt hatte, überfallen worden. Ob William Rother für diesen Zeitraum ein Alibi hatte? Und wo war da Janet Rother? Und warum zum Teufel stand Janet Rother in jener Nacht mit einem Koffer in der Hand zusammen mit ihrem Schwager auf dem Rasen? Wie war John Rother zu der einsamen Stelle unterhalb des Cissbury Ring gelockt worden? Wo war er, nachdem er in Chalklands zu seinem Urlaub in Harlech aufgebrochen war? Warum war er fünfzig Kilometer gefahren statt nur sieben, was die ungefähre Entfernung zwischen dem Hof und dem Schauplatz des Überfalls war?

Fragen über Fragen!

Ein Constable klopfte an die Tür, stapfte herein und ließ einen Sack auf den Fußboden fallen.

»Aus Worthing, Sir.«

»Knochen«, dachte Meredith. »Noch mehr Knochen. Ich wette, John Rother hätte nie gedacht, dass ein Teil seiner sterblichen Überreste in einen Sack gestopft und dann in einem Polizeirevier auf den Fußboden geschmissen würde.«

Er erhob sich abrupt, schaute auf die Uhr und erinnerte sich plötzlich, dass seine Frau frischen Lachs fürs Abendessen bestellt hatte. Verfluchter Mord – er hatte Hunger! Er schnappte sich seine Schirmmütze.

Kapitel 4

DIE TANTE IN LITTLEHAMPTON

Am Dienstag, dem 6. August, ein Tag nach Bank Holiday, wurde eine gerichtliche Untersuchung der Überreste John Fosdyke Rothers abgehalten, in welcher der Coroner auf Mord durch Unbekannt entschied. In Polizeikreisen hatte es zuvor eine recht lebhafte Diskussion darüber gegeben, wo die Untersuchung denn stattfinden sollte, da die Leiche, vielmehr Teile davon, an so zahlreichen und verschiedenen Orten aufgefunden worden war. Worthing schien am passendsten, da die meisten Knochen in diesem Bezirk aufgetaucht waren, doch dann wurde beschlossen, des Professors Meisterwerk, das Skelett, in die Direktion der Grafschaftspolizei zu bringen, weswegen die Untersuchung in Lewes stattfand.

Das Skelett war keineswegs vollständig; mehrere kleinere Knochen fehlten, vor allem aber war der Kopf noch nicht entdeckt worden. Warum dieser nicht wie die übrigen Körperteile den Ofen durchlaufen hatte, war Meredith ein Rätsel. Schließlich war der Schädel doch das belastendste Beweismittel, da jedweder Bruch darin einen Schlag oder Schläge mit dem stumpfen Gegenstand bestätigen würde. Aber vielleicht hatte der Täter es ja nicht geschafft, den Schädel in genügend kleine Stücke zu zerteilen, denn ganz offensichtlich stand es außer Frage, den kompletten Kopf in den Ofen zu legen, ohne dass er entdeckt würde. Zum einen war er zu groß, zum anderen würde sogar jeder Dorftrottel einen menschlichen Schädel erkennen. Wahrscheinlich hatte man ihn also irgendwo an einer abgelegenen Stelle verbuddelt.

Das Werk des Professors gab eine interessante Studie ab. Jede Stelle, wo ein Knochen durchgesägt war, hatte er mit roter Farbe markiert. So konnte man auf einen Blick sehen, in wie viele Teile und wo genau die Leiche zerteilt worden war. Meredith war erstaunt über die Sorgfalt, die Geduld und, ja, die Fertigkeit des Mörders, die Leiche derart zu zersägen, dass die Wahrscheinlichkeit einer Entdeckung der Knochen im Kalk minimal war. Das sprach dafür, dass sich der Mörder viel Zeit für diese grausige Arbeit genommen hatte, und auch dafür, dass er sich dabei in großer Sicherheit wiegte. Er musste Stunden damit verbracht haben. Eine ungewöhnliche Sache jedoch fiel Meredith sogleich auf. Er sprach darüber mit dem Chief Constable.

»Was glauben Sie, wie er die Kleidung losgeworden ist, Sir?«

»Im Ofen natürlich«, bellte Major Forest. »So eine dumme Frage, Meredith! Sonst hätten wir doch auch nicht die Gürtelschnalle im Kalk entdeckt, oder?«

»Nein, Sir – aber was ist mit den Hosenträgern?«

»Den Hosenträgern?«

»Ja. Rother trug Gürtel *und* Hosenträger.«

»Was soll daran komisch sein, hm? Das mache ich auch oft. Es ist ein anerkanntes Symbol für Pessimismus.«

»Und wo sind dann die Metallklammern der Hosenträger? Die Gürtelschnalle haben wir ja gefunden.«

»Könnten die nicht aus Leder und Gurtband gewesen sein – ganz ohne Metall?«

»Möglich. Aber was ist mit den Knöpfen? Ich schätze mal, ein normaler Jacken- oder Hosenknopf würde den Ofen überstehen, ohne zu schmelzen. Und dann wären da noch Stiefelbeschläge, Manschettenknöpfe, Nieten und eventuell sogar eine Krawattennadel. Warum haben wir das alles nicht gefunden, Sir? Mir scheint, diesen Fall umgeben noch eine ganze Menge Rätsel.«

»Da ist was dran.« Major Forest beäugte Meredith mit einem Funkeln unausgesprochener Anerkennung. »Sie sind wohl doch nicht so dumm, wie Sie aussehen, wie? Aber Gott sei Dank haben Sie diese Haare nicht auch noch vor dem Coroner gespalten, sonst wären wir nie zu einem Urteil gelangt. Und ich mag es nicht, wenn noch ungelöste Fragen im Raum stehen. Schließlich haben die Gürtelschnalle und die Scheibe keine Zweifel aufkommen lassen. Zusammen mit den Knochen des armen Teufels stehen seine Identität und die Art, wie er zu Tode kam, nicht mehr infrage. Wie gehen Sie nun weiter vor? Vermutlich wollen Sie William Rother befragen?«

»Ja, Sir. Ich muss herausfinden, was er an jenem Samstagabend und am Sonntag frühmorgens gemacht hat. Es sieht ziemlich düster für ihn aus, meinen Sie nicht, Sir?«

»Sehr düster, und stellen Sie auch noch fest, was die junge Dame getrieben hat. Ich habe sie nach der Verhandlung mit Barnet gesehen. Sie wirkt intelligent und sieht auch noch außerordentlich gut aus. Fast schon eine kriminelle Mischung, Meredith.«

William Rother und der Superintendent saßen auf der

Veranda in Chalklands, der die rosa und scharlachroten Geranien einen heiteren Anstrich verliehen. Wer zufällig dort vorbeigegangen wäre, hätte den ernsten und sogar trostlosen Verlauf des Gesprächs nicht vermutet. Über dem Rasen flatterte ein Pfauenauge, und das Summen der Bienen in den Verbenensträuchern machte ebenso schläfrig wie die Hitze des Augustnachmittags. Ein Kalkwagen rumpelte träge über tiefe Furchen, was aber vom Haus aus nicht zu sehen war, da eine hohe, beschnittene Lorbeerhecke den Blick lediglich auf den braun geflankten Highden Hill und die sanft gewellten Kämme der Downs gewährte, die sich dahinter erstreckten. Cremefarbene, verstörend duftende Rosen kletterten eine der Gitterstützen der Veranda hinauf.

»Sie verstehen natürlich«, sagte Meredith so höflich er konnte, »dass alle diese Fragen reine Routine sind. Bürokratischer Polizeikram, wenn Sie so wollen.« Ihm fiel auf, dass die Miene des Mannes vollkommen unverändert blieb. »Zuallererst, können Sie mir den genauen Zeitpunkt nennen, zu dem Ihr Bruder nach Harlech aufgebrochen ist?«

William überlegte einige Augenblicke und sagte dann:

»Um 18.15 Uhr, ein, zwei Minuten hin oder her. Ich weiß noch, dass ich auf die Uhr am Armaturenbrett geschaut habe.«

»Und die ging immer genau?« William nickte. »Was haben Sie getan, nachdem Ihr Bruder abgefahren war, Mr. Rother – ich meine, waren Sie den ganzen Abend auf dem Hof?«

»Nein«, sagte William. »Ich bin nach Littlehampton gefahren.«

Meredith spürte, wie sein Puls jäh schneller schlug:

»Darf ich fragen, warum?«

»Ja. Ich bekam ein Telegramm, demzufolge meine Tante einen Unfall hatte und schwer verletzt im dortigen Krankenhaus lag.«

»Und das Telegramm kam von wem?«

»Einem Dr. Wakefield. Wenigstens«, korrigierte William sich, »war es mit Wakefield *unterzeichnet*.«

Meredith fragte scharf nach: »Was in aller Welt meinen Sie damit? Hat der Arzt es doch nicht abgeschickt?«

William schüttelte langsam den Kopf und fuhr tonlos fort: »Ich will Ihnen genau sagen, was passiert ist, Superintendent. Gegen zwanzig nach sieben kam das Telegramm mit der Nachricht, dass meine Tante im Krankenhaus liegt. Es war an John adressiert, aber da der ja nicht erreichbar war, habe ich es natürlich selbst geöffnet. Ich setzte mich sofort ins Auto und fuhr so schnell es ging nach Littlehampton. Im Krankenhaus wusste man nichts von meiner Tante. Danach fuhr ich zu Dr. Wakefield, den ich entfernt kenne, und der bestritt nachdrücklich, das Telegramm geschickt zu haben. Als ich dann bei meiner Tante war, war sie vollkommen gesund – sogar so gesund wie seit Langem nicht mehr. Ich plauderte eine Weile mit ihr und fuhr dann hierher zurück. Bis heute habe ich keine Ahnung, wer mir das Telegramm geschickt hat und warum.«

»Haben Sie es noch?«, fragte Meredith gespannt.

»Ja – hier in meiner Brieftasche. Vermutlich möchten Sie es sehen?«

Meredith dankte ihm, nahm das Telegramm entgegen und musterte es eingehend. Es lautete: *Bitte sofort kommen, Ihre Tante bei Unfall schwer verletzt, liegt im Krankenhaus Littlehampton – Wakefield.* Es war um 18.50 Uhr im Postamt Littlehampton aufgegeben worden und um 19.03 Uhr im Postamt Washington eingegangen.

»Hätten Sie etwas dagegen, wenn ich es mitnehme?«

»Überhaupt nicht«, willigte William desinteressiert ein.

»Wann ist das Telegramm bei Ihnen eingetroffen?«

»Ungefähr um Viertel nach sieben, würde ich sagen. Sie sehen ja, dass es in Washington um 19.03 Uhr angekommen ist. Dann musste der Junge noch hierher radeln.«

Meredith machte sich rasch eine Notiz.

»Und wann sind Sie dann losgefahren?«

»Ach, etwa zehn Minuten später – zwischen zwanzig und fünfundzwanzig nach sieben, soweit ich mich erinnere.«

»Danke. Und wie sind Sie nach Littlehampton gefahren?«

»Die direkte Strecke – kurz vor Findon rechts ab und dann weiter durch Angmering.«

»Haben Sie unterwegs angehalten?«

»Ja – ich bin noch nach Findon reingefahren, weil das Benzin knapp war. Bei Clarks Tankstelle habe ich zehn Liter getankt. Daraufhin bin ich wie erwähnt abgebogen.«

»Mit Ihrem eigenen Wagen?«

»Ja – einem Morris Cowley.«

»Haben Sie eine ungefähre Vorstellung, wann Sie in Littlehampton eingetroffen sind?«

»Ja – es schlug gerade acht.«

»Zurückgefahren sind Sie wann?«

»Irgendwann vor neun – genau weiß ich das aber nicht mehr.«

»Und hier waren Sie dann um?«

»Zehn, Viertel vor – mit Sicherheit kann ich das wirklich nicht sagen.«

»Unterwegs haben Sie nicht angehalten?«

»Nein.«

»Und Sie haben keine Ahnung, warum dieses falsche Telegramm abgeschickt wurde?«

»Nein – nicht die geringste.«

»Und als Sie dann hier waren, sind Sie vermutlich gleich zu Bett gegangen?«

»Nach einem Glas und einem Blick in die Zeitung – ja«, sagte William und setzte trocken hinzu: »Zweifellos werden meine Frau und Mrs. Abingworth bestätigen, wann ich zu Bett gegangen bin. Aber Sie werden mir wohl oder übel glauben müssen, Superintendent, dass ich das Haus erst wieder am Sonntag nach dem Frühstück verlassen habe!«

Meredith lachte.

»Großer Gott, Sir – eine solche Haltung ist bei dieser vollkommen üblichen Befragung wirklich nicht nötig. Ihre Frau und Kate Abingworth werde ich ganz genauso in die Mangel nehmen müssen. Ihre Frau weiß von dem Telegramm?«

»Natürlich.«

»Ach, übrigens«, ergänzte Meredith noch, als er von seinem Deckstuhl aufstand und die Pfeife ausklopfte, »haben Sie von Littlehampton aus denselben Weg wie auf der Hinfahrt genommen?«

»Ja.«

»Tja, das wär's so weit, Mr. Rother, danke. Es war sehr freundlich von Ihnen, mir diese Einzelheiten zu nennen. In einem Mordfall ist nämlich kein Indiz unwesentlich. Dieses falsche Telegramm zum Beispiel, davon hätte ich vielleicht nie erfahren, wenn ich Ihnen nicht diese Routinefragen gestellt hätte.«

»Sie meinen, das Telegramm könnte etwas mit dieser Tragödie zu tun haben?«

»Alles andere wäre doch merkwürdig, meinen Sie nicht?«, erwiderte Meredith mit einem ausweichenden Lächeln. »Könnte ich nun mit Ihrer Frau sprechen?«

Janet Rother hatte, als sie auf die Veranda trat und sich auf den von ihrem Mann geräumten Deckstuhl setzte, seit ihrer letzten Begegnung mit Meredith offenbar ein wenig von ihrer normalen Farbe und Lebendigkeit wiedererlangt. Sie hatte gegen die Befragung nichts einzuwenden und wirkte durchaus willens, sämtliche Fragen des Superintendent detailliert zu beantworten. Ihre Aussagen waren jedoch wenig hilfreich. Nur zwei Punkte schienen einen direkten Bezug zu Merediths Ermittlungen zu haben. Der erste war, dass William ihrer Meinung nach nicht vor halb elf aus Littlehampton zurückgekehrt war. Der zweite, dass sie nach Johns Abfahrt einen Spaziergang zum Chanctonbury Ring gemacht hatte und erst nach Einbruch der Dunkelheit wieder zu Hause war. Wahrscheinlich, so sagte sie, erst gegen Viertel vor zehn. Sie gab an, dass sie häufig längere Wanderungen unternahm, da sie dies leidenschaftlich gern tat und auch die Downs sehr mochte. Meredith bat sie noch um ein neueres Foto von John Rother und beendete dann die Befragung.

Kate Abingworth, die Meredith sich in der Küche bei einer Tasse starken Tees und einem Stück selbst gebackenen Kuchens vornahm, hatte keine präzise Vorstellung von dem Zeitpunkt, an dem »Mr. Willum an dem unseligen Abend, wo sie Mr. John umgebracht haben«, zurück war. Es mochte zehn oder auch halb elf gewesen sein. Allerdings wusste sie noch, dass ihre Herrin kurz nach Schlag halb zehn wieder zu Hause war. Judy, das Mädchen für alles, war gegen sechs gegangen, und da sie nicht »im Haus wohnt«, glaubte Mrs. Abingworth nicht, »dass sie Hinweise liefern kann, die man auch so *nennen* kann, sie ist ein dummes Ding und im Haus ungefähr so nützlich wie ein Reisigbündel«.

»Und was ist mit dem Abend, als Sie Mrs. Rother mit Mr. John auf dem Rasen sahen – wann genau war das?«

»Am Samstag«, sagte Mrs. Abingworth prompt.

»Ja, schon«, lächelte Meredith, »aber an welchem?«

»An dem Samstag, nachdem Em sich in Arundel das Bein wehgetan hat, das war an einem Donnerstag. An dem Morgen hab ich einen Brief von meiner Schwester gekriegt. Em ist ihre Jüngste und ein ordentlicher Racker, ja. Ist übers Dach vom Kuhstall gestiegen, und da ist ihr die Dachrinne untern Füßen weggekracht. Zum Glück hat sie sich –«

»Verstehe«, schnitt Meredith ihr das Wort ab. »Aber welches Datum war das?«

»Das Datum? Das weiß ich jetzt nicht mehr so genau, ja. Aber ich hab noch Marthas Brief in der Tasche. Ich heb alle ihre Briefe auf, weil sie schreibt so lustig, das ist wie'n Buch. Davon tun mir richtig die Rippen weh, wenn sie –«

»Haben Sie den Brief hier?«

Kate Abingworth ging zur Anrichte, auf der eine voluminöse schwarze Handtasche lag. Sie durchwühlte deren überquellenden Inhalt, zog schließlich den Brief heraus und reichte ihn Meredith. Er schaute auf den Poststempel – 12. Juli. Eine kurze Berechnung ergab, dass der 12. ein Freitag war und dass der Brief Mrs. Abingworth am Samstag, dem 13. Juli, erreicht hatte. Dann hatte dieses heimliche nächtliche

Treffen von John und Janet Rother also genau eine Woche vor Johns Abreise in den Urlaub stattgefunden.

Er fuhr fort: »Sie sind sich ganz sicher, dass Mrs. Rother einen Koffer dabei hatte?«

»Ja, sicher. Der Mond hat gestrahlt, und ich hab deutlich wie am helllichten Tag gesehen, wie sie ihn ihm gegeben hat.«

»Wie kam es, dass Sie da gerade aus dem Fenster geschaut haben?«

»Wieder meine Neuralgie, ja – die überfällt mich immer mal wieder, und da probier ich alle möglichen Sachen aus, und ich steck immer die Hand in die Tasche und –«

An der Stelle fand Meredith es angebracht, die Befragung abzuschließen, und nachdem er der Haushälterin für Tee und Kuchen gedankt hatte, setzte er sich in seinen Wagen und fuhr nach Findon.

Für William Rother war die Lage nun gewiss düsterer denn je. Das falsche Telegramm war offenkundig sein ungeschickter Versuch, sich für den Zeitpunkt des Mordes ein Alibi zu verschaffen. Sicher, er *war* nach Littlehampton gefahren, war in dem Krankenhaus, bei dem Arzt und seiner Tante gewesen, aber zwischen dem Zeitpunkt seiner Abfahrt in Littlehampton und seinem Eintreffen in Chalklands hatte er das Verbrechen begangen. Ausgerechnet bei diesen beiden »Zeitpunkten« war er sich unsicher, und laut der Aussage seiner Frau war er wohl *später* auf den Hof zurückgekehrt, als er angedeutet hatte. Vielleicht würde er von dieser Tante eine präzisere Angabe der Uhrzeit erhalten, zu der William sie wieder verlassen hatte. William glaubte, irgendwann gegen neun bei ihr weggefahren zu sein. Janet hatte erklärt, er sei nicht vor 22.30 Uhr wieder auf dem Hof gewesen. Also hatte er für die Strecke zwischen der Stadt am Meer und Chalklands ungefähr anderthalb Stunden gebraucht.

Meredith hielt am Straßenrand und kramte seine Bezirkskarte im Maßstab 1:63 000 aus der Türablage. Mit einem biegsamen Stahllineal maß er sorgfältig die Entfernung. Höchstens zwanzig Kilometer! Anderthalb Stunden für zwanzig Kilometer? Das war unfassbar, absurd! William hatte ihm versichert, er sei auf direktem Weg zurückgefahren und habe unterwegs nicht angehalten.

Meredith verspürte eine zufriedene Erregung, die übliche Empfindung, wenn ein Lichtstrahl ein besonders dunkles Problem durchdrang. Könnte er doch nur bestimmen, wann genau John Rother getötet worden war – das würde die Sache noch ein wenig mehr erhellen. Der Uhr am Armaturenbrett des Hillman zufolge hatte er Chalklands um 18.15 Uhr verlassen. Danach war er rund fünfzig Kilometer weit gefahren, wohin und warum auch immer, bis er die Stelle unterhalb des Cissbury Ring erreicht hatte. Nicht dass Meredith etwas davon ableiten konnte. Rother mochte auf diesen fünfzig Kilometern irgendwo *unterwegs* eine Stunde oder auch zwei gestanden haben. Oder er war an diesen schicksalhaften Treffpunkt gelangt und hatte dort mehrere Stunden lang gewartet, bis sein Mörder erschien und ihn angriff. Vielleicht hatte er auch –

Meredith merkte plötzlich, wie sein Herz schneller schlug und das Blut ihm in die Ohren schoss. Eine jähe Erregung packte ihn. Er trat das Gaspedal durch. Idiot! Was war er nur für ein Idiot! Das musste das Alter sein. Dass er so etwas übersehen konnte! Er hörte schon den vernichtenden Spott des Alten, sollte er je die Details dieser krassen Kurzsichtigkeit erfahren.

Die Uhr auf dem Armaturenbrett des Hillman ging genau. Während Rothers letztem Kampf in dem Wagen waren die Anzeigen am Armaturenbrett eingeschlagen worden, und Meredith erinnerte sich jetzt, dass die Uhr nicht tickte. Was bedeutete – *dass die Uhr exakt in dem Moment, als der Mord begangen wurde, stehen geblieben war!*

In Findon hielt er an Clarks Tankstelle, wo John Rothers Wagen abgestellt worden war, nachdem Pyke-Jones ihn entdeckt hatte. Doch bevor er den Wagen untersuchte, brauchte Meredith noch eine andere Information.

Clark erkannte den Superintendent und tippte sich an die Stirn.

»Wie geht's, Sir? Kann ich Ihnen helfen?«

Meredith nickte.

»Eine kleine Auskunft, Mr. Clark. An dem Abend, bevor Rothers Hillman unterhalb des Cissbury entdeckt wurde, hat sein Bruder, William Rother, bei Ihnen getankt?«

»Stimmt, Sir – er war da. Hat gesagt, er will nach Littlehampton, wo seine Tante einen Unfall hatte. Ich hab ihm zehn Liter reingetan, dann ist er auf der Straße zurück und Richtung Angmering-Littlehampton abgebogen. Das sieht man von hier aus – rund hundert Meter nach links.«

»Wie spät war es da?«

Clark überlegte eine Weile, wobei er sich mit dem Zeigefinger durch die Haare fuhr.

»Halb acht – zwanzig vor acht. So um den Dreh.«

»Danke – könnte ich mir jetzt noch mal Rothers Hillman ansehen? Der steht doch noch hier, oder?«

»Ja, Sir – da lang. Wir haben noch nichts dran gemacht, obwohl Mr. William uns beauftragt hat, die Windschutzscheibe und das Armaturenbrett zu reparieren. War in letzter Zeit einiges los. Wie immer in der Urlaubszeit.«

»Gott sei Dank«, dachte Meredith, während er Clark durch eine große Wellblechwerkstatt folgte, in der der Wagen ganz hinten abgestellt war. Es wäre ein böser Schock gewesen, wenn Clark den Schaden schon repariert und die alte Uhr weggeworfen hätte.

Ohne eine weitere Erklärung zu liefern, steckte er den Kopf durchs offene Fenster der Fahrertür und nahm das eingeschlagene Zifferblatt der Uhr in Augenschein. Die zum Glück nicht beschädigten Zeiger waren exakt bei fünf Minuten vor zehn stehen geblieben. 21.55 Uhr! Welcher Zeitpunkt hätte besser zu seiner Theorie passen können, dass William der Mörder war? Hätte er sich eine Zeit aussuchen können, um damit seinen Verdacht zu veranschaulichen, dann hätte sie zwischen fünf Minuten vor und nach zehn gelegen! Bedeutete das nun, dass er eine Verhaftung vornehmen konnte?

Kapitel 5

DER MANN MIT DEM UMHANG

»Das ist ja alles schön und gut«, sagte Major Forest, »aber wer hat das Telegramm abgeschickt? William selbst kann es ja nicht gewesen sein. Der war in Chalklands. Das spricht doch für einen Komplizen in Littlehampton, nicht?«

»Die Tante oder Dr. Wakefield«, meinte Meredith.

»Möglich – aber riskant, da wir sie ja sofort verdächtigen würden. Außerdem kennt man sie dort, und auf der Post würde sie wohl jemand von den Angestellten oder Kunden erkannt haben. Nein, mein Lieber, ich tippe eher auf einen Unbekannten aus Littlehampton – vielleicht ein Landstreicher, den man dafür bezahlt hat, ohne dass er von Williams kriminellen Absichten wusste. Und was ist mit dem Schädel? Noch nicht aufgetaucht?«

Meredith schüttelte den Kopf.

Major Forest schwieg, paffte geräuschvoll an seiner Pfeife und sprudelte dann jäh los: »Wissen Sie, Meredith, Sie sind übers Ziel hinausgeschossen. Sie gehen davon aus, dass Rother mit einem stumpfen Gegenstand getötet wurde. Warum nicht erschossen oder erstochen? Sie haben den Schädel doch gar nicht, also können Sie auch nicht die Art der Wunde beweisen.«

»Erschossen wurde er nicht, Sir«, widersprach Meredith.

»Bevor Rother das Bewusstsein verlor, hat, so wie es aussieht, ein heftiger, längerer Kampf stattgefunden. Ein Schuss aus kurzer Entfernung – Sie erinnern sich, dass sich auf dem Fahrersitz Blut befand? – hätte ihn sofort getötet. Zumal er offenbar am Kopf verletzt wurde. Erstechen wäre eine Möglichkeit – aber dann hätte der Mörder ganz schön gepfuscht. Üblicherweise sticht man einem Menschen ins Herz oder in den Hals, aber nicht in den Kopf. Sie können meiner Argumentation folgen, Sir?«

»Vollkommen. Was nicht unbedingt heißt, dass ich Ihrer Meinung bin. Nicht, dass es zu diesem Zeitpunkt wichtig ist, wie der arme Kerl getötet wurde. Ich frage lediglich, denn wenn Ihre Theorie mit dem ›stumpfen Gegenstand‹ zutrifft, dann sollte auch die Chance bestehen, die Waffe zu finden. Sie glauben also, dass William Rother seinen Bruder auf dem Rückweg von Littlehampton ermordet hat. Dann hätte er möglicherweise einen Schraubenschlüssel oder einen Hammer oder dergleichen benutzt, wie?«

»So stelle ich's mir vor.«

»Dann schafft er die Leiche seines Bruders in den Morris Cowley – sagen wir, hinten rein und eine Decke drüber –, fährt nach Hause auf den Hof, versteckt die Leiche irgendwo, zerstückelt sie später und legt sie Stück für Stück in den Ofen.«

»So dürfte es gewesen sein.«

»Und sein Wagen – haben Sie den untersucht? Da muss es doch auf der Matte und dem Bodenblech eine große Sauerei gegeben haben. Außerdem – was ist mit Williams Kleidern? Könnte er die Leiche denn in den Wagen gekippt haben, ohne sich den eigenen Anzug blutig zu machen? Bedenken Sie, als er zurückkam, ging er gleich ins Haus, trank ein Glas,

las die Zeitung und legte sich ins Bett. Umgezogen konnte er sich nicht haben, denn das hätte seine Frau bemerkt und es gesagt. Normalerweise zieht man sich als Mann eine halbe Stunde vorm Zubettgehen nicht noch mal um.«

Meredith schaute ein wenig trübsinnig drein.

»Sie finden meine Theorie also schlecht?«

»Schlecht und gut, Meredith. Sehn Sie's doch mal so: Ihnen zufolge hatte William anderthalb Stunden, um von Littlehampton nach Chalklands zu kommen, zum Cissbury zu fahren, seinen Bruder umzubringen, die Leiche in den Wagen zu legen, sie irgendwo in der Nähe des Hofs zu verstecken, den Morris in die Garage zu fahren sowie sämtliche Blutflecken vom Rücksitz und von sich selbst zu entfernen. Dafür müsste er ziemlich schnell gearbeitet haben, nicht? Blutflecken kriegt man nicht so einfach weg, ist Ihnen das klar?«

»Dann sieht es so aus –«, begann Meredith verdrossen.

»Dass William Rother nicht der Mörder ist«, schloss Major Forest. »So *sieht es aus*, Sie sagen es. Ich schließe ihn nicht als möglichen Verdächtigen aus. Ich meine nur, dass wir momentan nicht in der Lage sind, eine Verhaftung vorzunehmen.«

»Was würden Sie dann raten, Sir?«

»Fahren Sie zu der Tante. Gehen Sie zu Wakefield. Schauen Sie sich in Littlehampton um. Untersuchen Sie seinen Morris Cowley. Schnüffeln Sie in den Nebengebäuden auf dem Hof herum. Versuchen Sie, den Ort zu finden, wo die Leiche zerteilt wurde. Damit hätten Sie wohl genug zu tun, wie?«

»Reichlich«, lachte Meredith.

Major Forest legte dem Superintendent die Hand auf den Arm.

»Und verlieren Sie um Gottes willen nicht den Mut, mein

Lieber. Wir hatten schon Fälle, die hundert Prozent komplizierter waren. Meiner Meinung nach kann man eine schwierige Ermittlung nur auf eine Art anpacken.«

»Und die wäre, Sir?«

»Verbeißen Sie sich darin wie ein Terrier in einer Ratte.«

Doch trotz der Aufmunterung durch den Alten wurde es für Meredith ein ermüdender und unergiebiger Tag. Gegen zehn Uhr verließ er sein Büro und fuhr direkt nach Chalklands. Der Zufall wollte es, dass William Rother von einem Freund geschäftlich nach Pulborough gebracht wurde und seine Frau mit dem Bus zum Einkaufen nach Worthing gefahren war. Somit konnte er die Nebengebäude absuchen und den Morris Cowley in Augenschein nehmen, ohne Neugier zu wecken. Doch nach drei Stunden musste er anerkennen, dass weder der Wagen noch die Nebengebäude irgendwelche Hinweise ergaben. Fußmatte und Fußraum hinten in Rothers Wagen waren vollkommen in Ordnung. Es gab keinerlei Anzeichen, dass von der Matte oder den Trittbrettern Flecken weggeschrubbt worden waren, ebenso weckte in den diversen Kuhställen, Schuppen, Speichern und Scheunen im näheren Umkreis des Hofes nichts seinen Argwohn.

Anschließend fuhr er nach Angmering, wo er zu Mittag aß, und dann weiter nach Littlehampton, das er gegen 15.30 Uhr erreichte. Dr. Wakefield war gerade in seinem Sprechzimmer mit einem Patienten beschäftigt, doch gleich danach gab er dem Superintendent bereitwillig sämtliche erbetenen Auskünfte. Doch erneut fiel das Ergebnis negativ aus. William sei an dem fraglichen Abend kurz nach acht bei ihm gewesen. Von dem Telegramm, seiner Meinung nach ein äußerst herzloser Streich, habe er nichts gewusst. Er behandle Miss Emily

Rother zwar, die sei jedoch für ihre gut siebzig Jahre mehr als gesund und rüstig. Er gab Meredith ihre Adresse mit der Versicherung, die alte Dame gehe nachmittags nie aus.

Miss Emily Rother empfing den Superintendent mit absoluter Souveränität. Sehr aufrecht auf ihrem Eichenstuhl an einem kleinen Teetischchen sitzend, bedeutete sie ihm, Platz zu nehmen, und trug dem Hausmädchen auf, eine weitere Tasse samt Untertasse zu bringen. Sodann hielt sie sich einen Ehrfurcht gebietenden Schalltrichter ans Ohr und fragte Meredith mit lauter Stimme, was er wissen wolle.

»Es handelt sich um den Besuch Ihres Neffen bei Ihnen am Samstag, dem 20. Juli«, erwiderte Meredith ebenso lautstark.

»Schon gut! Schon gut!«, rügte Miss Emily. »Es besteht kein Grund, so zu schreien. Ich höre noch sehr gut, vielen Dank, wenn Sie bitte ganz normal sprechen wollen.«

Meredith entschuldigte sich eilig.

»Um wie viel Uhr ist er an dem Abend gekommen?«

»Wie?«

Meredith wiederholte die Frage etwas lauter.

»Schon gut! Seien Sie doch *bitte* etwas leiser, guter Mann. Um wie viel Uhr er gekommen ist? Um wie viel Uhr *wer* gekommen ist?«

»Ihr Neffe.«

»John?«

»Nein, William.«

»Ich habe übrigens gehört«, sagte Miss Emily, »dass John wegen seiner Gesundheit ins Ausland gefahren ist. Wissen Sie etwas darüber?«

»Nein, nichts.«

»Ich finde das nur so eigenartig – so ein großer, massiger

Mann wie John, mit diesem roten Gesicht. Ja, wenn es William gewesen wäre –«

»Der hat Sie doch am Samstag, dem 20. Juli, besucht, nicht?«

»Wie konnte er das, wenn er doch wegen seiner Gesundheit im Ausland ist?«

»Nein, nein«, protestierte Meredith. »Ich meine William.«

»Aber *der* ist ja nicht im Ausland. Das ist John. William hat mich erst vor Kurzem hier besucht.«

»Am Samstag, dem 20. Juli?«

»Ach ja? Also wirklich, ihr Polizisten wisst aber auch alles. Es ist wunderbar, wie Sie so viel über anderer Leute Angelegenheiten herausfinden.«

»Vielleicht weiß Ihr Hausmädchen noch das Datum?«

»Warum sie fragen, wo Sie es doch sowieso schon wissen? Das ist sehr dumm.«

»Aber ich weiß es eben nicht, Madam. Deshalb frage ich Sie ja danach.«

»Na, warum haben Sie das nicht gleich gesagt, statt sich so schlau zu geben? Für einen Polizisten sind Sie sehr unintelligent, nicht? Ich dachte, heutzutage waren die meisten von Ihnen auf der Universität. Haben Sie denn einen Abschluss?«

Innerlich merkte Meredith an: »Mehr Aufschluss wäre mir lieber.« Laut suchte er sie zu überreden: »Miss Rother, ich muss Sie bitten, mir die folgenden drei Fragen zu beantworten. Zuallererst – hat Ihr Neffe William Rother Sie an einem Samstagabend besucht?«

»Ja natürlich, das habe ich Ihnen doch schon gesagt.«

»Und Sie sind sich sicher, dass es ein Samstag war?«

»So sicher wie Sie selbst, junger Mann. Irgendein Verrückter war so dreist, William ein Telegramm zu schicken, ich sei im Krankenhaus. Ich glaube, das war dieser Dummkopf Dr. Wakefield. Der trinkt nämlich, wissen Sie. Er hat es geleugnet, als ich ihn neulich zur Rede stellte – aber wenn ein Mann trinkt, kann man sich wirklich nicht auf sein Wort verlassen, nicht wahr? Darauf bestehe ich – wenn ich sterbe, dann in meinem Bett und *nicht* auf einer Krankenstation.«

»Um welche Zeit kam Ihr Neffe?«

»Um 20.17 Uhr«, lautete Miss Emilys verblüffend prompte Antwort.

»Sie sind sich da sehr sicher«, bemerkte Meredith lächelnd.

»Ich kann immer noch die Uhr lesen, junger Mann. Halten Sie mich denn für altersschwach? Kurz bevor William hereinkam, habe ich zufällig auf die Uhr geschaut.«

»Auch, als er ging?«

»Nein«, krähte Miss Emily. »Aber William schaute auf die Uhr und sagte, es werde nun Zeit für ihn.«

»Vermutlich haben Sie keine Ahnung, wann –«

»O doch!«, war Miss Emilys triumphierende Erwiderung. »Die Uhr von St. Swithin schlug neun, kurz bevor mein Neffe ging. Ich bin nicht so vertrottelt, wie Sie meinen, Sergeant. Nein. Nein. Protestieren Sie nicht. Sie sind ein *netter* Mann, nur dumm. Ich begreife nicht, warum die Ausländer so ein Aufhebens um unsere britischen Polizisten machen. Noch eine Tasse Tee?«

Auf der Rückfahrt nach Lewes hatte Meredith richtig schlechte Laune; er verfluchte sich, dass er so viel wertvolle Zeit verloren hatte. Miss Emily Rother hatte ihm zwar die Abfahrtszeit ihres Neffen genannt, aber was war mit dem alles entscheidenden Zeitraum zwischen 21.00 und 22.30 Uhr?

Ob jemand, der William Rother kannte, diesen auf der Straße gesehen hatte? In Findon beispielsweise, bevor er auf die Bindings Lane abgebogen war? Findon hatte er wohl gegen 21.20 Uhr erreicht, dann wäre er mit der Leiche seines Bruders wahrscheinlich irgendwann zwischen 21.45 und 22.15 Uhr wieder dort durchgefahren. Nach längerem Nachdenken griff er entschlossen zum Telefonhörer, und wenige Minuten später sprach er mit dem Findoner Sergeant.

»Hören Sie mal, Rodd, ich hätte da eine Routineaufgabe für Sie. Ja, dieser vermaledeite Fall Rother. Finden Sie doch mal raus, ob jemand in Ihrer Gegend William Rother am Abend des 20. Juli durch Findon oder auf der Bindings Lane gesehen hat, irgendwann zwischen 21.20 und 22.15 Uhr. Wie? Sein Wagen? Nein – ein Morris Cowley. Ältere Limousine, dunkelblau lackiert. Haben Sie das? Schön. Sie geben mir so schnell wie möglich Bescheid, ja?«

Meredith wollte schon auflegen, als ihn die Stimme des Sergeant davon abhielt.

»Momentchen noch, Sir. Ich wollte Sie auch gerade anrufen.«

Bei der kaum verhüllten Erregung in Rodds Stimme erwachte Meredith zum Leben.

»Was gibt's? Was Neues?«

»Ja.«

»Wichtig?«

»Glaube schon. Kennen Sie eine gewisse Hound's Oak Farm?«

»Nie gehört.«

»Also, die ist nicht weit von der Bindings Lane. Zufällig hat der Constable heute Nachmittag mit dem Schäfer von

Hound's Oak gesprochen. Anscheinend war der drüben bei Bindings, um sich ein Stück Maschendraht auszuleihen, das er dringend brauchte. Auf dem Rückweg nach Hound's Oak ist plötzlich ein Kerl aus dem Wald gesprungen, durch den der Weg dort verläuft, und ist den Pfad lang gerannt, bevor er ihn aufhalten konnte.«

»Wann war das?«

»Am Abend des 20. Juli«, sagte Rodd bedeutungsschwer.

»Ja, und weiter?«

»Mike Riddle, das ist der Schäfer, dachte erst, es ist ein Wilderer. Er hat dem Kerl nachgerufen, er soll stehen bleiben, hat aber keine Antwort bekommen. Genau an der Stelle verlässt der Weg den Wald, und Mike war so flink, dass er den Mann auf dem freien Hang kurz sehen konnte. Sie werden sich erinnern, dass in der Nacht der Mond ein wenig rauskam?«

»Um welche Zeit war das?«

»Gegen zehn, schätzt Mike.«

»Verstehe. Und dann?«

»Tja, Sir – Mike sind ein paar Sachen an dem Kerl aufgefallen, die nicht so recht zu einem Wilderer passen wollen. Zum einen hatte er eine Aktentasche dabei, zum anderen trug er einen Umhang und einen breitkrempigen, weichen Hut.«

Bei aller Spannung lachte Meredith schallend auf.

»Großer Gott, Mann, das klingt ja ganz nach einer Kostümierung! Sind Sie sicher, dass dieser Riddle sich nicht geirrt hat?«

»Er beschwört es. Er hat es gegenüber dem Constable heute überhaupt bloß erwähnt, weil der Mann so ungewöhnlich gekleidet war. Natürlich hat Mike das nicht mit dem Fall Rother in Verbindung gebracht, weil die Ergebnisse der Untersuchung ja erst heute publik wurden. Ich meine damit, er hat erst heute erfahren, dass John Rother ermordet worden ist.«

»Ja, verstehe. Nur damit ich das klar sehe: Dieser Pfad verbindet die Bindings mit der Hound's Oak Farm, korrekt?«

»So ist es. Er beginnt an der Bindings Lane kurz vorm Hof, führt durch ein Waldstück und endet zweihundert Meter weiter oben am Hang bei der Hound's Oak.«

»Und wenn dieser Bursche an der Hound's Oak vorbei ging – was dann?«

»Na, dann kommen einige Kilometer offenes Hügelland. Das nennt sich Park Brow. Wäre er danach weiter geradeaus gegangen, dann wäre er irgendwo in Steyning oder Bramber gelandet.«

»Danke, Rodd«, sagte Meredith förmlich. »Das könnte uns nützen. Vielleicht holen Sie sich von Riddle noch eine unterschriebene Aussage und lassen sie herschicken. Und vergessen Sie nicht diese andere Sache. Wiedersehn.«

Nachdem Meredith aufgelegt hatte, verharrte er vollkommen reglos und dachte angestrengt nach. Was zum Teufel hatte dieser kostümierte Kerl nachts um zehn auf einem einsamen Pfad zu suchen? Und dann auch noch in der Mordnacht und dazu ganz in der Nähe der Stelle, wo John Rother getötet worden war? Und wozu die Aktentasche?

Ein jäher Ideenfluss durchströmte Merediths Gehirn. War diese vermummte Gestalt William Rothers Komplize? Hatte dieser Mann gar den Mord begangen, bevor William mit seinem Wagen kam, um die Leiche auf den Hof zu bringen? War es möglich, dass John Rother schon ganz früh am Abend unterhalb des Cissbury angelangt und sogleich von dem Unbekannten angegriffen worden war? Angenommen, die Aktentasche enthielt einen Satz chirurgischer Instrumente und eine große Gummiplane – der Mörder hätte sie zwischen den Ginsterbüschen ausbreiten und sich an die schaurige Operation machen können, sein Opfer zu zerteilen und zu enthaupten, bevor William dazu kam. Verflucht! William hätte schon mit einem metallenen Schrankkoffer hinten im Wagen nach Littlehampton losfahren können, bereit zur Aufnahme der schaurigen Überreste! Niemand hatte ihn nach Littlehampton abfahren sehen. Seine Frau wanderte da gerade auf dem Chanctonbury, und Kate Abingworth hätte sich wohl kaum die Mühe gemacht, ihren Dienstherrn zur Garage zu begleiten. Und dann? Er erreicht die abgelegene Stelle an der Bindings Lane, die Überreste werden in den metallenen Schrankkoffer geladen, danach fährt er gleich weiter nach Chalklands. Was hätte ihn daran hindern können, nachts hinauszuschleichen, den Schrankkoffer aus dem Wagen zu holen und ihn in seinem Schlafzimmer zu verstecken? Oder warum nicht gleich ein paar Teile in den Ofen legen? Und in den folgenden Nächten wieder und wieder, bis der Koffer leer war.

»Das würde den Einwand des Alten mit dem Zeitfaktor erledigen«, dachte Meredith mit zunehmendem Hochgefühl. »William könnte die Überreste mit Leichtigkeit am Cissbury abgeholt haben und binnen anderthalb Stunden in Chalklands gewesen sein.«

Dann dachte er: »Die Uhr? Was ist mit der Uhr?«

Die war um 21.55 Uhr stehen geblieben. Wurde ihr Glas von dem Mann mit dem Umhang bewusst eingeschlagen, bevor er sich vom Schauplatz seiner grausigen Tat davonmachte? Das passte ungefähr zu der Zeit, als er von Mike Riddle auf dem Pfad zur Hound's Oak gesehen wurde. Dann hätte er gerade so viel Zeit gehabt, um die Strecke vom Wagen bis dorthin, wo Riddle ihn gesehen hatte, zurückzulegen. Vielleicht waren ja die ganzen Kampfspuren von dem Mann mit dem Umhang bewusst gelegt worden, um die Polizei bei ihren Ermittlungen zu verwirren.

»Reine Theorie«, dachte Meredith vorsichtig. »Aber plausibel.«

Rodd zufolge wäre der Mann, wenn er weiter geradeaus über die Downs gelaufen wäre, in der Gegend um Steyning und Bramber gelandet. In dem Fall konnte man doch auch herausfinden, ob die dortige Polizei spät abends jemanden bemerkt hatte, auf den die Beschreibung des Unbekannten zutraf. Sogleich ließ er sich nach Steyning durchstellen und bat den Inspector, seine Leute zu befragen und sich dann umgehend in Lewes zu melden.

Daraufhin zog er einen Block auf seine Schreibunterlage und verfasste den folgenden Text, der in sämtlichen Zeitungen von Worthing und West Sussex veröffentlicht werden sollte.

Wer am Samstag, dem 20. Juli, zwischen 18.00 Uhr und Mitternacht im Umkreis von acht Kilometern um den Cissbury Ring einen Mann mit Umhang und breitkrempigem Filzhut sowie einer Aktentasche gesehen hat, möge sich bitte mit der Sussex County Constabulary in Lewes oder der nächsten Polizeidienststelle in Verbindung setzen.

Als das erledigt war, stellte er seinen Wagen in der Polizeigarage ab und ging, nun etwas optimistischer gestimmt, nach Hause in die Arundel Road. Am Esstisch erklärte ihm sein siebzehnjähriger Sohn Tony präzise, wie John Rother ermordet worden war und welchen Hinweisen nachzugehen sich lohne. Er schloss mit der Frage, ob er denn bitte die blutige Mütze für sein neu gegründetes Kriminalmuseum haben könne (falls sie nicht mehr gebraucht werde).

Kapitel 6

EINE NEUE SICHT AUF DEN FALL

Am selben Abend fand sich im Salon des Chancton Arms in Washington ein regelrechtes Konklave von »Stammgästen« ein. Es gab nur ein Gesprächsthema – den Mord an John Rother und die Erkenntnisse des Coroner bei der Untersuchung am Vortag. Die Morgenzeitungen berichteten recht wortreich über das Verbrechen, und viele Abbildungen zeigten ohne jeden Bezug ein Bild des Chanctonbury Ring. Die Gespräche fächerten vom Hauptthema in alle erdenklichen Richtungen aus: der Polizei wurden kostenlose Ratschläge erteilt; Theorien wurden vorgetragen; man nickte zustimmend zu diesem und jenem verdächtigen Umstand; man erzählte sich Anekdoten von John und William; man hob die Gläser auf die Verhaftung des »Mordbuben, soll er doch hängen, zum Donner, so wie *alle* Mordbuben hängen solln«. Im Chancton Arms herrschte offenbar keinerlei Zweifel an der Wirksamkeit der Todesstrafe.

»Ist doch bloß recht und billig, dass die, wo Leben nehmen, auch Leben verlieren«, bemerkte der alte Garge Butcher unter dem vereinten Beifall der Versammlung. »Auge um Auge, Zahn um Zahn, wie's im Buche steht. Mister John, das war schon ein selten netter Kerl, das findet ihr doch bestimmt auch, und ich für mein Teil würd nicht anstehen, seinem Übeltäter, wenn der jetzt hier zur Tür reinkäm, eins auf den Schädel zu geben.« Und mit dem ausgestreckten Seidel Mild und Bitter zeigte der alte Garge mit derart dramatischer Gebärde zur Kneipentür, dass sich alle Köpfe in der Erwartung, gleich werde der Mörder eintreten, dorthin wandten.

Tatsächlich öffnete sich die Tür in dem Moment auch, und ein schmaler Junge mit strähnigen Haaren und fliehendem Kinn reckte sein Raubvogelgesicht fragend zu der Gesellschaft hin. Brüllendes Gelächter begrüßte diese seltsame Erscheinung, die im Ort mit der Direktheit bukolischer Spitznamen als »Spinner« Ned bekannt war.

»Na los, hau ihn, Garge!«

»Da steht der Kerl, der Mister John kaltgemacht hat!«

»Am besten gestehst du gleich, dass du's warst, Ned – der Constable sucht dich schon überall.«

Das Gelächter wogte auf und ab, doch Ned stand nur da und beäugte die Gruppe mit humorvoller Duldung. Er war seine Rolle als Zielscheibe gewohnt und auf seine schlichte Art sogar stolz darauf.

»Und was soll ich gestehn?«

»Jetzt sag bloß, du hast es noch nicht gehört, Ned«, sagte der alte Garge. »Bist ja ein bisschen einfältig, aber so einfältig nun auch wieder nicht.« Garge zwinkerte den anderen zu. »Ich denk mal, der weiß, wer's getan hat. Was, Ned?«

»Weiß ich auch!«, sagte Ned kämpferisch und nickte langsam, um seine Überzeugung zu untermauern.

»Und wer, Ned?«

»Sie war's«, sagte Ned mit bewundernswerter Kürze.

»Und wer ist ›sie‹ wohl?«

»Mister Wills Frau.«

Erneutes Gelächter begrüßte diese Meinung, während Ned mit den Füßen scharrte und die Dörfler reihum trotzig anschaute.

»Ich sag's euch, ich weiß es. Ich hab gesehn, wie sie Teile von der Leiche in den Ofen gelegt hat. Nämlich in der Nacht, wo der Pfarrer sein Whistturnier gemacht hat.«

»Was hastn da gesehen, Ned?«

»Ich hab gesehn, wie Mrs. Will zum Tor von Chalklands rausgekommen ist, mit nem dicken Paket unterm Arm.«

Der alte Garge spielte das Spiel mit. »Und das warn die Leichenteile, wie, Ned?«

Ned nickte, zutiefst überzeugt.

»Warum würd sie denn sonst lang nach Mitternacht rauskommen, wenn nicht, um Leichenteile in den Ofen zu tun?«

Tom Golds, der Dorfbäcker, weithin bekannt als kluger und gebildeter Mann, schaltete sich ein: »Vielleicht ist da ja was dran, was Ned sagt. Ist doch wirklich merkwürdig, wenn eine Frau weit nach Mitternacht mit einem Paket aus dem Haus geht. Zur Post will sie damit ja wohl nicht. Bist du sicher, Ned, dass es ein Paket war und nicht die Katze? Das wär sozusagen fasslicher und würde die Sache erklären.«

Ned blieb stur bei seiner Meinung.

Der Bäcker fuhr fort: »Und wie kommt's, dass du noch so spät unterwegs warst, Ned?«

»Der Pfarrer hat mich gefragt, ob ich ihm beim Putzen von der Legion Hall helfen kann. Nach dem Whistturnier war alles dreckig, weil die Burschen alle ihre Pfeife ausgeklopft haben. Also bin ich noch geblieben und hab gefegt und die Stühle richtig hingestellt. Wie ich dann auf die Straße bin, war zwölf schon durch.«

»Und hat sie dich gesehen, Ned?«

»Nö – hab mich versteckt, bis sie bei den Öfen war. Hab mich ganz schön gegruselt, wie ich die da mit dem Leichenteil wie'n Schirm unterm Arm gesehn hab.«

»Jetzt Moment mal, Ned! Das Whistturnier war doch Donnerstag vor einer Woche. Woher hast du denn da schon gewusst, dass das Leichenteile waren, wo's doch erst heut Morgen in der Zeitung gestanden hat?« Der alte Garge schaute sich ob dieses Beweises seiner Schläue triumphierend um. »Hab ich dich erwischt, Ned, was!«

»Ich hab eben *geraten*, dass das Leichenteile warn«, erwiderte Ned mürrisch, empört darüber, dass an seiner Geschichte herumgenörgelt wurde.

Tom Golds schien das, was Ned unbedingt gesehen haben wollte, ernster zu nehmen. Er fand es durchaus merkwürdig, dass Janet Rother weit nach Mitternacht durch das Tor von Chalklands ging, egal, was das Paket enthielt.

»Ich glaube«, sagte er schließlich nach allgemeiner Debatte, »Ned hat da was gesehen, was geklärt werden muss. Wir wissen alle, dass Ned nachts schon mal komische Sachen sieht, aber er ist ja doch ziemlich sicher, dass es Mrs. Will war. Außerdem erinnert er sich, dass es in der Nacht vom Whistturnier war. Ich finde, Ned sollte mal mit dem Constable sprechen.«

»Aye – soll er mal«, bestätigte der alte Garge, der nun vollständig zur offiziellen Sicht gewechselt war. »Gesetz ist Gesetz – da führt kein Weg dran vorbei, Ned. Sprich du nur mal mit Constable Pinn.«

Ned schüttelte leicht den Kopf und wich zurück. Bestürzung lag in seinen schweifenden Augen.

»Nö – ich doch nich. Ich mach da kein Ärger! Am Ende sperrt mich der Constable noch ein.«

»Ich sorg dafür, dass er's nicht tut, Ned«, drängte Tom Golds. »Heut Abend kommst du mit mir, dann sehn wir mal, ob der Constable zu Hause ist.«

»Mir gefällt das nicht«, meinte Ned mit großem Unbehagen.

»Das ist ein Mordfall, Ned«, machte der alte Garge deutlich. »Das bist du auch Mister John schuldig, dass du mit dem Constable sprichst.«

»Gefällt mir trotzdem nicht«, protestierte Ned.

»Ich geb dir auch ein Glas Bitter aus«, sagte Tom Golds diplomatisch.

»Mach zwei draus«, warf der alte Garge ein.

»Drei!«, sagte Charlie Finnet.

»Vier!«, ergänzte Cyril Smith.

»Ich geh hin«, sagte Ned prompt. »Ich mach's.«

Manchmal schien es, als wäre Ned weit weniger einfältig, als er nach außen hin wirkte.

Sein Entschluss war folglich der Grund dafür, dass Meredith gleich am nächsten Morgen in Washington erschien. Der Constable hatte ihn am Vorabend noch spät angerufen, worauf der Superintendent verfügt hatte, dass Ned um 9.30 Uhr im Washingtoner Polizeiposten war. Nun saßen die beiden Beamten in dem heißen, stickigen kleinen Raum mit der Holzbank, der Küchenuhr, dem offiziell wirkenden Schreibtisch und den gestrichenen Wänden, die mit polizeilichen Anschlägen gepflastert waren.

»Und wie sehr kann man sich auf die Aussage dieses Mannes verlassen?«, fragte Meredith gerade.

»Na ja«, begann der Constable vorsichtig, »in einer Hinsicht ist er verrückt, in einer anderen nicht. Bei normalen Sachen wie Geld, Politik und Landwirtschaft ist er einfältig. Solche Sachen kapiert er nicht richtig. Andererseits glaube ich nicht, dass Ned so schlau ist, eine Geschichte wie die über Mrs. Rother zu erfinden. Die hätte er nicht mit so was Plausiblem wie dem Whistturnier verbinden können oder damit, dass der Pfarrer ihn gebeten hat, beim Aufräumen zu helfen. Ich würde also sagen, Sir, dass man sich auf Neds Aussage im Großen und Ganzen verlassen kann, wenn auch nicht auf jedes Detail. Aber still! – Da kommt er, Sir, jetzt können Sie ihn selbst befragen.«

Neds Eintreten in den Polizeiposten ging nicht ohne eine aufwendige Pantomime vonstatten. Er blickte die Straße auf und ab, zog eine Uhr hervor, steckte sie zurück, tat, als wollte er sich wieder entfernen, ging auf Zehenspitzen zum Fenster, sah die wartenden Polizisten, tippte sich an die Schläfe, grinste und wollte erneut die Straße hinuntergehen.

»He!«, rief ihm der Constable aus der Tür nach. »Hier wartet ein Herr, der sich gern mal mit dir unterhalten möchte, Ned. Kein Grund zur Sorge. Der beißt nicht.«

Ein wenig beruhigt, kam Ned ein paar Schritte den Hang herauf und fragte demütig: »Kann ich wieder gehn, wenn ich gesagt hab, was ich gesehn hab?«

»Na klar, Ned.«

»Und der sperrt mich auch nicht ein?«

Der Constable lachte.

»Na, komm! Komm! So ist's brav«, schmeichelte er ihm, als wollte er einen Hund durch die Tür locken. »Der Herr kann nicht den ganzen Vormittag warten, Ned.«

Nun ganz beruhigt, trat Ned in den kleinen Raum, setzte sich unaufgefordert auf den Schreibtischstuhl, knöpfte die Weste auf und streckte die gestiefelten Beine in breitem Winkel von sich.

»Also, Ned«, begann Meredith mit lockerer Vertrautheit, »was habe ich da gehört? Du hast Mrs. Rother gesehen? Wann war das wohl, hm?«

Ned erklärte abermals die Sache mit dem Whistturnier, und Meredith machte sich Notizen, um dem Simpel die Bedeutung seiner Aussage nahezubringen. Nachdem er eine Menge Spreu von den wenigen Weizenkörnern getrennt hatte, verfügte er über die folgenden einigermaßen verlässlichen Fakten: Am Donnerstag, dem 25. Juli, vier Tage, nachdem die Tragödie entdeckt worden war, hatte Ned gesehen, wie Janet Rother das Tor von Chalklands geöffnet hatte und in Richtung der Kalköfen gegangen war. Unterm Arm hatte sie dabei ein in braunes Packpapier eingeschlagenes Paket, ungefähr von der Größe eines mittleren Korbs. Ned war ihr nicht gefolgt, weswegen er auch nicht mit Sicherheit sagen konnte, dass sie tatsächlich zu den Öfen gegangen war. Er schätzte den Zeitpunkt grob auf zwanzig nach zwölf, was Constable Pinn durch einen Besuch im Hope Cottage, wo Ned bei seinem Onkel wohnte, schon hatte bestätigen können. Auch Neds Onkel war bei dem Whistturnier gewesen, danach aber mit seiner Frau direkt nach Hause gegangen. Dort hatte er auf Neds Rückkehr gewartet. Sein Neffe war gegen 0.30 Uhr heimgekommen, was bedeutete, dass er zehn Minuten davor an Chalklands vorbeigelaufen war.

Nach Beendigung der Befragung, die zu Merediths Ärger viel zu lange gedauert hatte, fuhr er sogleich nach Chalklands.

Kate Abingworth zufolge war Janet Rother in Storrington, von wo sie erst am späten Abend zurückkehren wollte.

»Wer putzt Mrs. Rothers Schuhe?«, fragte Meredith.

»Judy.«

»Ich würde mich gern mal mit der jungen Dame unterhalten«, sagte Meredith und ergänzte beiläufig: »Übrigens, Mrs. Abingworth, *seit* dem Verschwinden Ihres Dienstherrn haben Sie wohl nicht gesehen, dass Mrs. Rother nachts das Haus verlassen hat?«

»Nie, nein.«

»Wer räumt ihr Schlafzimmer auf?«

»Na ich, ja.«

»Und Ihnen ist in dem Zimmer kein eigenartiger Geruch aufgefallen?« Kate Abingworth schüttelte den Kopf. »Und Sie haben auch keine Kleider, ein Stück Papier, ein Taschentuch oder dergleichen mit Blutflecken darauf bemerkt?«

»Gott, *nein*, ja!«, kam die emphatische Verneinung.

»Schön – dann rede ich jetzt mal mit Judy.«

»Wenn Sie mir folgen wollen – sie ist im Waschhaus, ja. Aber ich bezweifle, dass Sie was aus ihr rauskriegen. Ist ein dummes Ding.«

Meredith dagegen erlebte die siebzehnjährige Judy als hervorragende und intelligente Zeugin. Aus dem einfachen Grund, dass in ihrem Leben kaum einmal etwas außer der Reihe geschah, und wenn doch, dann wurde dieses ungewöhnliche Ereignis in ihrem Kopf mit der extremen Genauigkeit einer Fotografie festgehalten. Insbesondere war ihr in der Woche nach Mr. Johns Verschwinden aufgefallen, dass die Wanderschuhe ihrer Herrin jeden Morgen mit einer dicken Schicht Kalkstaub überzogen waren. »Ganz so, als hätte sie den Arbeitern geholfen«, wie Judy es formulierte. Sie habe es merkwürdig gefunden, es aber nicht erwähnt, weil ihre Dienstherrin oft über die Downs wanderte, was eine ähnliche Wirkung auf ihre Schuhe habe. Andererseits wandere ihre Herrin nicht *jeden* Tag über die Downs, und Judy war sich sicher, dass ihre Schuhe »an sechs von sieben Tagen« mit Kalk überzogen waren. Ebenfalls war sie sich sicher, dass die Schuhe *nur* in der Woche nach dem Verschwinden ihres Dienstherrn in diesem Zustand waren. Seitdem habe sie nicht mehr als »Spucke und Lappen« gebraucht.

Befriedigt, gleichzeitig aber zutiefst verblüfft von der neuen Richtung seiner Ermittlungen, ging Meredith hinunter zu den Kalkbrennern, die den Kalk aus den Backsteinbögen gruben und auf die wartenden Karren luden. Ein paar forsche Fragen und Antworten stellten ihn in einem weiteren Punkt zufrieden. Jeden Abend verblieben ein Haufen gebrochene Kreide und ein Haufen *cullum* an der Öffnung eines jeden Ofens für die Auffüllung am nächsten Morgen. Es war üblich, dass die Männer ihre Schaufeln an die Steinwand lehnten, welche die obere Ebene der Öfen abschloss. Auch eine Gießkanne mit Brause wurde dort gelassen.

»Warum das?«, fragte Meredith interessiert.

»Weil das *cullum* befeuchtet werden muss, sehn Sie, bevor es auf die Kreide geschaufelt wird.«

»Woher bekommen Sie das Wasser?«

»Gleich dort vom Ententeich.«

»Und das macht man jeden Tag?«

Der Mann nickte.

Meredith dankte ihm für seine Informationen und machte sich erwartungsvollen Schritts auf den Weg. Dieses unerwartete Stück Kalkbrennerwissen hatte ihn in eine neue Denkrichtung gestoßen. Wenn täglich Wasser auf den *cullum* gegossen wurde, dann musste der Boden rund um die Öffnung der Öfen ziemlich feucht sein. War die Hoffnung, zwischen den Schuhnägeln auch den Abdruck eines Damenschuhs zu finden, zu verwegen? Er ging zurück ins Haus, inständig betend, dass er dabei nicht auf William stieß, weil der dann Erklärungen von ihm wollte, und stöberte Judy auf. Nein, ihre Dienstherrin habe nicht ihre Wanderschuhe angehabt. Sie habe ein schickeres Paar getragen, da sie ihre Freundinnen in Storrington besuchen wollte. Die Brogues stünden noch zum Putzen unter der Bank im Waschhaus.

Äußerst froh darüber, in diesem Fall, der übervoll mit Theorien war, ein praktisches Indiz zu finden, holte Meredith einen der Schuhe und eilte zurück zur Ofenöffnung. Dort ging er, zum Glück unbeobachtet, auf Hände und Knie und unterzog den kalkigen Matsch, der vom Kohlenstaub geschwärzt war, einer sorgfältigen Prüfung. Eine Minute später fand er in freudiger Erregung genau das, wonach er gesucht hatte – einen vollständigen Fußabdruck am Rand des Kalkhaufens, in den Janet Rothers Brogue exakt hineinpasste.

»Dem Himmel sei Dank«, dachte er, »dass es seit dem 20. Juli nicht geregnet hat! Sonst wäre der nicht mehr da gewesen.«

Eigenartig war, dass er das Fehlen von Spuren in der näheren Umgebung des Überfalls bis jetzt dem trockenen Wetter zugeschrieben hatte. Nun aber war das Kalkpulver, befeuchtet von dem überschüssigen Wasser, das aus dem Kohlehaufen geronnen war, von der warmen Sonne fast zu einer Art Gips verhärtet. Janets Schuhabdruck war mithin so klar konturiert, als hätte ein Bildhauer eine detailgetreue Form erstellt. Aber leider fand er nur diesen einen Abdruck.

Nachdem er den Schuh ins Waschhaus zurückgebracht hatte, beschloss Meredith, zum Chanctonbury Ring und wieder zurück zu laufen, bevor er zu Rodd nach Findon fuhr. Er wollte nachdenken und theoretisieren, und den Rhythmus eines gleichmäßigen Gangs hatte er einer geistigen Tätigkeit schon immer als zuträglich empfunden. Vielleicht hatte er diese Angewohnheit entwickelt, als er in Cumberland stationiert war, wo eine lange Wanderung übers Moor noch jedes Mal eine Klärung der Gedanken bewirkt hatte. Und so stopfte er seine Pfeife, pries den Umstand, dass er bei diesem heißen Wetter in Zivil war, und machte sich, nachdem er die Kreidegrube hinterm Haus umgangen hatte, an den Aufstieg durch die reifenden Getreidefelder. Schon bald erreichte er einen Drahtzaun, darin eingelassen ein knarrendes Eisentor, hinter dem die braun-grüne Flanke des Hügels in einem herrlichen Schwung anstieg. Während er hinanschritt, tauchte zu seiner Linken ganz allmählich das Dorf Washington auf, tief in sein waldiges Tal geduckt. Dahinter hielt eine Windmühle über einer roten Sandgrube Wache, während der nördliche Horizont mit dem gezackten Kamm eines Föhrenwalds gesäumt war. Es war ein großartiger Ausblick, bis weit in die Ferne und dennoch irgendwie vertraut; die Felder wie ein Schachbrett angelegt, dazwischen hier und da einzelne Scheunen und Gehöfte mit roten Ziegeldächern und gelegentlich eine baumgesäumte Straße, die sich durch die Weiden wand.

Meredith seufzte. Er war nicht zum Vergnügen hier. Er musste die Landschaft vergessen, sämtliche Geräusche, Gerüche und Farben von seinen Sinnen fernhalten und sich auf die zunehmende Komplexität dieses verfluchten Rother-Falles konzentrieren.

Mehr denn je stand er vor einem Rätsel. Nach dem starken Verdacht, dass William seinen Bruder umgebracht hatte, sah er sich nun gezwungen, einen weniger gewissen Standpunkt einzunehmen. Zunächst einmal musste das seltsame Verhalten des Mannes mit dem Umhang bedacht werden – seine Rolle bei dem Verbrechen. Dann dieses neue, erstaunliche Indiz im Zusammenhang mit Janet Rother. Inwieweit war sie darin verwickelt? War sie in diesem teuflischen Plan eine dritte Beteiligte? Es galt ihm als sicher, dass Ned sie in jener Nacht am Donnerstag nach dem Mord gesehen hatte, wie schlicht der Bursche in mancher Hinsicht auch war. Ebenso sicher war, dass sie etwas unterm Arm trug. Ferner ging sie in Richtung der Öfen. Irgendwann war sie in der Nähe der Ofenöffnung, was aus dem Schuhabdruck geschlossen werden konnte. Und schließlich waren ihre Schuhe in der Woche nach dem 20. Juli auch noch mehr als üblich mit Kalkstaub überzogen.

Die ersten Knochen waren am 31. Juli zum Vorschein gekommen, die restlichen hatte man in Kalkladungen entdeckt, die zwischen dem 22. und 26. Juli ausgeliefert worden waren – das hatte Meredith mithilfe des Auftragsbuchs ermittelt. Demnach waren also Teile der Leiche in fünf aufeinanderfolgenden Nächten in die Öfen verbracht worden. Es lag auf der Hand, dass diese unerfreuliche Aufgabe zeitlich gestreckt worden war, damit nicht zu viele Leichenteile auf einmal unter den nachts von einem der Komplizen hineingeschaufelten Schichten Kreide und *cullum* verborgen werden mussten. Und dadurch auch nicht in auffälligen Mengen im Kalk erschienen.

Blieb die Frage: War Janet Rother von dem Mörder für diese grausige Arbeit benutzt worden? Wenn William der Mörder war, schien es doch eigenartig, dass er dies nicht selbst erledigt hatte. In jedem Fall aber stand für Meredith fest, dass, wenn Janet darin verwickelt war, sie und ihr Mann gemeinsam gehandelt hatten. Janet konnte den Mord unmöglich selbst begangen und dann auch noch die Leiche vom Cissbury weggeschafft haben. Zum einen war sie an jenem Abend in den Downs wandern gewesen, zum andern hatte ihr in der Garage der Rothers kein Wagen zur Verfügung gestanden. Johns war am Cissbury, und William war mit seinem nach Littlehampton gefahren.

Meredith blieb, einen Grunzlaut ausstoßend, abrupt stehen, knackte mit den Fingern, entzündete seine ausgegangene Pfeife und stieg weiter den Hang hinauf. Doch in dieser kurzen Unterbrechung seiner Wanderung war ihm jählings eine neue Idee durch den Kopf geschossen.

Janet Rother und der Mann mit dem Umhang? War das die kriminelle Verbindung, und William hatte gar nichts damit zu tun? War das Telegramm von Littlehampton einzig aus dem Grund abgeschickt worden, um William wegzulocken, damit Janet die Leiche unbemerkt nach Chalklands schmuggeln konnte?

Hastig zerrte Meredith seine 1:63 000-Karte aus der Brusttasche, wohin er sie am Morgen in weiser Voraussicht gesteckt hatte. Janet hatte den Hof vorgeblich verlassen, um zum Ring hinaufzuwandern. Was hätte sie daran gehindert, in diese Richtung loszugehen, dann aber auf einem weiten

Umweg zu der Straße zu laufen, die Washington und Findon verband? Dort konnte sie sich versteckt haben, bis sie sah, dass William nach Littlehampton fuhr. An irgendeiner vorher vereinbarten Stelle an der Straße konnte der Mann mit dem Umhang mit einem Wagen gewartet haben. Und dann? Janet steigt ein, und sie fahren zur Bindings Lane, wo sie kurz nach halb acht eintreffen. Da war John Rother schon überfallen und getötet worden, die Leiche schon zerlegt. Im Wagen des Mannes mit dem Umhang –

Merediths Gedankengang kam jäh zum Stillstand, um gleich darauf in eine andere Richtung loszuschießen. Wie konnte der Mann mit dem Umhang einen Wagen gehabt haben, wenn er doch gesehen wurde, als er sich an jenem Abend über die Downs »davonmachte«? Hatte er einen gehabt, musste er ihn da schon losgeworden sein – ein schwieriges und gefährliches Unterfangen. Doch für seinen Plan war ein Wagen wesentlich. Wie zum Teufel hatte er das dann geschafft? Geliehen? Gestohlen? Gemietet?

»Großer Gott!«, rief der Superintendent unvermittelt aus. »Warum denn nicht Rothers Hillman?«

Blitzartig sah er alles vor sich. John Rother überfallen und getötet. Die zerlegte Leiche in einer Gummiplane zwischen den Ginsterbüschen versteckt. Mit dem Hillman Janet abgeholt, dann zurück zum Cissbury. Die Überreste, nach wie vor in der Gummiplane, werden vor den Vordersitz des Hillman gekippt, wo zusätzliche Blutflecke nicht weiter auffallen. Dann werden sie entsprechend Janets Anweisungen und in Williams Abwesenheit nach Chalklands gefahren und versteckt – vielleicht in einem metallenen Schrankkoffer. Während Janet Kate Abingworth im Auge behielt, könnte der

Mann mit dem Umhang Rothers Überreste heimlich zu dem vorbereiteten Versteck geschleppt und in den Koffer gelegt haben. Anschließend fährt er zum Cissbury zurück, stellt den Wagen dort ab, wo er am nächsten Morgen entdeckt wird, und macht sich über die Downs Richtung Steyning davon. Würde das, dachte Meredith, nicht auch das vom Hillman zusätzlich verbrauchte Benzin erklären? Rother war tatsächlich direkt zum Cissbury gefahren, aber wegen dieser drei zusätzlichen Fahrten waren die gut fünf Liter Sprit verbrannt worden. Die zurückgelegten Kilometer, schätzte Meredith, würden die sechseinhalb Liter nicht ganz erklären, aber vielleicht ließ der Mann ja irgendwann den Motor laufen – möglicherweise als er an der Straße auf Janet wartete.

Janet Rother sagte, sie sei gegen Viertel vor zehn vom Chanctonbury zurück gewesen – ein Zeitpunkt, den, wie sie wusste, die Haushälterin bestätigen konnte. Demnach muss der Mann mit dem Umhang Chalklands kurz danach verlassen haben. Der Schäfer Mike Riddle hatte die merkwürdige Gestalt auf dem Pfad nach Hound's Oak (ungefähr) um zehn Uhr gesehen. War es möglich, dass der Mann diese Strecke binnen fünfzehn Minuten bewältigt haben konnte?

»Verflixt noch eins«, dachte Meredith entmutigt, »das wäre nicht gegangen. Dafür hätte er wenigstens fünfundzwanzig Minuten gebraucht.«

Hatte Janet Rother beim Zeitpunkt ihrer Rückkehr ins Haus gelogen, um dem Mann mit dem Umhang ein Alibi zu verschaffen? Vielleicht hatte sie darauf spekuliert, dass Kate Abingworth nicht auf die Uhr schaute. Janet brauchte ja nur fünfzehn Minuten früher gekommen sein, damit Merediths Theorie Bestand hatte. Dazu musste er gleich noch einmal die Haushälterin befragen, bevor er nach Findon zum Sergeant fuhr.

Trotzdem war Meredith entschlossen, bis zum Ring zu gehen, bevor er wieder nach Chalklands hinabstieg. Er hatte gehört, dass der Blick von dem Buchenwäldchen aus einzigartig und unvergesslich sei. Einen Regentümpel passierend, an dem gerade ein paar Schafe tranken, bewältigte er den verbleibenden Kilometer des letzten Buckels mit ausgreifenden Schritten. Kurz darauf schien halb Sussex zu seinen Füßen zu liegen, zur einen Seite das weite, schachbrettartige Land, zur anderen das in der Ferne flimmernde Meer. Er setzte sich an den Stamm einer großen, silberrindigen Buche, breitete seine Karte auf den Knien aus und erkannte darauf etliche Sehenswürdigkeiten – den Devil's Dyke Richtung Brighton, im Norden den blassblauen Kamm namens Box Hill in Surrey, in einem nahen Tal lag Steyning, vor ihm Wiston Park, Washington und weiter hinten die Dächer Storringtons.

Just in diesem Augenblick spazierte ein kleines Mädchen in einem gelben Kleid nur drei Kilometer entfernt auf der Suche nach Wildblumen auf dem Round Hill von Steyning herum. Es war ein ernstes Kind und machte sich große Hoffnungen, bei der alljährlichen Blumenschau, die in wenigen Tagen stattfinden sollte, den ersten Preis in der Kategorie »Wildsträußchen« zu gewinnen. Sie kam etwas früher als von ihren Eltern erwartet nach Hause und war so merkwürdig gewandet, dass der Großvater des Kindes, der auf einem Küchenstuhl in der Sonne saß, ein erstauntes hohes Bellen ausstieß und seine Tonpfeife auf den Backsteinboden fallen ließ. Auf dem Kopf trug das Kind einen großen, breitkrempigen schwarzen Hut. Von den schmalen Schultern hing, die staksigen Beine vollkommen verdeckend, ein riesiger schwarzer Umhang.

Zehn Minuten später stapfte ihr Vater auf der Suche nach dem Constable von Steyning die Straße entlang. Ihm waren auf dem dunklen Stoff rostfarbene Flecken aufgefallen, Flecken, die er als ehemaliger Militär als getrocknetes Blut erkannte. Diese sowie die polizeiliche Bekanntmachung, die er erst am Vortag im Lokalblatt gelesen hatte, hatten einen Verdacht in ihm geweckt.

Als Meredith nach seinem Besuch bei Mrs. Abingworth in Findon anlangte, hatte Rodd, mit dem er noch am Vormittag telefoniert hatte, sich dieses neue Indiz bereits besorgt und händigte es nun seinem Vorgesetzten in braunes Packpapier verpackt aus. Er erklärte ihm, wo und wie die Sachen entdeckt worden waren.

»Was«, ergänzte er mit erfreutem, etwas selbstgefälligem Grienen, »die Geschichte des alten Mike Riddle bestätigt.«

Meredith stimmte ihm zu. Wegen seines Gesprächs mit Kate Abingworth, in dem die Haushälterin nachdrücklich darauf beharrt hatte, dass Mrs. Will »nicht später als Schlag halb zehn« ins Haus zurückgekommen sei, war er recht optimistisch. Bedeutete das, dass William Rother aus dem Spiel war und Janet Rother das Verbrechen zusammen mit dem Mann mit dem Umhang verübt hatte?

»Merkwürdig«, dachte er, »wie der Verdacht in einem solchen Fall vom einen zum anderen schwingt. Bald verdächtige ich mich noch selbst oder gar den Chief Constable! In Kriminalromanen hat den Mord schließlich auch immer die unwahrscheinlichste Person begangen!«

»Übrigens«, fragte er Rodd, »haben Sie jemanden aufgetrieben, der William Rother am Abend des zwanzigsten irgendwo in Findon gesehen hat?«

Rodd schüttelte den Kopf.

»Nur Clark von der Tankstelle – aber das wussten Sie ja schon.«

»Ich verfolge jetzt jedenfalls einen neuen Ansatz«, erklärte Meredith. »Schnüffeln Sie doch mal rum, ob Sie jemanden finden, der *John* Rothers Hillman irgendwann zwischen 19.00 und, sagen wir, 21.30 Uhr durchs Dorf hat fahren sehen. Wahrscheinlich mit demselben Kerl am Steuer, den Riddle bei Hound's Oak gesehen hat.«

»Mit Hut und Umhang?«, fragte Rodd mit vielsagendem Grinsen.

Meredith lachte.

»Ein bisschen zu auffällig, oder, Sergeant? Nein – ich schätze mal, die Nummer mit Hut und Umhang wurde einzig unseretwegen aufgeführt. Er hat die Maskerade nur benutzt, um von der Bindings Lane über die Downs nach Steyning zu gelangen. Hat jemand aus Steyning übrigens spät an dem Abend noch irgendwo einen Fremden gesehen – hat jemand was gesagt, als Sie heute Vormittag den Umhang abholten?«

»Nichts dergleichen. Ich habe diese Frage extra noch einmal gestellt.«

»Verdammt!«, sagte Meredith. »Überall ungelöste Fragen, Rodd, und der Mord ist inzwischen schon drei Wochen her!«

Kapitel 7

SACKGASSE

Zurück in Lewes, fand Meredith auf seinem Schreibtisch eine Notiz vor, sein Chef wolle ihn zum frühestmöglichen Zeitpunkt sprechen. Der Superintendent erstickte einen gereizten Fluch, unterdrückte jeglichen Gedanken an einen frühen Dienstschluss für sein Abendessen und klopfte an Major Forests Tür.

»Na?«, bellte der Chief ohne jede Vorankündigung. »Vorangekommen?«

Meredith schüttelte langsam den Kopf.

»Mehr Indizien und weniger Licht, Sir. Das ist in wenigen Worten die momentane Situation.«

»Setzen Sie sich. Nehmen Sie sich mal davon. Stecken Sie sich Ihre Pfeife an und bringen Sie mich auf den neuesten Stand«, befahl der Major.

Innerlich aufseufzend machte sich Meredith an eine detaillierte Aufzählung seiner jüngsten Ermittlungen, wobei sein Vorgesetzter sich immer wieder hektisch Notizen auf seinem Schreibblock machte. Nachdem Meredith seinen Vortrag beendet hatte, betrachtete der Chief diese Notizen ungefähr fünf Minuten lang in tiefem Schweigen, erhob sich dann, schnaubte laut, zündete sich eine Zigarre an und ließ sich mit einem noch lauteren Schnauben wieder auf den Stuhl sacken.

»Hoffnungslos, hm? Ein verdammtes Durcheinander, hm? Komplex, wie?« Meredith nickte trübselig. »Und dennoch interessant, Meredith. Was ist mit den Flecken auf dem Umhang? Haben Sie die analysieren lassen?«

»Ist gerade in der Mache, Sir. Ich habe denen gesagt, sie sollen den Bericht direkt an Sie schicken.«

»Schön«, fuhr der Chief energisch fort. »Wie's aussieht, haben Sie nun drei mögliche Verdächtige – William und Janet Rother und diesen unbekannten Kerl mit dem Umhang und dem breitkrempigen Hut. Stimmt doch, nicht?« Meredith nickte. »Sagen Sie – welches Motiv könnte Janet Rother gehabt haben, dem Mörder ihres Schwagers zu helfen?«

»Geld«, sagte Meredith. »Sie muss gewusst haben, dass ihr Mann der Alleinerbe von Johns Nachlass ist.«

»Aber verdammt noch mal, Meredith – sie war in den Kerl verliebt! Das hat Barnet doch gesagt. Und jeder im Dorf hat's gewusst.«

»Das stimmt nicht so ganz, Sir«, korrigierte Meredith ihn höflich. »Barnet hat gesagt, dass John in Mrs. Rother verliebt war, aber bezüglich *ihrer* Gefühle war er sich unsicher. Sehen Sie denn nicht, dass eine erfundene Affäre mit John Rother ihr ein hübsches, plausibles Alibi liefern würde, sollte sie nach seinem Tod in Verdacht geraten?«

»Da ist natürlich was dran«, räumte der Chief ein. »Aber warum sollte sie dann so weit gehen, sich mitten in der Nacht, einen Koffer in der Hand, mit ihrem Schwager zu treffen? Das kann sie doch nicht nur gemacht haben, um ihm vorzuspielen, dass sie in ihn verliebt ist. Die Frau hatte doch keine Ahnung, dass Kate Abingworth oder sonst jemand Zeuge dieser Eskapade sein würde, und ohne Zeugen hätte ihr die vermeintliche Verliebtheit doch nicht genützt. Nein, Meredith. Dieses Treffen war echt. Aber nur Gott weiß, warum sie diesen Koffer dabei hatte. Was meinen Sie, hm?«

»Keine Ahnung, Sir. Beide sind ja am nächsten Morgen ganz normal zum Frühstück erschienen.«

»Eben. Und das spricht – wofür? Nicht für eine gemeinsame Sache von Mrs. Rother und dem Mörder, vielmehr von Mrs. Rother und dem Ermordeten.«

»Aber verflixt noch eins, Sir!« Meredith wurde bei dem Thema ziemlich hitzig. »Schauen Sie sich die Indizien an, die sprechen doch für das Gegenteil. Dieser Schuhabdruck am Ofen. Ihre kalkigen Schuhe. Ihr Erscheinen ein paar Abende nach dem Verbrechen am Einfahrtstor von Chalklands mit einem Paket unterm Arm. Dieser merkwürdige Spaziergang auf die Downs am Abend des Mordes.«

»Ja, das ist seltsam, aber kein schlüssiger Beweis ihrer Schuld. Sie haben einiges gegen William vorzuweisen. Sie hatten ihn stark im Verdacht, Meredith. Jetzt *nicht* mehr. Was bedeutet das?«

Es klopfte an der Tür, und ein Constable trat mit einem Umschlag ein.

»Von Dr. Allington, Sir.«

Als der Constable wieder gegangen war, riss Major Forest den Umschlag auf und las den Inhalt.

»Also, die Flecken sind menschliches Blut. Dass der Umhang gefunden wurde, war ein Glückstreffer, Meredith. Ich habe das dumpfe Gefühl, dass dieser Unbekannte die Sache selbst erledigt hat, wobei William und Janet Rother eventuell darin verwickelt sind. Bedauerlicherweise wissen wir nichts über ihn, deswegen fehlt uns auch ein Motiv.«

»Und ich habe so eine Ahnung, Sir«, sagte Meredith, »dass Janet als Köder benutzt wurde, um John zum Cissbury Ring zu locken. Vielleicht durch einen Zettel mit Ort und Zeit eines heimlichen Treffens. Das wäre ein todsicherer Trick, um einen verliebten Burschen wie John Rother pünktlich erscheinen zu lassen.«

Der Chief stimmte ihm zu. »Das bringt mich übrigens auf einen weiteren Makel an ihrer neuesten Theorie. Wäre Rother, wie Sie jetzt vermuten, vom Hof direkt zur Bindings Lane gefahren, dann wäre er gegen halb sieben dort gewesen. Der Mann mit dem Umhang und Janet Rother treffen um 19.30 Uhr dort ein, um die Leichenteile einzuladen. Wissen Sie, Meredith, ich kann mich des Gefühls nicht erwehren, dass es länger als nur eine Stunde gedauert haben muss, um John zu töten und zu zerstückeln. Professor Blenkings' Skelett weist ungeheuer viele Stellen auf, wo die Knochen durchgesägt wurden. Selbst wenn Ihr Mann Experte war, dürfte er es in der Zeit wohl nicht geschafft haben.«

»Was Ihre Theorie stützt«, meinte Meredith, »dass Janet Rother mit dem eigentlichen Mord gar nichts zu tun hat?«

»So ist es. Ich finde weiterhin, dass Sie mehr Gründe haben, William als Mittäter zu verdächtigen statt seiner Frau. Jedenfalls sollten Sie der jungen Dame noch ein paar gewichtige Fragen stellen. Ihre Antworten könnten Ihnen einen Hinweis darauf geben, ob sie ein schlechtes Gewissen hat oder nicht.«

»Ich hatte vor, gleich morgen früh nach Chalklands zu fahren, Sir. Jetzt ist es zu spät.«

Major Forest lachte.

»Sie denken wohl an Ihr frühes Abendessen, Meredith?

Wenn Sie mal einer der Großen Fünf sind, stürzen sich die Zeitungen auf dieses Abendessen und machen es so berühmt wie Baldwins Pfeife. Aber ich will Sie gar nicht davon abhalten. Ich weiß doch, dass Ihre Frau ein Pünktlichkeitsteufel ist.«

Meredith stimmte in das Gelächter über seine sehr menschliche Schwäche ein und verließ das Gebäude so schnell er konnte Richtung Arundel Road. Sein Sohn Tony hatte inzwischen ein vollkommen neues Theoriegebäude für den Fall entwickelt. Er stellte es beim Essen vor. Ihm zufolge war John Rother von einem Mitglied der russischen GPU »erschlagen« worden (sein Lieblingsausdruck), da er heimlich an einer Abhandlung über die sowjetischen Gräuel während der Revolution schrieb. Nach einer Weile stellte sich heraus, dass Tony nur einen sensationslüsternen Artikel in einer reißerischen Wochenzeitung gelesen hatte, doch Meredith konnte sich des Gefühls nicht erwehren, dass sein Sohn auch nicht weiter daneben lag als er selbst. Er hatte gewisse Indizien, sogar eine ganze Menge davon, aber irgendwie schien nichts zusammenzupassen, geschweige denn, dass sich daraus etwas Sinnvolles ergab. Er hoffte, die Vernehmung von Janet Rother würde ein wenig Ordnung in die Sache bringen.

Am nächsten Vormittag traf er sie unter einer Esche in einem Liegestuhl an, wo sie einen Roman las. Sie nahm sein unerwartetes Erscheinen mit absoluter Ruhe hin, bot ihm eine Zigarette aus ihrem Etui an und forderte ihn auf, sich von der Veranda einen Stuhl zu holen. Anscheinend ging das Leben für sie wieder seinen normalen Gang. Aus ihren Zügen war jede Belastung gewichen, was ihr ermöglichte, Meredith in einer Weise zu begegnen, als wäre er ein Freund der Familie, der auf einen kurzen Plausch vorbeischaute.

Meredith konfrontierte sie ansatzlos mit der ersten Frage.

»Sagen Sie, Mrs. Rother, was haben Sie an dem Donnerstag nach dem Mord an Ihrem Schwager so spät nachts noch in der Einfahrt gemacht?«

»Spät nachts?« Sie lächelte, als wäre sie über die Jähheit der Befragung ein wenig verblüfft.

»Ja – mit einem Paket unterm Arm.«

»Ach, das!« Sie lachte und zog gemächlich an ihrer Zigarette. »Da habe ich belastendes Beweismaterial vernichtet, Mr. Meredith.«

»Was in aller Welt soll das denn heißen?«, blaffte Meredith. »Vergessen Sie nicht, dass eine polizeiliche Ermittlung eine ernste Angelegenheit ist.«

»Richtig. Deshalb werde ich Ihnen auch die Wahrheit sagen. Ich weiß nicht, wie Sie das herausgefunden haben, und ich werde auch nicht so taktlos sein, Sie danach zu fragen. Ich werde Ihnen einfach nur genau erzählen, was ich da tat.«

Sie hielt kurz inne, betrachtete die Zigarettenglut, blies die Asche weg und fuhr dann in gemessenem Ton fort: »Vermutlich haben Sie schon eine Menge Tratsch über den armen John und mich gehört. Manches stimmt, manches ist krass übertrieben. John war leider einer jener Männer, die, wenn sie sich in eine Frau verliebt haben, völlig unfähig sind, es zu verbergen. Ich sage leider, Mr. Meredith, weil die Frau in diesem Fall nun mal ich war. Vielleicht haben Sie Gerüchte darüber gehört?«

Meredith nickte.

»Das war sehr dumm von mir. Das sehe ich jetzt. Aber

Johns Aufmerksamkeiten haben mir ziemlich geschmeichelt, auch wenn mir klar war, dass sie, was meinen Mann betrifft, jede Menge Ärger nach sich ziehen konnten. Während der Zeit, in der John und ich – wie soll ich sagen? – dieses Illusionsspielchen trieben, führte ich Tagebuch, eine vertrauliche Aufzeichnung sämtlicher Ausflüge und Treffen. Für mich war das alles Teil des Spiels, mehr ist es für mich offen gesagt nie gewesen. John meinte es wahrscheinlich ernst. So war er eben. Und ich habe dabei meine Rolle gespielt und sie gleichzeitig unbekümmert genossen. Verstehen Sie, wie ich es meine? Als ich erfuhr, dass dem armen John eine Tragödie widerfahren war, machte ich mir wegen dieses Tagebuchs Sorgen. An jenem Tag wusste ich noch nicht, dass John ermordet worden war, weil da die gerichtliche Untersuchung noch nicht stattgefunden hatte. Ich dachte mir eher Folgendes – sollte John tatsächlich durch einen schrecklichen Zufall ermordet worden sein und dann jemand auf dieses Tagebuch stoßen, würde man sofort vermuten, dass mein Mann das Verbrechen aus Eifersucht begangen hat.«

»Eine durchaus verständliche Annahme«, bestätigte ihr Meredith, der die Erklärung der Frau mit großem Interesse verfolgte. »Und weiter?«

»Tja, in besagter Nacht schlich ich aus dem Haus, ging zum Ofen und verbrannte das Tagebuch.«

»Aber warum im Ofen?«

»Weil im Sommer die einzige Alternative der Küchenherd ist, und ich wollte nicht riskieren, von Mrs. Abingworth oder Judy ertappt zu werden.«

»Aha. Wie groß war das Tagebuch?«

»Ach, das übliche Taschenformat.«

»Warum war dann das Paket, das Sie unterm Arm trugen, so viel dicker?«, setzte Meredith nach. »Das weiß ich genau. Sie können es nicht bestreiten.«

»Tu ich auch nicht. Ich dachte, wo ich schon das Tagebuch vernichte, kann ich gleich noch alle möglichen anderen privaten Korrespondenzen vom Schreibtisch räumen und verbrennen. Das Ganze habe ich dann in braunes Packpapier gewickelt.«

»Inzwischen ist Ihnen im Lichte dessen, was die Polizei später ermittelt hat, sicher bewusst, wie verdächtig das war.«

»Natürlich. Anfangs habe ich mich deswegen zu Tode gesorgt. Dann wurde mir nach und nach klar, wenn ich die Wahrheit sagen würde, wäre alles gut. Ich weiß, es ist ein beinahe unglaubliches Zusammentreffen, aber ich habe genügend Vertrauen in Ihre Urteilskraft, Mr. Meredith, dass ich *weiß*, dass Sie mir glauben.«

Meredith lächelte, jedoch ohne Freude.

»Das muss ich ja, Mrs. Rother – es sei denn, ich kann beweisen, dass es sich anders verhält, als Sie ausgesagt haben.« Nach kurzem Nachdenken fuhr er fort: »War dies das einzige Mal, dass Sie zum Ofen gegangen sind?«

»Natürlich.«

»Wie erklären Sie dann, dass Ihre Wanderschuhe an mehreren Tagen hintereinander mit Kalkstaub überzogen waren?«

Janet lachte und erwiderte scherzend: »Weil wir hier auf einem Kalkberg leben. Man kann nirgendwo hingehen, ohne dass das blöde Zeug an einem kleben bleibt. Das haben Sie doch bestimmt selbst schon bemerkt, Mr. Meredith.«

Meredith ging nicht auf diese Andeutung ein, sondern wählte einen anderen Ansatz.

»Sie sagen, Mrs. Rother, Sie seien am 20. Juli, nachdem Ihr Schwager mit dem Hillman abgefahren ist, zum Chanctonbury Ring und wieder zurück gelaufen.«

»Richtig.«

»Hat jemand Sie auf dem Berg gesehen?«

»Möglich. Ich weiß es nicht mehr.«

»Angenommen, Sie bräuchten unbedingt einen Zeugen, der beschwören kann, Sie an dem Abend gesehen zu haben, könnten Sie so einen benennen?«

Janet zögerte beklommen und schüttelte dann den Kopf. »Leider nicht.«

Meredith schaute in sein aufgeschlagenes Notizbuch.

»Haben Sie sich am 13. Juli, eine Woche vor der Tragödie, zufällig spät nachts mit Ihrem Schwager hier auf dem Rasen getroffen?«

»Mich spät nachts mit John getroffen! So ein Blödsinn!« Janet brach in perlendes Lachen aus, das vollkommen natürlich wirkte. »Wie in aller Welt kommen Sie denn auf so etwas, Mr. Meredith?«

»Sie bestreiten es?«

»Absolut. Das ist völliger Blödsinn. Boshafter Tratsch – weiter nichts. Ich begreife nicht, wie solche absurden Gerüchte zustande kommen.«

»Danke«, sagte Meredith und hievte sich aus dem Liegestuhl. »Tut mir leid, dass ich Sie mit all dem belästigt habe, aber es ist eben ein sehr notwendiger Teil unserer Arbeit. Bevor ich gehe, hätte ich noch gern ein paar Informationen zu einer Sache – einer persönlichen, Mrs. Rother. Sie müssen mir die Frage nicht beantworten, allerdings versichere ich Ihnen, dass ich die Antwort letztlich doch aus einer verlässlichen Quelle erfahren würde.« (Reine Prahlerei, die Meredith in keiner Weise hätte erhärten können.) »Wie ich es verstehe, ist es wohl so, dass Ihr Mann der einzige Erbe des Nachlasses seines Bruders ist. Auf wen würde das Geld im Falle des Ablebens Ihres Mannes übergehen? Vermutlich auf Sie, oder?«

Janet nickte, von dem Manöver des Superintendent völlig irritiert.

»Es sei denn, es wurde ohne mein Wissen ein Nachtrag im Testament meines Mannes hinzugefügt – so lautet die Vereinbarung, ja.«

Überzeugt, dass er von der Befragung nichts weiter erwarten konnte, dankte Meredith der Frau erneut für ihre Kooperation, wünschte ihr einen guten Tag und stieg in seinen Wagen, der vor der Veranda stand.

Nachdem er auf der Rückfahrt sämtliche Indizien im Kopf gewälzt hatte, meinte er, in einer Sackgasse zu stecken. Er war jedem Ermittlungsstrang gefolgt, und jedes Mal hatte ihn eine leere Wand aufgehalten. Falls Janet Rother ihn angeschwindelt hatte, war sie eine hervorragende Lügnerin. Falls nicht, musste der Verdacht wieder auf William und den Mann mit dem Umhang fallen.

Nach dem Mittagessen in der Arundel Road kehrte Meredith an seinen Schreibtisch zurück und verbrachte den Nachmittag damit, den Rückstau an Routinekram abzuarbeiten, der sich seit der Eröffnung des Rother-Falles angesammelt hatte. Danach lag er die halbe Nacht wach und versuchte, aus dem Gewirr an Möglichkeiten ein paar Gewissheiten zu ziehen, ließ die Masse an Details vor seinem inneren Auge Revue passieren und musterte jedes einzelne mit dem Blick des

Experten, der vor der Herausforderung stand, aus einer Ansammlung von Fälschungen das echte Meisterwerk herauszupicken. Am nächsten Morgen kehrte er müde, mürrisch, bereit, beim kleinsten Fehler seiner Untergebenen an die Decke zu gehen, und der ganzen verdammten Ermittlung zutiefst überdrüssig ins Büro zurück.

Als das Telefon auf seinem Schreibtisch klingelte, griff er mit einem gebrummelten »Verdammter Mist!« nach dem Hörer und blaffte: »Ja – was ist denn jetzt schon wieder!«

»Ferngespräch für Sie, Sir«, sagte die gleichmütige Stimme des diensthabenden Constable. »Will ihren Namen nicht nennen. Muss mit Ihnen persönlich sprechen. Soll ich sie durchstellen?«

»Wenn's denn sein muss«, grollte Meredith und lehnte sich in seinem Stuhl zurück, um den Anruf bequemer entgegenzunehmen.

»Hallo – ja. Hier Meredith. Wie bitte? Wer? Ja – hab ich. Was ist los? Was! Großer Gott – wann?« Nun fläzte er nicht mehr auf seinem Stuhl, sondern saß kerzengerade da, gespannt, interessiert, schoss seine Fragen ab, und sein Hirn arbeitete auf Hochtouren. »Wann haben Sie das entdeckt? Sie selbst. Verstehe. Es wurde hoffentlich nichts angerührt? Gut. Ich rufe bei Ihrer Polizeiwache durch, dann kommt Pinn sofort zu Ihnen. Ja, ich komme ebenfalls, sobald es mir möglich ist. Furchtbarer Schock für Sie – Sie hatten natürlich keine Ahnung, dass so etwas geschehen könnte? Nein – ich muss gestehen, das hat mir jetzt auch einen herben Schlag versetzt. Vollkommen unerwartet. Also, ich beeile mich. Und Pinn rufe ich gleich an. Auf Wiedersehen.«

Meredith, von frischer Energie beschwingt, drehte sich

gerade vom Telefon weg, als Major Forest hereinstapfte und sich diktatorisch am Kamin aufbaute.

»Hören Sie, Meredith – ich habe an der Sache herumgekaut. Letzte Nacht – einige Stunden lang. Jetzt habe ich verdammte Kopfschmerzen. Aber hier ist das Ergebnis, wie's eben ist. Unter Berücksichtigung sämtlicher Indizien steht für mich fest, dass William Rother vor und nach der Tat daran beteiligt war. Um die Indizien kommt man nicht herum. Sie müssen ihn auf der Liste der Verdächtigen lassen. Nein, unterbrechen Sie mich nicht, Meredith. Verstehen Sie, wenn Sie berücksichtigen, dass – Was zum Teufel haben Sie denn? Sitzen Sie auf einer Reißzwecke, oder was? Na kommen Sie, Mann, raus damit! Was ist los?«

»William Rother, Sir.«

»Na – dann sehen Sie es also auch so, hm? Verdächtig, hm?«

»Mag sein, Sir«, sagte Meredith langsam, »aber eine Verhaftung können wir jetzt nicht mehr vornehmen.«

»Was zum Teufel meinen Sie damit? Warum nicht?«

»Weil«, sagte Meredith grimmig, »weil William Rother heute Morgen in der Kreidegrube tot aufgefunden wurde. Gerade hat seine Frau angerufen.«

Kapitel 8

GESTÄNDNIS

Als Meredith in Begleitung des Chief Constable in Chalklands eintraf, erwartete sie Janet Rother schon aufgeregt auf der Veranda. Es war offensichtlich, dass sie in banger Ungeduld auf das erste Geräusch des Polizeiwagens gewartet hatte. Sie lief ihnen ohne jeden Versuch, ihre Gefühle zu verbergen, entgegen und packte Meredith am Ärmel.

»Dem Himmel sei Dank, dass Sie gekommen sind, Mr. Meredith! Es ist furchtbar, dass er da so liegt und ich nichts tun kann. Es ist ein furchtbarer Schock. Ich war ohnehin schon mit den Nerven am Ende – erst John und jetzt auch noch mein Mann. Anscheinend liegt ein Fluch auf uns allen.«

»Nun beruhigen Sie sich erst mal, Mrs. Rother«, sagte Meredith väterlich. »Wir werden Ihnen einige Fragen stellen müssen, dafür brauchen Sie einen klaren Kopf. Übrigens möchte ich Ihnen Major Forest vorstellen, unseren Chief Constable.«

Die Frau, die sich nun sichtlich bemühte, ihre Gefühle im Zaum zu halten, gab dem Major die Hand und begleitete die beiden Männer dann seitlich am Haus vorbei zu einem kleinen Tor in der Umzäunung, das auf das Stück Ödland unterhalb der Grube führte. Auf dem Weg zur Grube, wo der Constable und zwei Arbeiter beisammenstanden, fragte Meredith:

»Wann genau haben Sie die Tragödie entdeckt, Mrs. Rother?«

»Gegen acht Uhr – ungefähr eine Stunde, bevor ich Sie angerufen habe. Wissen Sie, ich konnte es nicht glauben, dass er tot ist. Ich habe einen der Männer mit dem Fahrrad zu Dr. Hendley geschickt. Und nachdem der ihn untersucht hatte, habe ich Sie angerufen.«

»Ist der Arzt noch hier?«

»Nein. Er hat gesagt, er ist gegen elf wieder da, damit er mit Ihnen sprechen kann.«

»Hat er sich zur Todesursache geäußert?«

»Nur dass er glaubt, William müsse am Rand der Grube den Halt verloren haben und hinabgestürzt sein.«

Inzwischen hatten sie das Grüppchen erreicht, das sich gedämpft über die Gestalt unterhielt, die vor ihnen auf der Erde lag. Meredith wandte sich noch einmal an Janet Rother:

»Es ist wohl nicht nötig, dass Sie das alles noch einmal durchmachen müssen, Mrs. Rother. An Ihrer Stelle würde ich ins Haus gehen und mich ein wenig hinlegen. Vielleicht könnten wir später, wenn es Ihnen etwas besser geht, kurz reden, hm?«

Die Frau, die schrecklich blass war und angespannt wirkte, nickte wortlos, machte auf dem Absatz kehrt und ging langsam zum Haus zurück.

Constable Pinn tippte sich an die Mütze, offensichtlich beeindruckt davon, dass der Chief es für nötig befunden hatte, persönlich zu erscheinen.

»Hier wurde nichts angerührt, Sir. Dafür hab ich gesorgt.«

»Schön«, sagte Meredith. Und zu den beiden Landarbeitern: »Üble Sache das, wie, Leute?«

»Kann man wohl sagen, Sir. Erst Mr. John und jetzt Mr. Willum«, antwortete einer von ihnen. »Ich denk mal, er ist da runtergestürzt – da oben, wo der Draht gerissen ist. Sehn Sie's?«

Meredith folgte dem ausgestreckten Arm; der rostige, ohnehin schon altersschwache Zaundraht, der den Grubenrand sicherte, lief in etlichen spinnenbeinartigen Strängen aus.

»Sieht ganz so aus. Tja, so was kommt vor. Wenn die Herren nichts dagegen haben, würden wir uns jetzt gern dienstlich darüber unterhalten. Verstehen Sie?«

»Aye, Sir. Falls Sie noch was wissen wollen, finden Sie Luke und mich unten bei den Öfen. Wir beladen nämlich gerade, ja?«

Meredith bedankte sich, worauf die Männer nickten und murmelnd in Richtung Hof trotteten. »Also, dann wollen wir uns jetzt mal die Leiche ansehen, Sir.«

William Rother lag auf dem Rücken, eine Wange auf den Kreidebrocken, die sich auf dem Boden angesammelt hatten. Ein Arm war ausgestreckt, der andere verquer unter dem Körper zurückgebogen. Sein Gesicht war blutverschmiert, noch mehr Blut war in die poröse Kreide gesickert. Die linke Schläfe wies eine tiefe, hässliche Wunde auf. Er trug eine Sportjacke, ein graues Hemd mit offenem Kragen und eine Flanellhose. Die Lage des Körpers machte deutlich, dass Dr. Hendley es nicht für nötig befunden hatte, Rother ausgiebiger zu untersuchen, um seinen Tod festzustellen. Er lag noch immer so da, wie er aufgeschlagen war.

»Und, Sir?«

»Na?«

»Unfall, hm?«

»Sieht ganz so aus. Aber sicher können wir nicht sein. Scheint mir ein empfindsamer Mensch gewesen zu sein, Meredith. Er wusste wohl, dass Sie ihn verdächtigen, wie?«

Meredith bestätigte es.

»Es hat für den armen Teufel ja wirklich nicht gut ausgesehen, Sir, und das dürfte ihm von Anfang an klar gewesen sein. Was meinen Sie also?«

»Selbstmord, Meredith – Selbstmord aus Angst, überführt zu werden. Wir schauen mal in seine Taschen. Vielleicht hat er ja was Schriftliches für den Coroner hinterlassen. Eine Schwäche von Selbstmördern, wie, Constable?«

Über die Maßen geschmeichelt, vom Chief um seine Meinung gebeten zu werden, brachte Constable Pinn nur ein unverbindliches Gurgeln zustande, wobei er am Kragen seines Uniformrocks zupfte.

»Schön, dass Sie mir zustimmen«, lächelte Major Forest. »Na, Meredith?«

»Taschenmesser, Füllfederhalter, Brieftasche, Pfeife, Tabaksbeutel, Streichhölzer, ein, zwei geöffnete Briefe und –«

»Hab ich's nicht gesagt!«, krähte der Chief, als Meredith auch noch einen verschlossenen Umschlag aus der Innentasche von Rothers Jacke hervorzog. Als er die Anschrift darauf betrachtet hatte, sagte er: »Hier, das ist an Sie adressiert, Meredith. Scheint mir einiges drin zu sein. Was meinen Sie, ein Geständnis?«

»Kann sein, Sir«, sagte Meredith, nahm den Brief und öffnete ihn vorsichtig. Zum Vorschein kamen mehrere eng getippte Blätter. Am Ende des letzten hatte William Rother mit Tinte unterschrieben. Meredith überflog rasch den Inhalt, schaute dann unvermittelt zu Major Forest und stieß einen überraschten Pfiff aus. »Herrgott, Sir, das ist ja noch mehr! Nicht nur ein Geständnis, sondern, wie's aussieht, eine detaillierte Schilderung, wie das Verbrechen begangen wurde. Sie hatten wohl recht. Unser Verdacht hat den armen Teufel in den Selbstmord getrieben.« Er starrte über das Ödland zum Bauernhaus hin. »Hallo – wer ist denn das? Den Brief nehmen wir uns wohl eher später vor, wie, Sir?«

Der Neuankömmling erwies sich als Dr. Hendley, ein kleiner, stämmiger, kurzatmiger Mann, der mit seinem rötlichen Teint und der muskulösen Statur eher wie ein Bauer denn ein Arzt wirkte.

»Tja, die Herren«, erklärte er nach der Vorstellungsrunde, »es besteht kein Zweifel daran, wie der arme Kerl zu Tode gekommen ist. Die üble Wunde an der Schläfe hätte genügt, ihn zwei Mal zu töten. Offenbar ist er im Fallen auf einen schartigen Kalkklumpen geprallt – der ist bis ins Gehirn gedrungen. Der Tod muss augenblicklich eingetreten sein.«

»Ein Unfall?«, fragte Major Forest. »Meinen Sie das?«

Dr. Hendley lachte.

»Das müssen schon *Sie* herausfinden, nicht wahr. Ich bin hier nur für die Todesursache zuständig. Für mich persönlich war dieser Weg da oben um die Grube herum schon immer eine veritable Todesfalle. Sie sehen ja selbst, wie nahe Zaun und Weg an der Kante verlaufen. Sie können sich sicher denken, wie es dazu gekommen ist, wie? Sie haben die Kreide so lange abgebaut, wie es ging, ohne den Zaun zurückzusetzen und einen neuen Weg anzulegen. So sind sie eben auf dem Land. Nie heute besorgen, was man auch auf morgen verschieben kann.«

Major Forest lächelte.

»Sie sind offenbar ein Stadtmensch, Dr. Hendley. Sonst würde diese Unterstellung ja auch für Sie gelten. Nun denn, Sie lassen uns die übliche unterschriebene Erklärung Ihres Befundes zukommen, ja? Wir übermitteln Ihnen dann den Termin der gerichtlichen Untersuchung. Und schauen Sie vielleicht doch auch noch nach Mrs. Rother. Der Vorfall hat sie ziemlich mitgenommen. Danke. Auf Wiedersehen.«

Nachdem Dr. Hendley gegangen war, richtete sich Meredith, der währenddessen die Leiche untersucht hatte, auf und sagte langsam: »Die Wunde ist etwas seltsam, Sir. Man sollte doch eigentlich erwarten, dass in dem Fleisch um die Wunde herum Kreidepartikel haften, nicht wahr? Dennoch findet sich keine Spur davon. Vielleicht sind sie ja vom Blut weggespült worden.«

Der Chief nickte, ohne dem weiter Beachtung zu schenken, und meinte, man solle die zwei Männer von den Öfen holen, um die Leiche ins Haus zu tragen. Während Pinn zu den Landarbeitern ging, erklommen er und Meredith einen kleinen steilen Pfad, der am Grubenrand entlanglief und in den Weg mündete, der den zwölf Meter tiefen Abhang säumte. Dr. Hendley hatte recht – an manchen Stellen war der Weg schon verschwunden, da Teile der unterhöhlten Steilwand und der Grasnarbe abgebrochen waren. An diesen Stellen war der Zaun nicht mehr fest verankert, sondern hing lose in der Luft.

»Seltsam«, sagte Meredith, »man sollte doch meinen, dass Rother eine dieser Lücken genommen hätte statt eine Stelle, wo der Draht erst noch gekappt werden musste.«

Der Chief war anderer Ansicht.

»Er wollte auf Nummer sicher gehen, Meredith. Und dafür

brauchte er Platz für den Sprung über die Kante. Hätte er sich hinter dem Zaun in eine der Lücken fallenlassen, dann wäre er womöglich einfach den Hang runtergerollt und hätte sich nur verletzt.«

Das sah Meredith ein, und so beugte er sich vorsichtig zu einem der durchtrennten Drähte und zog ihn zu sich heran.

»Durchschnitten«, erklärte er. »Zange oder Drahtschere, würde ich sagen. Müsste dann ja irgendwo hier rumliegen, Sir.«

Wenige Sekunden der Suche belohnten ihn. Fast zu ihren Füßen lag eine kräftige Zange, teils verborgen von einer dicken Distel.

Meredith steckte die Zange ein und nickte dann zu einer Gruppe Buchen hin.

»Wollen wir uns dort mal in den Schatten setzen und den Brief durchlesen, Sir?«

Als sie mit dem Rücken an einen kräftigen Stamm gelehnt saßen, zog Meredith die getippten Seiten hervor und begann zu lesen. Der Brief enthielt weder Datum noch Überschrift. Links oben in die Ecke hatte Rother getippt: *An Superintendent Meredith, Sussex County Constabulary*.

In solchen Fällen ist es wohl üblich, dass der Coroner Selbstmord wegen Unzurechnungsfähigkeit feststellt. Dieser höflichen Illusion möchte ich sogleich ein Ende setzen. Dies unternehme ich mit einer Folgerichtigkeit, die jede Andeutung von Verrücktheit von vornherein ausschließt. Das Ganze ist mir einfach zu viel geworden, deshalb setze ich ihm ein Ende. Da das »Mittel«, womit ich dies tue, in Ihr Fach schlägt, will ich Ihnen langwierige Ermittlungen ersparen, indem ich genau beschreibe, wie ich mein Leben

zu beenden gedenke. Heute Nacht, wenn alles schläft, werde ich oben an der Kreidegrube zu einer Stelle gehen, die ich schon ausgewählt habe. Dort werde ich die Zaundrähte mit einer Zange durchtrennen, ein paar Schritte zurücktreten und losspringen, damit mein Körper über die Steilwand hinaus gelangt. Sehen Sie, wie einfach und logisch die Sache durchdacht ist?
Nun komme ich zu einem wesentlicheren Punkt – dem Grund für mein Handeln. In gewissem Maße weiß ich, dass Sie mich sehr stark im Verdacht haben, was andere Handlungen angeht. Sie haben mich dazu verhört. Seit jenem schrecklichen Abend des 20. Juli macht mir mein Gewissen quälende Vorwürfe, die zunehmend intensiver werden. Ich habe seitdem kaum geschlafen. Meine Gedanken gelten immer nur dem einen Thema. Die letzten Wochen waren für mich ein Albtraum im Wachen, noch verschlimmert durch die Vorstellung, dass dieser Albtraum für mich kein Ende hat. Also habe ich mich entschlossen, mich umzubringen. Und der Grund?
Ich habe meinen Bruder getötet, genau an der Stelle unterhalb des Cissbury Ring, wo Sie seinen verlassenen Wagen gefunden haben!
Mein Motiv für diesen vorsätzlichen Mord war Eifersucht. Ich habe gemerkt, dass John allmählich die Gefühle meiner Frau auf sich lenkte, ein Zustand, der mich nach und nach zur Verzweiflung trieb. Mein Bruder hasste mich, er hat mich immer gehasst, es war jener Hass, der in keiner bestimmten Ursache wurzelt. Die letzte Manifestation dessen war sein teuflisches Vergnügen daran, meiner Frau seine Aufwartungen zu machen und sie Stück für Stück für sich zu gewinnen.
Nun komme ich zur technischen Seite des Mordes, die Sie naturgemäß am meisten interessieren wird.

Meredith unterbrach die Lektüre, schob den Hut zurück und tupfte sich die Stirn ab.

»Heiß?«, fragte der Chief.

»Es ist diese schiere Kaltblütigkeit, die mir zu schaffen macht, Sir«, sagte Meredith und konnte kaum einen Schauder unterdrücken. »Ich hatte ja schon so einige Fälle und bin auch etlichen Mördern begegnet – aber dieser Kunde hier ist eine Klasse für sich. Setzt sich mal eben an die Schreibmaschine und tippt so ein Geständnis hin. Unmenschlich ist das!«

»Andererseits«, ergänzte Major Forest, »auch wieder zuvorkommend. Diese Rekonstruktion des Verbrechens wird Ihnen eine Menge Hirnschmalz ersparen, Meredith. Vergessen Sie das nicht. Aber fahren Sie fort. Das liest sich ja wie der letzte Akt eines Melodrams im Lyceum.«

»Da sieht man mal«, schloss Meredith ungewöhnlich philosophisch, »dass das Leben doch eher Melodram als Salonkomödie ist.« Mit steigender Ungeduld wandte er sich wieder dem Brief zu.

Ich lege Ihnen nun die verschiedenen Ereignisse in ihrer zeitlichen Reihenfolge dar, soweit es mir möglich ist. Am 10. Juli sprach mein Bruder erstmals von seiner Absicht, in Harlech Urlaub zu machen. Er wollte allein fahren, am 20. Juli, nach dem Treffen des Komitees zur Kirchenrenovierung, dessen Vorsitzender er war. Da das Treffen am Nachmittag stattfand, nahm ich an, dass er gleich nach einem frühen Abendessen abreisen wollte. Am 12. Juli kaufte ich in London einen mit Metall ausgekleideten Schrankkoffer und eine chirurgische Säge; auf der Rückfahrt legte ich eine Decke über den Koffer, um heikle Fragen zu ver-

meiden. Ich versteckte den Koffer in meinem ziemlich geräumigen Schlafzimmerschrank, bis er gebraucht würde. Am 17. Juli, drei Tage vor dem Mord, fuhr ich unbemerkt nach Littlehampton, wo ich mir einen passenden Herumtreiber von der Straße holte. Ich gab ihm eine Abschrift des Telegramms, das mittlerweile in Ihrem Besitz ist, samt genauen Angaben, wann und von wo aus er es absenden solle. Ich zahlte ihm fünf Pfund und versprach ihm weitere fünf, wenn er sich mit mir am Abend des 20. Juli um 20.00 Uhr vor dem Krankenhaus in Littlehampton traf. Verstehen Sie, ich wusste ja, dass ich, wenn der Mann mich nicht im Stich ließ, zu der Zeit im Krankenhaus sein würde. Außerdem dachte ich mir, dass die Aussicht auf das zusätzliche Geld sicherstellte, dass er das Telegramm auch wirklich abschickte.

Am 19. Juli tippte ich eine kurze Notiz, vermeintlich von meiner Frau an meinen Bruder. Sie lautete: »Triff mich unbedingt morgen Abend um 21.15 Uhr. Müssen etwas Wichtiges besprechen. Fahr auf der Bindings Lane in Findon bis zu dem Eisentor, das zum Cissbury Hill führt. Stell den Wagen in den Ginsterbüschen ab, wo man ihn von der Straße aus nicht sieht. Können das hier nicht ausführlich besprechen. William ist schon misstrauisch.« Ich unterschrieb den Text nicht, in der Annahme, dass mein Bruder glauben würde, Janet hätte ihn getippt, weil sie Angst hatte, handschriftlich zu schreiben. Ich setzte noch ein PS darunter: »Vernichte diese Nachricht und erwähne sie weder mündlich noch schriftlich.«

Am Abend des 19. steckte ich den Zettel unter die Bettdecke meines Bruders, trug danach den Schrankkoffer zu meinem Wagen und verbarg ihn dort wie zuvor schon unter einer Decke. Die weiteren Fakten kennen Sie ja mehr oder weniger bereits.

»Hübsch, dieses ›mehr oder weniger‹«, warf der Chief lächelnd ein. »Eher weniger als mehr, wie, Meredith? Aber fahren Sie fort!«

Das falsche Telegramm [fuhr Meredith fort] *kam wie erwartet, und kurz vor 19.30 Uhr fuhr ich dann nach Littlehampton, wo ich ankam, als es gerade acht schlug. Um mein Alibi überzeugend zu machen, suchte ich das Krankenhaus auf, wo ich dem Mann die zweiten fünf Pfund ausbezahlte. Anschließend fuhr ich zu Dr. Wakefield und meiner Tante. Gegen 21.00 Uhr verließ ich sie und fuhr nach Findon. Ich setzte eine Sonnenbrille auf, nahm den Hut ab und streifte mir eine wasserdichte Golfjacke über mein Jackett. So hoffte ich, in der Gegend von Findon nicht erkannt zu werden, was meine Pläne gefährdet hätte. Zuvor hatte ich bei Clark getankt und dabei erwähnt, dass ich nach Littlehampton wolle. Sollte er zufällig draußen sein, wenn ich auf dem Rückweg die Tankstelle passierte, würde er mich natürlich in meiner vorigen Kleidung erwarten.*
Gegen 21.20 Uhr kam ich in der Bindings Lane an und stieg in einiger Entfernung zum Eisentor aus. Dann zwängte ich mich durch die Ginsterbüsche bis zu der Stelle, wo mein Bruder in seinem Auto saß. Ich hatte mich mit einem schweren Schraubenschlüssel bewaffnet. Als er aussteigen wollte, verblüfft, mich zu sehen, schlug ich ihm zwei-, dreimal in schneller Folge auf den Kopf. Er sackte lautlos auf dem Fahrersitz zusammen. Ich rannte zurück, ließ meinen Wagen an und fuhr durch das Eisentor direkt neben den Hillman meines Bruders. In den Schrankkoffer hatte ich eine Plane gelegt, mit der normalerweise bei Regen Kalkladungen abgedeckt werden. Die breitete ich nun hinter dem Morris Cowley aus und legte die Leiche darauf, wobei ich

achtgab, dass ich kein Blut abbekam. Von Frankreich her, wo ich in einer Rotkreuz-Einheit gedient hatte, habe ich eine gewisse Erfahrung in der Chirurgie, und so nahm ich allen Mut zusammen und enthauptete und zerlegte die Leiche. Ich holte den Koffer, stopfte die Teile hinein, legte die gefaltete Plane darüber, machte den Deckel drauf und verschloss ihn. Auch Säge und Schraubenschlüssel waren in dem Koffer. Dann zerrte ich ihn zu meinem Wagen und schaffte es, ihn auf den Rücksitz zu hieven, wo ich wieder eine Decke drüberlegte. Dann ging ich zum Hillman zurück, schlug die Windschutzscheibe ein, ebenso die Anzeigen am Armaturenbrett, damit es wie ein Kampf aussah. Die Uhr stand auf fünf Minuten vor zehn. Von der Bindings Lane fuhr ich so schnell ich konnte nach Chalklands zurück, wo ich den Morris in die Garage stellte.

Als es in jener Nacht dann still im Haus war, schlich ich mich wieder zur Garage, die recht weit von den Schlafzimmern entfernt liegt, und machte mich an die unangenehme Arbeit, die Leiche in noch kleinere Teile zu zersägen. Danach schob ich den Wagen zurück und zog den Einstiegsdeckel über der Arbeitsgrube weg. Die Grube hatte mir einer der Männer vom Kreidesteinbruch gebaut, da ich die Reparaturen immer gern selbst vornahm. Dort stellte ich den Schrankkoffer hinein, noch immer mit der Plane und den Leichenteilen darin. Der Deckel des Einstiegs schließt so dicht, dass man in der Garage nicht den geringsten Geruch wahrnehmen würde. Dann schob ich den Wagen wieder darüber, spülte den Schraubenschlüssel unter einem Wasserhahn ab und kehrte ins Haus zurück. Im Laufe der folgenden Tage schaffte ich es, die Teile in den Ofen zu stecken, und zwar alle bis auf den Schädel. Den vergrub ich in einem Wald in der Nähe, da ich befürchtete, dass man ihn, anders als die restlichen Knochen, bestimmt sofort im Kalk entdecken würde. Auch die Kleidung meines Bruders verbrannte ich in dem Ofen, wonach lediglich noch der Schrankkoffer, die blutige Plane und die Säge übrig blieben. Schließlich fasste ich den Entschluss, zu einer einsamen Stelle bei Heath Common zu fahren, um dort den Koffer samt den anderen Beweismitteln zu vergraben.

Mein Plan klappte wie am Schnürchen, bis auf ein unvorhergesehenes Ereignis. In der Nacht des 25. Juli, ich wollte gerade von der Garage zum Ofen, sah ich vor mir eine Gestalt, die sich vom Himmel abhob und die ich als meine Frau erkannte. Der Mond schien schwach, und aus dem Schatten einiger Büsche sah ich, wie meine Frau etwas in den Ofen warf, ein paar Minuten auf die Flammen schaute und schließlich über das Einfahrtstor zum Haus zurückging. Sogleich lief ich hin, um zu sehen, was sie da vernichtet hatte, doch als ich den Ofen erreichte, glommen auf dem rot glühenden Kalk nur noch ein paar verkohlte Reste, die wie Papier aussahen.

Damit wäre dieses Geständnis wohl in sämtlichen Einzelheiten vollständig. Vielleicht hatte ich nicht vorausgesehen, wie quälend die darauf folgenden Ermittlungen sein würden, und auch nicht meine allmählich anwachsende Furcht, unter Verdacht zu stehen. Irgendwann wurde mir klar, dass es nur eine Frage der Zeit war, bis ich zusammenbrach und mich verriet. Statt mich der endlosen Tortur eines Gerichtsprozesses auszusetzen, entschied ich mich für diese Alternative.

Ich hoffe, dass mit meinem Tod diese ganze schreckliche Sache in der Gegend bald vergessen sein wird und dass meine Frau mithilfe eines tüchtigen Betriebsleiters auf Chalklands weitermachen kann.

William Rother

Kapitel 9

MASCHINENSCHRIFT

»Das war's dann wohl!«, rief Meredith aus, während er die Blätter sorgsam faltete und in den Umschlag steckte. »Eine Liste von Beweisen, ungefähr so schlüssig, wie man sie sich nur wünschen kann. An die Arbeitsgrube hatte ich gar nicht gedacht, als ich die Nebengebäude durchsuchte. Aber das spielt jetzt ja wohl keine Rolle mehr, wie, Sir?«

»Nicht zu eilig«, warnte Major Forest. »Sie müssen das überprüfen. Sie müssen sichergehen, dass dieses Geständnis zu jedem der bekannten Fakten passt. Auch wenn es so scheint. Für mich besteht kein Zweifel, dass William Rother seinen Bruder getötet hat. Aber Meredith, Sie können nicht einfach nur den Brief anführen und unter den Fall ein ›Finis‹ setzen. Wir sollten schon ein paar seiner Aussagen mit Fakten untermauern. Der Schädel beispielsweise – der vergrabene Schrankkoffer. Wissen Sie, wo Heath Common ist?«

Meredith zog seine Karte hervor.

»Das haben wir gleich, Sir. Ja – da ist es, nördlich vom Dorf. Anscheinend ein ziemlich ausgedehntes Waldgebiet.«

»Wir schicken einen Suchtrupp hin. Schade, dass er bei dem Schädel so vage war. Seltsam auch, weil er bei allen anderen Einzelheiten so genau war. Ein ›Wald in der Nähe‹, so hat er sich doch ausgedrückt, nicht? Könnte überall sein. Diese ganze verdammte Gegend ist doch voller Wald. Tun Sie Ihr Bestes, Meredith. Mehr geht nicht.«

Meredith nickte, dann aber platzte es plötzlich aus ihm heraus: »Da ist übrigens noch eine merkwürdige Sache.«

»Hm?«

»Warum hat niemand den Geruch von verbrennendem Fleisch bemerkt?«

»Sie meinen, vom Ofen?«

»Ja – nachts.«

»Aus welcher Richtung kam der Wind in der Woche nach dem 20. Juli?«

»Keine Ahnung, Sir. Vielleicht kann uns da Kate Abingworth mit alten Zeitungen helfen.« Meredith rief Constable Pinn, der gerade vom Haus zurückkehrte, wo er die Leiche auf ein Sofa in einem der unteren Zimmer hatte legen lassen. »Hallo! Pinn! Gehen Sie doch mal zu der Haushälterin und fragen Sie sie, ob sie die alten Zeitungen aufbewahrt. Wir wollen alle vom 22. bis zum 28. Juli. Haben Sie verstanden?«

»Jawohl, Sir.«

Der Chief stopfte seine Pfeife und warf Meredith den Beutel zu.

»Also – wie steht's mit dem Zeitfaktor?«

»Passt«, sagte Meredith prompt. »Falls Sie sich erinnern, als ich versuchte, das Verbrechen mit William Rother als Hauptfigur zu rekonstruieren, habe ich seine Schritte genau so nachgezeichnet, wie er sie in seinem Brief dargelegt hat.«

»Schlau gedacht.«

»Danke«, grinste Meredith und fuhr dann ernster fort: »Tatsache ist, Sir, von einigen wenigen Details abgesehen habe ich den Großteil des Geständnisses praktisch schon vorweggenommen. Ja, auch mit Glück – aber das ist wichtig, weil Rothers Erklärung dadurch echter wirkt. Zudem können wir Janet Rother jetzt mehr oder weniger aus dem Spiel lassen. Damit meine ich, die Aussage ihres Mannes zu den Geschehnissen in der Nacht des 25. stimmt exakt mit ihrer Geschichte überein. Sie hat gesagt, sie habe im Ofen Papiere verbrannt, und William hat erklärt, er habe verkohlte Papierreste gesehen. Das ist doch schlüssig, nicht? Mrs. Rother hat uns die Wahrheit gesagt.«

Die nun folgende Stille wurde vom Scharren eines Streichholzes durchbrochen, als Meredith seine Pfeife entzündete und Major Forest den Beutel zurückgab.

»Praktischerweise vergessen Sie dabei etwas, Meredith.«

»Und das wäre, Sir?«

»Warum haben Sie die Theorie, dass William der Täter ist, so plötzlich fallen gelassen? Davor hätten Sie Ihr letztes Hemd verwettet, dass er der Mörder ist.«

Meredith stieß einen heftigen Fluch aus und schnippte mit den Fingern.

»Der Mann mit dem Umhang? Sie haben recht, Sir. *Den* habe ich vollkommen vergessen. Wo kommt der ins Spiel? Vielleicht purer Zufall, dass er an dem Abend so nahe am Tatort war?«

»Möglich. Aber schon ein massiver Zufall. Bedenken Sie, dass Umhang und Hut von diesem Kind bei Steyning gefunden wurden. Später zeigte sich, dass der Umhang menschliche Blutflecken aufwies.«

»Aber Rother hat ihn in seiner Erklärung nicht erwähnt.«

»Eben.«

»Was bedeutet?«

»Wie schon gesagt – dass dieses Geständnis sorgfältig überprüft werden muss.« Major Forest blickte auf, denn vom Pfad her näherte sich das robuste Stapfen von Stiefeln. »Ah, da kommt Pinn. Haben Sie sie, Constable? Schön. Dann schauen Sie doch mal nach, Meredith, und sprechen Sie das Urteil.«

»Wenn Wind war – dann kam er genau von Osten, Sir«, sagte Meredith, nachdem er die Wetterberichte gründlich durchgesehen hatte.

Der Chief nahm sich den Constable vor.

»Also, Pinn – angenommen, Sie stehen an der Öffnung der Öfen und der Wind weht von Osten, in welche Richtung würde der Rauch wehen?«

»Nach Westen, Sir.«

»Das weiß ich, Sie Idiot – ich meine, in welchen Teil der Landschaft.«

»Richtung Highden Hill, Sir. Übers Tal weg.«

Auf einmal fiel Meredith wieder die unerwartet weite Landschaft ein, die ihn begrüßt hatte, als er das erste Mal die Öfen aufsuchte.

»Na klar, Sir. Jetzt fällt's mir wieder ein. Westlich der Öfen ist nichts als weites Land. Nur ein tiefes Tal, das auf der anderen Seite der Hauptstraße zu den Downs aufsteigt. In der Richtung dürfte meilenweit kein einziges Haus stehen.«

»Und deshalb hat niemand den Geruch bemerkt«, schloss Major Forest düster.

»Übrigens, Pinn«, setzte er noch hinzu, als sie zu dritt Richtung Bauernhaus gingen, »heute Nachmittag schicke ich ein paar Männer von der Direktion her. Nehmen Sie sie doch an der Wache in Empfang und führen Sie sie zum Heath Common.« Und an Meredith gewandt: »Was ist mit Mrs. Rother? Gehen Sie noch zu ihr? Sie weiß noch gar nicht, dass es Selbstmord war.«

»Ist gut, Sir. Ich rede mit ihr, wir sehen uns dann am Wagen. Das wird sie ziemlich mitnehmen, zu allem Übel auch das noch.«

Doch Janet Rother schien den Punkt erreicht zu haben, wo der Schock die Sinne derart betäubt, dass das Gehirn die volle Bedeutung der Ereignisse gar nicht mehr aufnimmt. Sie nahm den Selbstmord ihres Mannes wenn nicht emotionslos, so doch ohne unnötige äußerliche Gefühlsbekundungen hin. Sie saß einfach nur da und nickte, und am Ende des Gesprächs dankte sie Meredith leise für seine Anteilnahme und begleitete ihn bis zur Veranda.

Wieder in Lewes, eilte der Chief zu einem Lunch-Termin, während Meredith noch rasch ins Büro schaute, bevor er weiter in die Arundel Road fuhr. Auf seinem Schreibtisch lag eine Nachricht. Sie war von Rodd aus Findon.

Betr. Fall Rother. John Rothers Hillman wurde am Abend des 20. Juli auf der Straße Findon-Worthing gesehen. Zeuge – Harold Bunt, Wisden House, Findon. Kennt die Rothers persönlich. Zeuge gibt an, Hillman sei 21.05 Uhr rund einen Kilometer vor Findon Richtung Dorf an ihm vorbeigefahren. Am Steuer saß John Rother selbst. Betone dies, weil Sie bei unserem letzten Gespräch meinten, der Wagen könnte von dem Mann im Umhang gefahren worden sein. Heute noch bis 13.00 Uhr telefonisch erreichbar.

Rodd

Meredith schaute auf die Uhr. Zehn vor. Er nahm den Hörer ab, gab seine Nummer an und wurde von der Hauszentrale nach Findon durchgestellt.

»Sind Sie's, Rodd? Hier Meredith. Habe gerade Ihre Nachricht gelesen. Das ist wohl zweifelsfrei? Ihr Zeuge ist sicher, dass es John Rother war?«

»Todsicher. Er sagt, Rother habe ihm im Vorbeifahren zugenickt. Inzwischen habe ich auch die Aussage von Wilkins, dem Postboten hier, der hat's bestätigt. Er hat gerade den Briefkasten an der Hauptstraße geleert, als er Rother in dem Hillman hat vorbeifahren sehen. Er kennt Rother gut, weil sie beide im Komitee der Washingtoner Blumenschau sitzen. Wilkins wohnt kurz vor der Gemeindegrenze.«

»Und die Uhrzeit?«

»Kurz nach neun.«

»Hervorragend.« Meredith konnte seine Zufriedenheit kaum verbergen.

»Aber – aber ich dachte –«

»Ich weiß, Rodd. Aber ich bin seitdem ein bisschen vorangekommen. Danke. Wiedersehn.«

Dann war John Rother also, von Worthing her kommend, kurz nach neun durch Findon gefahren. Welche Zeit hatte William für den fingierten Treffpunkt mit seiner Frau angegeben? Das war doch 21.15 Uhr? Dann würde man also *erwarten*, dass John zu der Zeit, als man ihn sah, durch das Dorf fuhr.

»Ein weiteres Indiz«, dachte Meredith, »das die Echtheit des Geständnisses beweist.«

Zunehmend hatte Meredith, wenn auch noch mit gewissen Vorbehalten, das Gefühl, dass das Ende des Falles in Sicht war. Nun musste nur noch das Geständnis überprüft werden, dann konnten die Ermittlungen abgeschlossen werden. Der einzige nicht zu erklärende Punkt war das verdächtige Verhalten des seltsamen Mannes mit dem Umhang. Warum war er nicht stehen geblieben, als der Schäfer ihm nachrief? Und warum die Blutflecken auf dem Umhang? Offensichtlich hatte William in seinem minuziös geplanten Vorgehen keinen Platz für ihn gehabt. Ein Komplize war nicht nötig gewesen. Und dennoch sah sich Meredith außerstande, das Verhalten des Mannes von dem Mord zu trennen. Verheimlichte William Rother da womöglich etwas?

Er ließ die Frage in der Schwebe und ging zu seinem samstäglichen Mittagessen nach Hause, entschlossen, die Beine übers Wochenende hochzulegen und sich eine wohlverdiente Ruhepause zu genehmigen. Bevor er jedoch die Direktion verließ, gab er noch die Anweisung des Chiefs weiter, dass am Nachmittag ein Suchtrupp zum Heath Common geschickt werde. Auch rief er den Coroner an und legte mit ihm die Untersuchung auf den folgenden Dienstag fest. Auf dessen Vorschlag hin sollte diese auf dem Hof stattfinden, worauf die übliche Routine anlief – Vorladung der diversen Zeugen und die Bestimmung der Geschworenen.

Doch Merediths Glück, das geruhsame Wochenende betreffend, war von kurzer Dauer. In der abendlichen Kühle wässerte er gerade das Rasenrechteck seines Gartens, als seine Frau aufgeregt durch die Terrassentür kam und ihm mitteilte, ein Herr sei zu Besuch gekommen. Mit seltener Sorgfalt half sie Meredith in sein Jackett, sagte ihm, er solle sich schnell noch kämmen, richtete ihm die Krawatte und ging ihm dann voraus ins Wohnzimmer. Dort saß in einem der großen Plüschsessel Aldous Barnet, der Kriminalschriftsteller aus Washington. Er erhob sich, schüttelte ihm die Hand und entschuldigte sich, dass er die Muße des Superintendent störte. Meredith grinste.

»Als Autor von Detektivgeschichten sollten Sie wissen, Sir, dass wir armen Teufel nie Muße haben. Wir sind wie die Angehörigen der medizinischen Zunft – allzeit bereit. Nun, Mr. Barnet, was gibt's? Etwas Wichtiges, denke ich doch, da Sie zu einem persönlichen Gespräch hergekommen sind.«

»Es ist wichtig«, erwiderte Barnet ernst. »Sogar lebenswichtig. Es hat mit William Rothers Tod zu tun. Ich bin erst zur Teezeit nach Lychpole zurückgekehrt und habe eine Nachricht von Mrs. Rother vorgefunden. Selbstmord, wie? Wie kommen Sie darauf?«

Meredith legte ihm kurz die Gründe für diese Annahme dar. Als er geendet hatte, zog Barnet einen Brief aus der Tasche und klatschte ihn Meredith aufs Knie.

»Falls William, wie Sie glauben, Selbstmord beging, weil er sich verdächtigt fühlte, wie erklären Sie sich dann das? Das ist gestern früh mit der Post gekommen. Lesen Sie!«

Meredith zog das einzelne getippte Blatt aus dem aufgerissenen Umschlag.

Lieber Barnet [las er],
ich bin in einem schrecklichen Dilemma und weiß nicht, wohin ich mich um Hilfe wenden soll. Da ich Ihr Urteil in verschiedenen Dingen schätze, habe ich beschlossen, Sie ins Vertrauen zu ziehen und um Rat zu bitten. Es betrifft den Mord an meinem Bruder. So schrecklich die Beschuldigung klingen mag, habe ich doch gute Gründe anzunehmen, dass meine Frau irgendwie in diese

scheußliche Sache verwickelt ist. Zumal ich unbemerkter Zeuge bestimmter Handlungen von ihr in der Nacht des 25. Juli war – Handlungen, die mir im Lichte dessen, was bei der Untersuchung herauskam, ebenso vernichtend wie belastend erscheinen.
Sagen Sie, Barnet, was soll ich tun? Ich stehe vor der schrecklichen Pflicht, mit dieser Information über meine Frau zur Polizei zu gehen. Ich habe mit meinem Gewissen gerungen, die Dinge immerzu im Kopf gewälzt und komme noch immer nicht zu einer Entscheidung. Meine Frau weiß nicht, was ich in jener Nacht gesehen habe. Auf Ihnen lastet nun die schwere Aufgabe, für mich zu entscheiden. Ich werde Ihren Rat vorbehaltlos annehmen, aber ich glaube, ich brauche diese zweite Meinung.
Ich unternehme nichts, bis ich von Ihnen gehört habe.

Stets der Ihre,
William Rother

»Na, da soll mich doch der –«, begann Meredith, als er von dem außerordentlichen Schriftstück aufschaute. »Was sollen wir denn davon halten? Was zum Teufel bedeutet das?«

»Das ist wohl kaum ein Brief von einem, der Selbstmord erwägt, nicht?«, fragte Barnet. »Ich meine, warum weiht er mich in dieses belastende Geheimnis ein, wenn er beabsichtigt, sich wenige Stunden später umzubringen? Dann wäre das Geheimnis doch mit ihm gestorben. Der Tod hätte die Notwendigkeit einer Entscheidung überflüssig gemacht.«

»Allerdings.« Er kam zu dem Schluss, dass es dringend geboten war, Barnet bezüglich des Geständnisses ins Vertrauen zu ziehen. Zum Glück hatte Meredith das Dokument aus dem Büro mitgebracht, um es übers Wochenende noch einmal zu prüfen. »Bevor wir weiter darüber sprechen, Sir, lesen Sie vielleicht das.« Meredith hielt ihm das Geständnis an einer Ecke hin. »Nicken Sie doch bitte, Sir, wenn ich umblättern soll. Ich muss wegen fremder Fingerabdrücke vorsichtig sein.«

Langes Schweigen folgte. Schließlich schaute Barnet auf.

»Unglaublich! Ich kann mir auf Williams Gemütszustand keinen Reim machen. In diesem Geständnis lenkt er die Aufmerksamkeit gar noch darauf, was er natürlich verbergen wollte. War er verrückt? Hat er es getan? Hat ihn der Mord in den Wahnsinn getrieben?«

»*Hat* er John Rother umgebracht?«, fragte Meredith nachdrücklich. »Damit haben wir es jetzt zu tun. Diese beiden Briefe passen nicht zusammen.«

Fast unbewusst breitete er sie nebeneinander auf einem Beistelltisch aus und starrte darauf. Plötzlich stieß er einen scharfen Ruf aus, fasste Barnet am Arm und zog ihn zu sich.

»Da, sehen Sie sich das an! Fällt Ihnen etwas auf? Irgendeine Besonderheit?«

Barnet schüttelte nach sorgfältiger Prüfung den Kopf.

»Für mich sind beide Briefe in Ordnung.«

»Sicher?«

»Na ja, die beiden Unterschriften wirken jedenfalls gleich.«

»Die Unterschriften – ja. Das ist möglich, auch wenn eine der beiden natürlich gefälscht sein könnte. Mich intressiert aber die Type.« Mit der Begeisterung des Experten fuhr Meredith fort: »Ich habe einmal eine Studie über Schreibmaschinentypen angefertigt – habe mich darin geübt, bei dem Getippten derselben Maschine kleine Diskrepanzen zu entdecken. Diese Briefe beispielsweise – da würde ich sagen, sie wurden beide auf einer Reiseschreibmaschine geschrieben. Vermutlich auf der Remington, die mir in der Küche des Bauernhofs aufgefallen ist. Aber der Anschlag unterscheidet sich. Nehmen Sie mal die Großbuchstaben. Im einen Fall sind sie deutlich und mit der vollen Kraft der Tasten angeschlagen. Im anderen dagegen sind sie recht schwach. Beim einen Brief – dem Geständnis – durchschlägt der Punkt beinahe das Papier. Beim anderen nicht. Sehen Sie nur, wie in dem Brief an Sie das kleine *a* immer schwach ist und das kleine *e* kräftig konturiert. Im Geständnis ist das nicht der Fall. Aber in beiden Briefen sind diese Eigentümlichkeiten konsistent. Sie geschehen mit der Regelmäßigkeit eines Uhrwerks. Merken Sie, worauf ich hinaus will, Sir?«

»Dass die Briefe –«

»Genau!«, unterbrach ihn Meredith. »Von zwei völlig verschiedenen Personen geschrieben wurden. Was uns sogleich noch etwas anderes mitteilt. Etwas, was wesentlich mit William Rothers Tod zusammenhängt. Kurzum, einer dieser Briefe ist gefälscht!«

Aldous Barnet stimmte in Merediths Erregung ein.

»Aber welcher, Mann! Welcher? Sehen Sie denn nicht, welches entscheidende Faktum sich aus der Antwort darauf ergeben muss?«

»Selbstverständlich tue ich das«, bellte Meredith. »Genau darauf will ich ja hinaus. Wenn Williams Schreiben an Sie echt ist, dann steht ziemlich sicher fest, dass er keinen Selbstmord begangen hat. Dann hätte er das Geständnis nicht schreiben können.«

»Und wenn das Geständnis echt ist?«

»Warum zum Donner hat er Ihnen dann diesen Brief geschickt, hm? Sinnlos. Lächerlich.«

»Was machen Sie nun?«, fragte Barnet, offensichtlich hocherfreut darüber, einem Profi bei der Arbeit zuzusehen. »Wie wollen Sie herausfinden, welches der echte Brief ist?«

»Nichts leichter als das«, lächelte Meredith. »Wir besorgen uns einfach eine Probe von William Rothers Schreibart auf derselben Maschine und vergleichen sie. Sind Sie mit dem Wagen hier?«

»Mit dem Wagen!« Barnet lachte. »Da habe ich etwas Besseres. Einen Alvis Speed mit einer Reisegeschwindigkeit von hundertdreißig. Reicht das?«

»Ich riskier's mal«, grinste Meredith.

Fünf Minuten später röhrte das lange, schmale Automobil der Gemeinde Washington entgegen, unduldsam bei Geschwindigkeitsbeschränkungen, Fußgängern und niederen Polizisten. Barnet warf einen Blick auf Merediths Zivilkluft.

»Zum Teufel, wären Sie doch nur in Uniform. Wegen dieser Sache hier kriege ich sicher eine ganze Latte Strafzettel.«

»Hauptsache, Sir, Sie lassen beide Augen auf der Straße und beide Hände am Steuer, wenn Sie *nichts* dagegen haben. Ich habe Frau und Kind *und* dazu noch einen Mordfall am Hals!«

Nach unglaublich kurzer Zeit, wie es Meredith schien, scherte der Wagen von der Hauptstraße ab und schoss die ausgefurchte Zufahrt nach Chalklands hinauf.

»Wir stellen den Wagen am Weg ab und schleichen uns hinten hinein, wenn Sie nichts dagegen haben, Mr. Barnet. Ich möchte Mrs. Rother nicht noch mehr beunruhigen. Kate Abingworth wird uns verschaffen können, was wir brauchen.«

Die Haushälterin blickte von ihrem einsamen Mahl auf, als die beiden Männer die Küche betraten.

»Gott, Sir, Sie haben mich aber erschreckt. Erzählen Sie mir bloß nicht, dass noch mehr passiert ist. Mein altes Herz hält bestimmt nicht noch einen Schock aus, das kann ich Ihnen sagen!«

Meredith beruhigte sie und erklärte ihr den Grund seines Besuchs.

»Na, das dürfte ja wohl einfach sein, Sir. Mr. Willum hat auf seinem Schreibtisch genug Briefe liegen, dass man ein Haus damit tapezieren könnt. Da dürften Sie finden, was Sie suchen. Soll ich Mrs. Rother rufen?«

»Wir wollen sie lieber nicht stören«, sagte Meredith. »Überhaupt würde ich unseren Besuch gar nicht erst erwähnen. Verstehen wir uns, Mrs. Abingworth?«

»Jawohl, Sir.«

Meredith trat an den Tisch, der als Hofbüro diente, und blätterte sorgfältig ein, zwei Ordner durch, bis er fand, wonach er suchte. Merkwürdigerweise war es ein unterzeichneter Brief, auf den Vortag datiert, verfasst von William Rother, in dem er eine Einladung zu einer Sondersitzung des Komitees der Blumenschau in Vertretung seines Bruders annahm. Das Treffen sollte am folgenden Dienstag stattfinden.

»Auch das ein Punkt«, flüsterte Meredith Barnet zu, der über seine Schulter hinweg mitlas, »der darauf hindeutet, dass William keinen Selbstmord erwog.« Laut setzte er hinzu: »Gut, Mrs. Abingworth, ich habe gefunden, wonach ich suchte, danke. Auch würde ich mir gern die Schreibmaschine hier ausleihen, wenn ich darf. Ich bringe sie in ein paar Tagen zurück.«

Kaum saßen sie wieder im Wagen, verglichen sie mit wachsender Erregung die drei Briefe.

»Na?«, fragte Barnet ungeduldig in Erwartung des Expertenurteils. »Welches ist das gefälschte Dokument?«

»Was meinen Sie?«

»Der Brief an mich«, sagte Barnet prompt.

»Falsch«, knurrte Meredith. »Wir liegen alle falsch. Der ganze Fall ist falsch. Ich muss wieder ganz von vorn anfangen. *Das Geständnis ist falsch!* Aber wie zum Teufel diese ganzen Details darin, die so gut passen, gesammelt und dargelegt wurden, ist mir unbegreiflich. Wer hat dieses Geständnis geschrieben? Einige dieser Details entsprechen erwiesenermaßen den Tatsachen. Woher kannte der Verfasser sie? Was steckt dahinter?«

»Sind Sie auch sicher, dass Sie recht haben?«

»Todsicher. Schauen Sie sich nur mal Williams Großbuchstaben und Punkte an. Und seine *l* und *o*. Sehen Sie, wie dieser Brief an das Komitee der Blumenschau mit dem an Sie zusammenpasst? Jetzt kommt's drauf an, wurde das Geständnis auf derselben Maschine getippt? Auf einer Remington wohl, aber auf derselben?«

»Können Sie das herausfinden?«

»Ja – mit dem Mikroskop.«

»Und bis dahin«, schlug Barnet vor, »wie wär's, wenn Sie auf ein Glas mit zu mir kommen, bevor ich Sie zurückfahre?«

Als sie im Lychpole in dem langgestreckten Raum mit der Balkendecke beim Whisky saßen, fragte Barnet: »Was genau folgern Sie aus diesen neuen Fakten, Mr. Meredith?«

Der Superintendent zögerte einen Moment, bevor er antwortete. Die Implikationen waren derart unerwartet und unerklärlich, dass er sich fragte, ob es überhaupt angebracht war, sie mit einem kriminalistischen Laien zu erörtern. Er hatte blitzartig erkannt, worauf dieses falsche Geständnis hindeutete. Ebenso wie andere Fakten. Es bedurfte nur noch weiterer Fakten, um es mit absoluter Sicherheit beweisen zu können. Aber sollte er das Barnet sagen? Doch dann wurde ihm bewusst, dass die ganze Sache binnen weniger Tage ohnehin allgemein bekannt sein würde, und er fragte: »Sind Sie auf einen Schock gefasst, Mr. Barnet?«

»Warum?«

»Weil ich von diesen neuen Hinweisen nur eine schreckliche Sache ableiten kann.«

»Und die wäre?«

»*Ihr Freund William Rother wurde ermordet!*«

»Ermordet? Unmöglich!«

»Leider doch, Sir. Ich wünschte, es wäre nicht so. Aber wir haben zwei gute Gründe zu der Annahme, dass William sich nicht selbst getötet hat. Erstens der Brief an Sie und zweitens der Brief, den wir gerade auf dem Hof gefunden haben. Ein Mensch, der Selbstmord erwägt, würde sich wohl kaum die Mühe machen, eine Einladung zu einer Sitzung anzunehmen, obwohl er weiß, dass er nicht daran teilnehmen wird. Über den Brief an Sie haben wir schon gesprochen. Noch dazu gibt es, von diesem falschen Geständnis einmal abgesehen, keinen erwiesenen Grund, warum William *Selbstmord* begehen wollte. Auf der Fahrt hierher habe ich mich bemüht, seinen Tod aus einem neuen Blickwinkel zu betrachten. Beispielsweise habe ich mich daran erinnert, dass die Wunde an seiner Schläfe keine Kalkspuren aufwies, obwohl sie Dr. Hendley zufolge seinen Tod zur Folge hatte. Der Aufprall des Kopfs auf einen Kalkbrocken, der vom Wetter aufgeweicht gewesen sein dürfte, erscheint mir damit unvereinbar. Sein restlicher Körper war voller Kalkstaub und Kratzer. Zudem war die Leiche nicht bewegt worden. Warum also zeigte die verletzte Schläfe nach oben? Da der Körper mit einer derartigen Wucht auf den Brocken aufschlug, muss Rother sofort bewusstlos gewesen sein. Wie konnte er sich da noch umgedreht haben? Auch das ist ein Punkt in meiner Theorie, dass es kein Selbstmord war. Also ein Unfall? Das konnte ich sofort ausschließen. Die Zaundrähte waren nicht gerissen, sondern durchtrennt, auch haben wir die passende Zange dazu gefunden.

Außerdem wäre der Körper bei einem Unfall den Hang hinabgerutscht und an dessen Fuß liegen geblieben. Aber die Leiche lag fast zwei Meter davon entfernt. Sie sehen also, Mr. Barnet, dass ich die andere Alternative vermuten muss – Mord. Das Geständnis wurde gefälscht, die Drähte wurden durchtrennt, und die Zange hat man liegen gelassen, um einen Selbstmord *vorzutäuschen*. Das wäre meine bescheidene Meinung. Was halten Sie davon?«

Das wusste Aldous Barnet nicht so recht. Allein die Vorstellung, dass William ermordet worden war, hatte ihn zutiefst erschüttert. Er konnte der Argumentation des Superintendent durchaus folgen, aber irgendwie hatte er noch die leise Hoffnung, dass sie falsch war. Wer hätte William denn ermorden können? Und warum? Das fragte er auch Meredith, doch der Experte wollte dem Amateur nicht noch weitere Theorien darlegen. Nach einer ausführlichen Erörterung der Familie Rother, bei der Meredith viele interessante Dinge über die früheren und jetzigen Rothers erfuhr, deutete er taktvoll an, dass es für ihn allmählich Zeit werde, nach Lewes zurückzukehren. Die Einzelheiten von Williams Tod wurden nicht weiter analysiert. Meredith hatte den eisernen Rollladen des Expertentums herabgelassen.

Auf der Fahrt nach Lewes durch die mondbeschienene Landschaft fragte Barnet den Superintendent: »Was halten Sie als Polizeibeamter und Leser von Kriminalromanen denn eigentlich von dieser Erzählform? Ihre Meinung wäre mir sehr wichtig.«

»Nun«, sagte Meredith, von der Frage geschmeichelt, »ich finde, jede Geschichte sollte auf der Wirklichkeit gründen. Damit meine ich, dass die Figuren, die Situationen wie auch die Lösung etwas Lebensechtes haben sollten. Intuition ist schön und gut, aber der durchschnittliche Ermittler verlässt sich eher auf den gesunden Menschenverstand und die Routine der polizeilichen Organisationen. Nehmen Sie als Beispiel den jetzigen Fall. Die Hinweise haben mich in alle möglichen Richtungen geführt, und ganz ehrlich, nach einem Monat intensiver Ermittlungen bin ich kaum weiter, als ich es zwei Tage nach Entdeckung des Verbrechens war. Das ist aber normal. Die Hälfte der Detektivarbeit besteht nicht darin, herauszufinden, was ist, sondern was nicht ist! Vielleicht denken Sie bei Ihrer nächsten Geschichte daran, Sir. Und beim Verbrechen selbst, da wählen Sie lieber ein sauberes als ein knalliges. Ein knalliger Mord wird viel leichter entdeckt. Das saubere, geplante Verbrechen ist da bei Weitem schwieriger zu lösen, außerdem würde das Ihren Lesern eine Menge echter Ermittlungsarbeit präsentieren. In unserem Fall könnte man eine Geschichte um den Tod John Rothers herum schreiben, wenn man sich ihr nur vom richtigen Standpunkt aus nähert. Das ist jedenfalls meine bescheidene Meinung.

Ich würde sagen, Mr. Barnet, lassen Sie Ihre Leser nur so viel wissen, wie auch die Polizei weiß. Das wäre nur fair. Dann kann ein cleverer Leser der Polizei um eine Nasenlänge voraus sein und vor ihr eine Verhaftung vornehmen. Aber nicht aufgrund von Vermutungen, sondern mit einer Gewissheit, die auf bewiesenen Fakten beruht. Das wäre dann auch uns gegenüber fair, denn wir können ja niemanden verhaften, nur weil wir *glauben*, dass er schuldig ist. Bei einem Thriller liegt die Sache natürlich etwas anders. Aber wenn es eine richtige Detektivgeschichte sein soll, dann bitte so, dass sie möglich und plausibel ist und nicht voller hübscher kleiner Zufälle und ›Geistesblitze‹. So läuft's im wahren Leben nicht. So arbeiten wir nicht. Jedenfalls sehe ich das so, Sir.«

Kapitel 10

UNTERSUCHUNG

Am Sonntag gönnte sich Meredith die wohlverdiente Ruhe. Ihm war nicht ganz wohl dabei, die Füße hochzulegen, wo sich doch das neue Problem von William Rothers Tod stellte, aber ihm war bewusst, dass Detektivarbeit wie Sport ist – betreibt man ihn zu stark, wird man schlapp. Also packte Mrs. Meredith eine Ladung Sandwiches ein, und die Familie nahm den Bus nach Brighton, wo Tony dann unbedingt Boot fahren wollte. Der träge Tag in der Sonne (denn Meredith überließ das Rudern Tony) stimulierte seinen Geist ebenso wie seinen Körper. Montag früh kehrte er, ein Liedchen summend, voller Energie und fast schon optimistisch ins Büro zurück. Sogleich suchte er den Chief Constable auf.

»Ah, Meredith! Sie kommen wie gerufen. Wie steht's mit dem Selbstmord? Schon weitere Details? Na?«

Meredith grinste. Er liebte es, beim Chief eine Bombe platzen zu lassen.

»Eine ganze Menge, Sir. Eine unerwartete Wendung. Ich neige mittlerweile zu der Ansicht, dass es kein Selbstmord war, sondern Mord.«

»Waren Sie zu lange in der Sonne? Sie haben ja einen ganz roten Hals, Meredith. Alles in Ordnung, hm?«

»Vollkommen, Sir. Hören Sie nur mal zu.«

Dann monologisierte der Superintendent fünf Minuten lang in der stickigen Atmosphäre von Major Forests Zimmer. Während er die neuen Fakten darlegte, wurde der Chief zunehmend zappeliger. Es bereitete ihm sichtlich die größten Schwierigkeiten, den Drang, Meredith zu unterbrechen, zurückzuhalten. Doch schließlich hielt er es nicht mehr aus.

»Aber verdammt noch mal, wer zum Teufel wollte William denn umbringen? Wie wurde er getötet? Wo wurde er getötet? Wer hat ihn getötet?«

»Was darf ich Ihnen als Erstes beantworten, Sir?«, fragte Meredith mit übertriebener Höflichkeit.

Der Chief lachte laut auf.

»Na schön. Sie haben gewonnen. Ungerechtfertigte Erregung. Unentschuldbar, Meredith. Aber verflucht, Sie können doch nicht erwarten, dass ich hier sitzen bleibe wie eine Statue. Wie wurde er getötet? Gehen wir erst mal dieses Problem an. Haben Sie eine Idee?«

»Keine, Sir.«

»Na gut. Warum wurde er getötet?«

»Dazu *habe* ich eine Idee, Sir«, sagte Meredith zögernd. »Nur eine Überlegung. Wir wissen, dass der Brief an Aldous Barnet echt ist. William wusste etwas Belastendes über seine Frau. Halten Sie es denn nicht für möglich, dass er ermordet wurde, damit uns dieses belastende Faktum nicht zur Kenntnis gelangt?«

»Großer Gott! Von Janet Rother? Das wäre ja ein starkes Stück!«

»Nicht unbedingt, Sir. Sie muss das Verbrechen ja nicht selbst begangen haben, aber William wurde ermordet, damit sie wegen John Rothers Tod nicht in Verdacht gerät.«

»Die Sache mit dem Paket im braunen Packpapier, wie?«

»So ungefähr, Sir. Meinen Sie, wir können den Mord an dem Mann mit dem Umhang festmachen?«

»O ja!«, versetzte der Chief sarkastisch. »Oder an Kate Abingworth oder Judy dem Hausmädchen oder an diesem alten Kurpfuscher Dr. Hendley. Die können alle genauso gut verdächtig sein. Wo wurde er getötet, was meinen Sie?«

»Ich schätze mal, auf dem Pfad oberhalb der Grube. Ich wollte heute Vormittag noch mal hin und mich umsehen.«

»Bei Weitem das Beste. Kann nicht mit. Viel zu tun. Aber Sie kennen den Fall ohnehin besser als ich. Übrigens«, setzte der Chief hinzu, »die Burschen, die ich gestern in den Heath Wood geschickt habe – das war ein Schlag ins Wasser. Keine Spur von einem Schrankkoffer.«

»Was anderes sollten wir auch nicht erwarten«, schloss Meredith und erhob sich von seinem Stuhl. »Da das Geständnis nun offenbar gefälscht ist, dürften das auch einige der darin genannten Beweise sein.«

»Ganz recht. Dann melden Sie sich später wieder, Meredith, wenn Sie weitergekommen sind.«

Bevor Meredith nach Chalklands aufbrach, ging er noch zu einem anderen Zimmer in einem abgelegenen Winkel des Gebäudes, wo ein beflissener junger Mann bedruckte Papiere unter dem Mikroskop betrachtete.

»Hallo, Bill. Komme ich zu früh?«

»Können Sie noch ein paar Minuten totschlagen, Sir?«

»Klar«, sagte Meredith, lehnte sich an eine Tischkante und sah dem jungen Mann bei der Arbeit zu. Er hatte drei Blatt Papier vor sich. Das eine war von dem falschen Geständnis, das zweite der Brief an Barnet, das dritte die Abschrift einer alten Aussage, die ein Constable eigens auf der Remington vom Hof abgetippt hatte.

»Ich konzentriere mich auf das *t*, das *h* und das *g*«, erklärte der junge Mann. »Die zeigen auf der Abschrift die deutlichsten Merkmale. Das *t* ist beim Querstrich schwach und kräftig beim Aufstrich. Das *h* ist im Aufstrich sehr konturiert, der gekrümmte Teil dagegen sehr schwach. Dem bin ich auf dem Barnet-Brief nachgegangen, Sir. Es besteht kein Zweifel, dass der auf dieser Maschine getippt wurde.« Beim Reden schob er eine getippte Zeile unter dem Mikroskop hin und her. »Jetzt schaue ich mir noch das dritte Blatt an.«

»Und?«

»Das *h* entspricht dem, Sir. Ebenso das *t*. Aber das würde ich gern noch mit einem letzten Blick auf das *g* bestätigen.« Eine Minute später schaute er auf und ergänzte: »Das ist o. k., Sir. Die drei Blätter wurden alle auf derselben Maschine getippt. Möchten Sie mal sehen?«

»Nicht jetzt, Bill. Heute Vormittag habe ich's eilig. Danke, dass Sie das so schnell erledigt haben. Tschüs.«

Vor der Polizeiwache wartete Hawkins schon im Wagen. Meredith sprang hinein, sagte seinem Fahrer, er solle auf der Fahrt nach Chalklands ja den Mund halten, und machte es sich bequem, um in aller Ruhe nachdenken zu können.

Am meisten beschäftigte ihn, dass Janet Rother in irgendeiner Weise in die Verbrechen verwickelt war. Trotz all ihrer eilfertigen Antworten auf seine Fragen nach dem Paket, trotz allen schlauen Andeutungen in dem falschen Geständnis hatte Meredith nun keinen Zweifel mehr, dass das Paket weder ein Tagebuch noch einen Stapel alter Briefe enthalten hatte, sondern einen abgesägten Teil von John Rothers Leiche.

Diese fürchterliche, gruselige Sache musste William erkannt haben, daher sein Brief an Barnet. Und Janet musste gewusst haben, dass ihr Mann Bescheid wusste, daher der Mord oberhalb der Kreidegrube. So weit, so gut. Aber bestimmt hatte Janet doch nicht ihren Mann ermordet? Als Komplizin mochte sie nützlich gewesen sein, doch wie befangen ihre Gefühle auch waren, Meredith konnte oder wollte sie nicht als Mörderin sehen. Es ist ungewöhnlich, dass Frauen einen Mann ermorden, indem sie ihm mit einem stumpfen Gegenstand den Kopf einschlagen. Als das schwächere Geschlecht bedienen sie sich weniger grober Methoden. Ihre Werkzeuge sind Pistole und Arsen. Sie töten sozusagen aus sicherer Entfernung, da sie fürchten, der Mann mit seiner überlegenen Körperkraft könne ihre Bemühungen vereiteln. Und William war weder vergiftet noch erschossen worden. Man hatte ihm den Kopf eingeschlagen, weil der Mörder es so aussehen lassen musste, als wäre er durch einen Sturz in die Kreidegrube getötet worden. Die Frage war nur –

Merediths Gedanken bremsten schlagartig ab und liefen in halsbrecherischem Tempo in eine andere Richtung. Das Geständnis. Wer hat es geschrieben? Der Verfasser *ist der Mann, der John Rother ermordet hat.* Das musste so sein. In dem falschen Dokument standen zu viele erwiesene Tatsachen, als dass es anders sein konnte. Was die Polizei über den Zeitfaktor wusste, musste diesem Burschen ebenso bekannt sein. Er wusste, dass die Uhr am Armaturenbrett um 21.55 Uhr stehen geblieben war. Er wusste alles über das Telegramm und Williams Fahrt nach Littlehampton. Er wusste von der Arbeitsgrube in der Garage von Chalklands. Er kannte die ganze Gegend in- und auswendig.

Sicher, manches davon, die Details von Chalklands beispielsweise, konnte er auch von Janet Rother erfahren haben. Meredith neigte immer mehr zu der Ansicht, dass sie mit beiden Morden untrennbar verbunden war. Eine schreckliche Anschuldigung, aber im Lichte der Beweise unausweichlich. Und man konnte doch sicher davon ausgehen, dass John und William Rother von ein und demselben Mann ermordet worden waren?

»He, nun mal langsam«, bremste Meredith sich plötzlich selbst. »Ich eile den bekannten und bewiesenen Tatsachen voraus. Noch bin ich ja gar nicht sicher, dass William Rother tatsächlich ermordet wurde. Dafür habe ich keinen unmittelbaren und unumstößlichen Beweis.«

Dennoch begann er mit dieser Annahme im Kopf auf der sonnengetränkten Fläche oberhalb der Kreidegrube mit seinen Ermittlungen. Er war fest entschlossen, gemeinsam mit Hawkins eine Reihe neuer Experimente durchzuführen, die sich als nützlich erweisen konnten.

Auf dem Weg am Rand der Grube hinauf hatte Meredith sich bei den Männern, die bei den Öfen arbeiteten, einen großen Sack und einen Spaten geliehen. In der Küche des Bauernhauses hatte er sich eine dieser Waagen mit Haken besorgt, die man aufhängt, sodass der zu wiegende Gegenstand in der Luft schwebt. Mit dieser Waage konnte man bis zu neunzig Kilogramm schwere Dinge wiegen. Meredith hängte das Gerät an den kräftigen Ast einer Buche und füllte den Sack, den Hawkins aufhielt, mit Erde und Kreideschutt. Zwischendurch hakte er ihn immer wieder zum Wiegen an das Gerät. Als der Zeiger bei siebzig Kilo stand, wies er Hawkins an, den Sack über den Weg bis zu der Stelle zu schleifen, wo die Zaundrähte durchtrennt waren. Sodann lief Meredith den Grubenrand entlang bis zur Sohle hinab und stellte sich unweit der schwarz gewordenen Blutflecken auf, wo die Leiche vorgefunden worden war. Er blickte zu Hawkins hinauf, der nervös über die Kante des zwölf Meter hohen Hangs äugte.

»Bereit, mein Junge?«

»O. k., Sir.«

»Dann schmeißen Sie ihn bei drei runter!«, rief Meredith. »Aber vergessen Sie um Gottes willen nicht loszulassen.«

Die uniformierte Gestalt verschwand, es gab eine kurze Pause, und mit einem Mal kam der Sack über den Rand geflogen und prallte mit einem scheußlichen Knirschen zwei Meter vom Superintendent entfernt auf.

Meredith ging hin.

»O. k.«, rief er hinauf. »Genau, wie ich es erwartet habe. Hatten Sie Schwierigkeiten?«

»Als ich den Schwung raus hatte, war's kein Problem, Sir. Er ist gut über den Hang hinaus geflogen, wie?«

»Ja. Da oben ist ein Überhang. Bleiben Sie dort, ich komme hoch.«

Oben angelangt, ging der Superintendent auf Hände und Knie und suchte jeden Zoll in der Umgebung des durchtrennten Drahtzauns ab. Hawkins half ihm. Zehn Minuten lang arbeiteten sie schweigend, wobei sie innerlich die Sonne verfluchten, die ihnen wie Feuer auf den Nacken brannte, und sich nach ein wenig Schatten sehnten, der sie davor schützte.

Plötzlich rief Hawkins aus:

»Kommen Sie mal, Sir. Schnell! Ich glaube, ich hab da was.«

Sogleich war Meredith auf den Beinen und lief zu seinem Untergebenen.

»Und?«

»Da.«

Der Superintendent pfiff leise durch die Zähne.

»Blut, wie? Getrocknetes Blut.«

»Sieht ganz danach aus, Sir. Ist natürlich ein bisschen aufgeweicht, aber es wirkt irgendwie klebrig, wie Blut eben.«

»Seien Sie nicht so eklig, Hawkins. Klebrig. Pff! Leeren Sie mal den Sack aus und holen Sie mir den Spaten, ja? Wir müssen ungefähr einen halben Quadratmeter der Erde da ausgraben und analysieren lassen. Der Verdacht, dass es getrocknetes Blut ist, reicht nicht. Wir brauchen die Gewissheit eines Labortests. Immer schön sorgfältig. Halten Sie mal den Sack auf.«

Meredith zeigte seine Erregung nur ungern vor einem Untergebenen, aber innerlich war er begeistert und ungeheuer befriedigt. Blitzartig hatte er die Tragweite dieser Entdeckung erkannt. Blut auf der Sohle der Kreidegrube war eine Sache, Blut hier oben eine ganz andere. Blut unten – Unfall oder Selbstmord. Blut oben – Mord! Eine andere Interpretation war nicht möglich. William Rother hatte die tödliche Wunde an der linken Schläfe erhalten, bevor er hinabgeflogen war. Der Mörder hatte ihn hinabgeschleudert, nachdem er ihn mit einem stumpfen Gegenstand getötet hatte. Der siebzig Kilo schwere Sack, der ungefähr dem Gewicht des Toten entsprach, war genau dort gelandet, wo William gelegen hatte. Konnte erst *bewiesen* werden, dass die Erdprobe menschliches Blut enthielt, dann stand das Urteil der Geschworenen eigentlich schon fest.

Der stumpfe Gegenstand? Was hatte der Mörder benutzt? Einen Schraubenschlüssel? Nein, eher etwas, was eine schartigere Wunde hinterließ. Beinahe instinktiv schaute Meredith sich um. Feuersteine. Warum nicht? Der Boden war übersät mit großen, gezackten Feuersteinen, wie sie in dieser Gegend häufig vorkamen. Bestimmt wäre so einer für die Zwecke des Mörders besser als alles andere geeignet. Kein Wunder, dass die Wunde keinerlei Kalkstaub aufwies!

Nachdem Meredith Hawkins mit dem Sack Erde zum Wagen geschickt hatte, ging er mit der Waage zum Bauernhaus zurück. Er musste dort noch weitere Erkundigungen einholen.

Kate Abingworth, der seit Merediths erstem Besuch die Lebhaftigkeit abhandengekommen war, drehte gerade den Griff der Milchzentrifuge. Sie wirkte teilnahmslos und tatterig und wenig zum Plaudern aufgelegt.

»Darf ich Sie was fragen?«, sagte Meredith höflich.

»O je! O je, ja. Ich bin mit allem im Rückstand. Aber was sein muss, muss wohl sein. Der Pollezei kann man ja nichts abschlagen. Was möchtense denn gern wissen?«

»Sie erinnern sich an die Schreibmaschine, die ich ausgeliehen habe? Wer hat sie benutzt?«

»Mister John und Mister Willum. Fürs Geschäft und so weiter haben se se benutzt, ja. Meistens Mister Willum.«

»Sonst haben Sie niemanden dran gesehen?«

»Nie!«

»Auch nicht Mrs. Rother?«

»Nie, ja.«

»Und soweit Sie wissen, wurde die Schreibmaschine in den letzten Monaten nie von dem Tisch genommen?«

»Nein, nie«, beteuerte Kate Abingworth nachdrücklich. »Ich acht ja drauf, dass ich da jeden Morgen mit dem Staubtuch drübergeh, also muss ich's wohl wissen.«

»Haben Sie bemerkt, ob Mr. William in den letzten paar Tagen darauf geschrieben hat?«

Mrs. Abingworth seufzte tief auf, ein wenig beengt von ihrem Korsett.

»Am Tag, bevor er zu Tode gekommen ist, ja. Da hat er dran gesessen, in voller Größe, und getippt, als hätt er nicht die kleinste Sorge auf der Welt. Der arme Mann. Er hat's ja nicht geahnt, nicht? Nicht geahnt.« Kate Abingworth schüttelte die ergrauenden Haare, als tadelte sie alle Mühsal und Schlechtigkeit auf Erden. »Ein Brief wegen der Blumenschau war das. ›Kate‹, sagt er, ›am Dienstag bin ich im Komitee der Blumenschau und vertrete den armen Mister John. Was ist denn Ihre bescheidene Meinung‹, sagt er, ›zu der Wurfbude mit den Kokosnüssen? Solln wir oder solln wir nicht?‹ Sehn Sie, Sir, er hat ja gewusst, dass es im Dorf wegen der Bude großen Zwist gibt. Die jungen Leute finden, wir sollen mit der Zeit gehn und stattdessen eine Schießbude haben. Die finden, eine Wurfbude ist bloß was für Kinner und so. Aber ich selber sag dazu natürlich nichts –«

Da jedoch wurde Meredith gewahr, dass die verbale Zurückhaltung der Haushälterin nur Schein war, und er wechselte eilends das Thema. Zudem hatte er zu diesem Punkt alles erfahren, was er wissen wollte.

»Mrs. Rother hat sich hingelegt?«

»Ist nach Lunnon, Sir, zu ihrem Anwalt.«

»Verstehe. Danke.«

Als er zum Wagen ging, wo Hawkins auf ihn wartete,

dachte er: »Mrs. Rother *muss* dieses Geständnis geschrieben haben. Außer Mrs. Abingworth ist sie die Einzige, die Zugang zu der Maschine hatte.«

Nach der Untersuchung würde er sich noch einmal mit der jungen Dame unterhalten müssen. Es lag nun auf der Hand, dass sie keineswegs so unschuldig war, wie sie vorgab. Es gehörte nicht zu seinen Prinzipien, sich von einem hübschen Gesicht und einer reizenden Art irreführen zu lassen. So manche junge Frau wie sie war nur ein – na, wie zum Teufel ging noch die Stelle bei Shakespeare? Das mit dem Apfel. Ah – »ein schöner Apfel, in dem Herzen faul«. Nun, Janet Rother konnte sehr gut faul im Herzen sein. Eine ganze Menge junger Frauen waren kriminell, wobei der Typus, mit dem Meredith bisher zu tun gehabt hatte, in der Regel frech und gerissen war. Derweil war die wirklich leere Seite in seinem Indizienbuch die mit dem Mann im Umhang.

Meredith grinste abwesend vor sich hin, als er in den Wagen stieg und murmelte: »Lychpole – im Dorf.« Der Mann mit dem Umhang. Sein Grinsen wurde breiter. Das hatte schon was von Sexton Blake! Andererseits wussten sie nicht mehr über diesen Mann, als dass er am Abend des 20. Juli einen Umhang und einen breitkrempigen Hut trug. Bestenfalls dünne Fakten, um die Identität dieses Burschen ans Licht zu bringen. Vielleicht wusste ja Barnet von einem, der einen Groll gegen die ganze Familie Rother hegte. Vielleicht hatten die Rothers diesem Mann oder seiner Familie vor langer Zeit einmal Unrecht angetan. Da nun so gut wie fest stand, dass auch der zweite Bruder ermordet worden war, lohnte es sich, Nachforschungen anzustellen.

Doch Barnet war nicht besonders hilfreich. Er wusste vom

Privatleben der Rothers nur sehr wenig. Er hatte Meredith schon mit Informationen über ihre lokalen Aktivitäten versorgt und die Rolle erklärt, die ihre Vorfahren beim Aufbau und der Pflege der Gemeinde gespielt hatten, als sie praktisch die Grundherren waren, doch hinsichtlich der jüngeren Beziehungen der Rothers blieb er vage. Er meinte zu wissen, dass John Freunde in Brighton hatte und wochenends häufig dorthin fuhr. Während der letzten anderthalb Jahre habe er seine Wochenenden überwiegend nicht in Chalklands verbracht. Bei seinem Privatleben habe er sich jedoch bedeckt gehalten. Barnet bezweifelte, dass Janet oder William auch nur die leiseste Ahnung hatten, wo er dann gewesen war.

Meredith registrierte diese Tatsachen natürlich, maß ihnen als Mittel zur Identifizierung des Mannes im Umhang aber nur wenig Wert bei. Er beendete seine Befragung des Kriminalschriftstellers mit der Bemerkung, er hege tiefe Zweifel, dass William Selbstmord begangen habe, und ließ Barnet in einem verwirrten und traurigen Gemütszustand zurück.

Am folgenden Vormittag um elf Uhr fand die gerichtliche Untersuchung der Leiche von William Rother in der geräumigen Küche des Bauernhauses statt. Um den gründlich gescheuerten Kieferntisch herum waren Stühle aufgestellt – ein besonders wuchtiger stand am Kopfende als Ehrensitz. Auf dem nahm pünktlich auf die Minute der Coroner Platz und blickte reihum in die ernsten Gesichter der Geschworenen. Fünf Minuten davor waren sie im Sonntagsstaat leise murmelnd über die Steinplatten auf dem Innenhof gestapft und hatten das weltliche Verfahren mit einer geistlichen Aura versehen. Für den Coroner, Mr. Oyler, war es lediglich eine Untersuchung von vielen. Für die Geschworenen, die aus dem Dorf bestimmt worden waren, war sie ein Anlass zu Ehrfurcht und ritueller Korrektheit bei der Erfüllung ihrer Pflicht. Weiter hinten saß, leise in ihre Schürze schniefend, Kate Abingworth, und neben ihr wartete eine blasse, beherrschte, aber angesichts der Tortur, die sie erwartete, gleichwohl unverzagte Janet Rother darauf, als Zeugin aufgerufen zu werden.

Das Verfahren lief mit der Präzision eines Uhrwerks ab. Mit leiser, gleichmäßiger Stimme machte Janet Rother ihre formalen Angaben zur Person und beschrieb sodann, wie sie den Leichnam ihres Mannes auf der Sohle des Kreidesteinbruchs entdeckt hatte. Der Coroner stellte ihr einige wenige kurze Fragen. Ob ihr Mann jemals Selbstmordgedanken geäußert habe? Sie schüttelte den Kopf.

»Als Sie den Leichnam entdeckten, Mrs. Rother, wie weit entfernt vom Fuß des Steilhangs lag er da?«

Janet zögerte, schien eine Weile zu überlegen und erklärte dann: »Vielleicht zwei Meter. Genau kann ich es wirklich nicht sagen.«

»Gut. In welcher Haltung lag Ihr Mann da, Mrs. Rother?«

»Auf der Seite.«

»Auf welcher?«

»Auf der rechten.«

»Dann zeigte die linke Seite also nach oben?«

»Ja.«

»War an seiner Person eine tiefe Wunde zu sehen?«

»Ja – an der linken Schläfe.«

»Sah es Ihrer Meinung nach so aus, Mrs. Rother, als wäre Ihr Mann genau so dagelegen, wie er aufgetroffen war?«

Wieder zögerte die Frau. Meredith, der sie genau beobachtete, schien es, als versuchte sie eilig, die Bedeutung dieser Frage abzuwägen, um sie dann in der ihrer Meinung nach vorteilhaftesten Weise zu beantworten.

»Ja«, sagte sie schließlich. »Ich glaube, so hat es ausgesehen.«

Der nächste Zeuge war Dr. Hendley. In seiner derben, polternden Art legte er das ganze massive Gewicht seiner Gelehrsamkeit in seine Aussage. Offensichtlich versuchte er, dem Coroner nahezubringen, dass ein Landarzt nicht zwangsläufig vernagelt oder reaktionär war. Das Landvolk bestehe in der Mehrzahl zwar aus Deppen, er jedoch sei die goldene Ausnahme. Der Tod, erklärte er, sei durch Blutverlust aufgrund der Wunde an der Schläfe eingetreten, und zwar, seiner Meinung nach, sofort. Es bestehe kein Zweifel, dass ein schartiger Gegenstand, wahrscheinlich ein Kalkbrocken oder ein Feuerstein, in das Gehirn eingedrungen sei. Die Frage des Coroners, ob der Verstorbene sich nach dem Aufprall noch einmal hätte drehen können, verneinte er vehement. Nein, er könne nicht sagen, er habe in dem getrockneten Blut um die Wunde herum noch Kalkpartikel vorgefunden.

»Und der Leichnam lag so da wie von Mrs. Rother beschrieben?«, fragte der Coroner mit einem Nachdruck, der die Geschworenen ziemlich verblüffte. »Bitte überlegen Sie sich die Antwort sorgfältig.«

»Jawohl«, dröhnte Dr. Hendley und funkelte die ausdruckslosen Gesichter der Geschworenen dabei trotzig an, als forderte er sie auf, ihm doch zu widersprechen.

»Vielen Dank, Dr. Hendley. Sie können sich wieder setzen«, sagte der Coroner mit einem matten Lächeln. »Superintendent Meredith.«

Meredith deutete einen Gruß an und erhob sich unter aufgeregtem Gemurmel der Dörfler. Nicht einmal der Respekt vor dem Toten vermochte ihre natürliche Neugier auf einen Mann zu zügeln, dessen Aufgabe es war, Diebe und Mörder der Gerechtigkeit zuzuführen. Der Zauber des professionellen Kriminalisten hatte noch immer die Macht, ihnen Respekt und Bewunderung abzunötigen. Meredith besaß den Reiz des Außergewöhnlichen wie der alljährliche Jahrmarkt, und sie waren fest entschlossen, ihn so sehr zu genießen, wie es der Ernst des Anlasses zuließ.

Mit der Klarheit und Gelassenheit eines Mannes, der solcherlei Aussagen gewohnt ist, beschrieb Meredith, wie er die Leiche untersucht und dabei das Fehlen von Kalkstaub um die Wunde herum festgestellt habe. Der Verstorbene habe, erklärte er, auf der rechten Seite gelegen, ungefähr einen Meter fünfzig vom Fuß des Steilhangs entfernt. Nach den Flecken zu urteilen, die in den Kreideschutt um den Kopf des Toten herum gesickert seien, habe er einen erheblichen Blutverlust erlitten. Der Drahtzaun am Rand der Grube sei durchtrennt gewesen, und circa einen Meter vom Weg entfernt sei eine Zange gefunden worden. In der Tasche des Toten sei ein Geständnis gewesen, vorgeblich von ihm selbst getippt, das von der Polizei inzwischen jedoch als Fälschung entlarvt worden sei. Das Geständnis habe sich auf den Tod des Bruders des Verstorbenen bezogen. Nach Meinung der Polizei sei das Dokument jedoch dem Toten in die Tasche gesteckt worden, um sie bezüglich der Art, wie William Rother den Tod gefunden habe, in die Irre zu führen.

An der Stelle hakte der Coroner, verbindlich lächelnd, nach: »Hat die Polizei weitere Indizien, welche die Behauptung, dieses Dokument sei nicht von dem Verstorbenen selbst getippt worden, untermauern?« Mr. Oyler kannte die Antwort bereits, dennoch musste er diese mehr oder weniger eingeübten Fragen um der Geschworenen willen stellen.

»Jawohl, Sir. Gestern Abend habe ich im üblichen Rahmen solcher Ermittlungen den Umschlag und die getippten Papiere auf Fingerabdrücke hin untersucht.«

»Mit welchem Ergebnis?«

»Ich habe zweierlei gefunden.«

»Und zwar?«

»Die des Chief Constable und meine eigenen, Sir.« Worauf ob der Spannung des Kreuzverhörs ein schwaches Kichern durch den Raum flackerte. Der Coroner klopfte mit den Knöcheln auf den Tisch, um für Ruhe zu sorgen.

»Was wohl bedeutet«, fuhr er fort, »dass der Chief Constable und Sie die Einzigen waren, die das Dokument in der Hand hielten, nachdem es der Tasche des Verstorbenen entnommen worden war?«

»Korrekt, Sir.«

»Gab es noch weitere Fingerabdrücke, Mr. Meredith?«

»Keine, Sir.«

»Keine!«

Die übrige Runde echote schweigend das offene Erstaunen des Coroner. Wie konnte das Geständnis in die Tasche des Toten gelangt sein, ohne dass es Fingerabdrücke aufwies? Wie waren die Blätter in den Umschlag gesteckt oder dieser verschlossen worden, ohne dass dabei die verräterischen Abdrücke darauf kamen? Die Geschworenen waren verblüfft.

»Was genau haben Sie aus diesem außerordentlichen Umstand geschlossen?«, fragte der Coroner, nachdem sich das leise Gemurmel gelegt hatte.

»Nun, Sir, wie ich es sehe, war die Person, die das Dokument Mr. Rother in die Tasche steckte, darauf bedacht, ihre Identität zu verbergen. Wir meinen, dass sie jedes Mal, wenn sie das Schriftstück anfasste, Handschuhe getragen haben muss.«

»Ich verstehe. Und weiter?«

»Nun, Sir, nachdem mein Argwohn schon geweckt war, untersuchte ich die Erde an der Stelle, wo der Zaun durchtrennt worden war. Ich fand Blutflecken.«

»Blutflecken?«

Wieder lief ein kleiner Schauder aus Spannung und Interesse um den Tisch.

»Ja, Sir. Ich habe eine Probe davon analysieren lassen. Dr. White hat das Vorhandensein menschlichen Blutes eindeutig nachgewiesen.«

»Hat dies für Sie auf Weiteres hingedeutet?«

»Nun, Sir, das schien mir in dem Fall ein besonderer Faktor zu sein, da ich mir beim besten Willen nicht erklären konnte, warum oberhalb der Grube Blut sein sollte, wo es doch ganz so aussah, als hätte der Verstorbene den Tod durch einen Sturz gefunden. Ich sah mich zu starken Zweifeln daran veranlasst, dass der Verstorbene *vor* dem Sturz in die Tiefe noch gelebt hat.«

»Vielen Dank. Das ist alles.«

Nach dem Ende der Aussage des Superintendent erhob sich unter den Geschworenen ein wildes Gewirr aus Mutmaßungen und Einwänden. Sie waren zu der Untersuchung in der Gewissheit gekommen, dass »Mister Willum« Selbstmord begangen hatte. Dr. Hendley hatte diese Ansicht im Dorf verbreitet und schien keinerlei Zweifel daran zu hegen. Und aufgrund dessen, was sie selbst schon in Erfahrung gebracht hatten, hatten auch *sie* keinerlei Zweifel daran gehegt. Alle waren sie an jenem Vormittag im August zu dem Bauernhaus gepilgert, um dieses unangenehme, aber unausweichliche Urteil zu fällen. Jetzt waren sie vollkommen durcheinander. Nach allem, was sie an polizeilicher Aussage gehört hatten, sah es zunehmend so aus, als zwänge ihre Pflicht sie zu einer noch unangenehmeren und unvorhergesehenen Entscheidung. Dunkle Andeutungen lagen in der Luft. Mit einem Mal wirkte der Raum stickig und überheizt und der Coroner voll der Bedrohlichkeit und Würde des unerbittlichen Gesetzes, das er vertrat. Ihr Unbehagen steigerte sich noch, als Dr. White von den Tests berichtete, die er an der blutbefleckten Erde durchgeführt hatte.

Schließlich fasste der Coroner zusammen – seine Stimme leierte in der beengten Atmosphäre der überfüllten Küche staubtrocken dahin. Drei Dinge galt es zu bedenken. War es ein Unfall? War es Selbstmord? War es Mord? Seiner Ansicht nach schloss die Tatsache, dass der Drahtzaun durchschnitten war, einen Unfall aus. Der Verstorbene war mit den Gefahren des Weges an dem Abhang entlang vertraut. Dann das seltsame Dokument, das man in seiner Tasche gefunden hatte. Also Selbstmord? Auf den ersten Blick sah es so aus, als hätte sich der Verstorbene das Leben genommen. Bei näherer Betrachtung der Indizien gab es dann doch berechtigte Zweifel daran, dass dem so war. Er lag auf der rechten Seite. Die tödliche Wunde an der linken Schläfe zeigte nach oben. Wenn die Wunde durch den Sturz verursacht worden war, wie hatte er sich dann noch drehen können? Zweitens fehlten dem Zeugen der Polizei zufolge jegliche Kalkspuren an der tödlichen Wunde, obwohl der gesamte Boden auf der Grubensohle mit Kalkbrocken übersät war. Deutete dies darauf hin, dass er die Wunde irgendwann *vor* dem Sturz erlitten hatte? Vielleicht oberhalb der Grube, wo in der unmittelbaren Umgebung der durchtrennten Drähte Blutflecken entdeckt worden waren?

Dann gebe es noch das eigenartige Dokument zu bedenken. Ein Dokument, das man dem Toten in die Tasche gesteckt habe, ohne auch nur einen Fingerabdruck zu hinterlassen. Ob die gesamte furchtbare Sache von einer unbekannten Person inszeniert worden sei, damit es wie Selbstmord aussäh, obwohl es in Wahrheit etwas ganz anderes war? Das führe sie zu der dritten Alternative. Mord. Sei dem Verstorbenen auf dem Weg am Grubenhang aufgelauert worden, habe man ihn durch einen heftigen Schlag auf die linke Schläfe getötet und *dann* in die Grube geworfen? Es gebe offenbar Hinweise, die diese Annahme stützen könnten. Natürlich obliege es den Geschworenen, sämtliche Indizien ausführlich und vorurteilsfrei zu prüfen und zu einem entsprechenden Urteil zu gelangen. Sollte es nach ihrer Einschätzung ein Fall von vorsätzlichem Mord sein, so könnten sie nach Lage der Indizien den oder die Mörder benennen. Nach seiner, des Coroners, Meinung gebe es derartige Indizien nicht.

Nach dem Ende seiner Rede entschieden sich die Geschworenen, wie von Mr. Oyler vorausgesehen, für die Beratung. Und so stapften sie mit ihren beschlagenen Stiefeln hinter Kate Abingworth hinaus und schlossen sich im Esszimmer von Chalklands ein.

Zwanzig Minuten später stapften sie wieder herein und nahmen feierlich ihre Plätze am Küchentisch ein. Dann verkündeten sie, sehr zu Merediths Überraschung, der eine Feststellung auf unbekannte Todesursache erwartet hatte, »Mord durch unbekannte Person oder Personen«. Offenbar hatten die Aussagen der Polizei mehr Eindruck hinterlassen, als er gedacht hatte!

Kapitel 11

DAS DRITTE PROBLEM

Cedric Clark, der Eigentümer von Clarks Tankstelle in Findon, erwartete den Besuch eines Geschäftsfreunds. Er hoffte, John Rothers Hillman verkaufen zu können. Seit Meredith den Wagen zuletzt untersucht hatte, waren Windschutzscheibe und Armaturenbrett repariert, die Blutflecken sorgfältig beseitigt und die Karosserie vollkommen neu lackiert worden. Clark hatte den Bericht über die Untersuchung in der Abendzeitung vom Vortag gelesen und war ebenso wie die übrigen Dorfbewohner vom Urteil der Geschworenen schockiert gewesen. Überdies hatte Williams Tod ihn hinsichtlich des Verkaufs des Wagens in ein Dilemma gestürzt. Er musste nun Mrs. Rothers Erlaubnis für den Verkauf einholen. Um elf wollte Thornton bei ihm sein, also setzte sich Clark gleich nach dem Frühstück auf sein Motorrad und brauste nach Chalklands. Doch er traf Janet Rother nicht an – die Haushälterin sagte ihm, sie liege noch im Bett, also bat er diese, ihr seine Bitte vorzutragen, woraufhin er die gewünschte Erlaubnis erhielt, mit dem Verkauf des Wagens fortzufahren.

Um elf Uhr kam Tim Thornton mit seinem abgetakelten Werkstattwagen angerumpelt und hielt mit schwermütig quietschenden Bremsen gleich hinter den Zapfsäulen.

»Das ist ja eine verflixt gute Werbung für dich – der Wagen da, großartig«, sagte Clark. »Sparsam beim Öl, wie?«

Thornton, ein grobknochiger, träge wirkender Bursche mit sandfarbenen Haaren und rötlichem Schnurrbart, entstieg langsam dem Gefährt und begaffte das Gelände, das landläufig als Clarks Tankstelle bekannt war.

»Entschuldigen Sie. Können Sie mir sagen, ob es in der Gegend eine Werkstatt gibt? Hab gehört, in dem Kaff hier hat ein Idiot namens Clark so was.«

»Du brauchst wirklich eine«, erwiderte Clark spitz, wobei er zu dem Wrack hin nickte und Thornton auf den Rücken schlug. »Komm rein, Junge, dann sehn wir mal, was wir für dich tun können. Steht auch ein Abschleppwagen bereit. Willst du den leihen?«

»Grrr!«, knurrte Thornton und folgte seinem Freund in das enge Kabuff, das den hochtrabenden Namen »Büro« führte.

»Und, wie läuft der Laden?«

»Ach, geht so. Kann nicht klagen. Und bei dir?«

»Ganz gut. Ihr hattet bei euch ziemlich Ärger, wie?«, fuhr er fort, nachdem er sich eine Zigarette angezündet hatte. »Hab gestern Abend im Radio gehört, dass sie bei diesem Rother auf Mord entschieden haben.«

»Ja«, bestätigte Clark. »Komische Sache, das. Erst dieser Ärger am Cissbury – jetzt sieht's ganz so aus, als hätt's auch noch William Rother erwischt. Fast schon ein Fluch auf der Familie, was?«

»Ist der Hillman fertig?«

»Steht hinten, Tim. Willst du ihn gleich sehen?«

»Also, um zwölf muss ich zurück sein, da kommt'n Kunde.«

»Na, dann machen wir mal voran, mein Alter. Brauchst

ja jede Minute, wenn du's mit diesem Leierkasten da vorn schaffen willst. Für den war Tempo fünfzig nie ein Problem, wie?«

»Immerhin streichen wir unsere Zapfsäulen«, konterte Thornton, als er dem Besitzer durch ein Fahrzeuglabyrinth in die hinterste Ecke der Hauptgarage folgte, wo der Hillman stand. »Hallo – ist das das kleine Wunder?«

»Das ist er. So gut wie neu – hat gerade mal zehntausend drauf – frisch lackiert – neue Windschutzscheibe – gute Reifen und –«

»– bis zum Quartalsende zugelassen«, ergänzte Thornton, spöttisch grinsend. »Na komm. Den Sermon kannst du dir sparen. Mir lockst du mit den flotten Sprüchen keinen Penny aus der Tasche. Mach mal die Haube hoch, dann sag ich dir, ob die Karre was für meinen Kunden ist. Ich hab ihm ein Schnäppchen versprochen, und ich muss auf meinen guten Ruf achten. Anders als so manche andere.«

»Bitte sehr«, sagte Clark und hielt eine Arbeitsleuchte über den Motor. »Sieh's dir ruhig an. Den Innereien fehlt nichts, Alter.«

Thornton wollte sich schon über den Motor beugen, als er einen überraschten Ruf ausstieß und zurücktrat, um sich den Wagen genauer anzusehen.

»Moment mal – den Wagen hab ich schon mal gesehen. Der war doch hellgrün, bevor du ihn mit diesem Dreckslack da gespritzt hast?«

»Stimmt. Woran hast du ihn erkannt?«

»Siehst du diese beiden Messingmuttern da auf den Batterieklemmen? Die hab ich selber draufgetan, als der Besitzer ihn mal übers Wochenende bei mir abgestellt hat.«

»Wann war das?«

»Weiß nicht mehr genau. Vielleicht so vor zwei Monaten, keine Ahnung. Aber der Bursche war die letzten anderthalb Jahre oder noch länger regelmäßig am Wochenende bei mir. Komisch, wie?«

»Wie hat er ausgesehen?«

»Stämmiger, kräftiger Kerl. Rotgesichtig. Laut. Typischer Bauer, denk ich mal. Heißt Reed, hat er gesagt.«

»Reed?« Clarks Stimme war vor Aufregung ganz schrill geworden. »Das war nicht Reed. Das war Rother. Da wett ich drum! Das war John Rother – der Kerl, den sie am Cissbury umgebracht haben. Hast du denn nie sein Gesicht in der Zeitung gesehen?«

»Für so was fehlt mir die Zeit, Junge. Ich hör Nachrichten immer bloß im Radio. Das war also John Rother? Na, ich werd' nicht mehr. Hätt' nie gedacht, dass ich den Burschen mal gesehen hab, als sie die Suchmeldung gesendet haben. Komisch, dass er mir einen falschen Namen genannt hat, wie?«

»Da ist was faul – wenn du mich fragst«, pflichtete Clark ihm bei. »Verdammt faul. Ich finde, das sollte Superintendent Meredith erfahren. Im Ernst. Der sollte mal mit dir sprechen, Tim.«

Thornton lachte.

»N paar Daumenschrauben, wie? Weiß ja nicht, ob ich da viel helfen kann. Ist das der Bursche, der diese Morde untersucht?«

»Man weiß nie«, sagte Clark bedeutungsvoll. »Diese Polizeitypen finden ja in allem irgendwelche Beweise und setzen sie zusammen, und eh du dich's versiehst, ist so ein armes

Schwein für den Galgen gebucht. Aber was ist jetzt mit dem Wagen?«

»Lass ihn mal an«, sagte Thornton. »Der dürfte schon passen. Als ich ihn das letzte Mal gesehen hab, hat er geschnurrt wie ein Kätzchen.«

Zehn Minuten später war der Handel perfekt, und nach einem »schnellen Glas« im Pub an der Straße setzte sich Thornton wieder in seine Donnerkutsche und rumpelte durchs Dorf davon.

Clark kehrte in sein Büro zurück und griff zum Telefon. Wenige Minuten darauf war er mit Meredith verbunden.

»Sie haben mich gerade noch erwischt, Mr. Clark. Ich wollte gleich nach Chalklands. Was gibt's?«

Clark berichtete von seinem Gespräch mit Thornton. Meredith hörte mit Interesse zu.

»Hören Sie, ich komme bei Ihnen vorbei. Dann können Sie mir das in allen Einzelheiten erzählen.«

Auch wenn Meredith sich von dieser neuen Spur keine großen Erkenntnisse versprach, konnte er es sich nicht leisten, auch nur den kleinsten Hinweis zu übergehen. In einer Ermittlung führte eines zum anderen und auf lange Sicht recht oft zum Gesuchten. Der Mann mit dem Umhang bereitete ihm weiterhin Kopfzerbrechen, allerdings neigte er inzwischen dazu, dass er bei dem Verbrechen die Hauptrolle spielte. Jene Wochenenden, die Rother laut Barnet in Brighton verbracht hatte, konnten ihn durchaus in Kontakt mit dem Mann gebracht haben, der ihn später ermorden sollte. Doch, ja, diesem neuen Hinweis musste er unbedingt nachgehen.

Clark stand rauchend bei den Zapfsäulen, als der Polizeiwagen vorfuhr. Sogleich gingen die beiden Männer ins Büro.

Dort berichtete Clark dann alles, was er von Thornton erfahren hatte, wobei er die nüchternen Details mit eigenen Theorien und Meinungen ausschmückte. Doch Meredith trennte die Spreu schon bald vom Weizen.

»Wo ist Thorntons Werkstatt?«

»Sie kennen die Straße von Arundel nach Brighton, die durch Sompting und Lancing führt?« Meredith nickte. »Also, gleich hinter der Mautbrücke über den Adur ist eine Kreuzung.«

»Die kenne ich. Dort ist es?«

»Rund zweihundert Meter von der Kreuzung Richtung Brighton – ja. Eher ein neuer Laden – bisschen grelle Deko für meinen Geschmack. Aber so ist der alte Thornton eben. Macht gern viel Bohei.«

»Verstehe – danke. Sobald ich kann, fahre ich dort vorbei und rede mal mit Ihrem Freund. Anständig von Ihnen, mich anzurufen.«

»Ach, schon gut. Ich weiß ja, wie ihr so arbeitet. Sonst wollen Sie nichts wissen?«

Der Superintendent schüttelte den Kopf, sprang in den Wagen und wies Hawkins an, aufs Gas zu treten, denn er wollte schnell zum Hof. Der kleine schwarz-blaue Streifenwagen schoss wie eine Kugel aus der Flinte die Straße hinauf. Zehn Minuten später hielt er vor der langen weißen Veranda.

Kate Abingworth öffnete auf Merediths Klingeln und führte ihn auf seine Bitte hin, Janet Rother zu sprechen, ins Wohnzimmer.

»Mrs. Rother hat gesagt, sie will nicht gestört werden, aber Sie wird sie bestimmt sehen wollen, ja. Sie liegt in ihrem Zimmer.«

Nachdem die Haushälterin gegangen war, probte Meredith im Kopf seine Angriffsstrategie. Ihm war klar, dass eine kräftige Dosis des guten alten Kreuzverhörs unbedingt vonnöten war, wollte er der Frau die Wahrheit entlocken. Schon die ganze Zeit hatte sie etwas zurückgehalten. Es gab kaum noch Zweifel daran, dass sie es war, die die Teile von John Rothers Leiche in den Ofen gelegt hatte. Auch sah alles danach aus, dass sie das falsche Geständnis geschrieben hatte. Falls der Mann mit dem Umhang in die Verbrechen verwickelt war, dann war Janet Rother diejenige, die ihm einen Hinweis auf seine Identität liefern konnte. Er musste sie zum Reden bringen. Er musste ihr eine Heidenangst einflößen, damit sie mit der Wahrheit herausrückte.

Kate Abingworth kam zurück. Sie war allein.

»Mrs. Rother ist noch nicht angezogen?«, sagte er knapp.

»O je, ja«, stieß die Haushälterin hervor. »Ich krieg gar keine Antwort. Ich hab geklopft und geklopft, keine Antwort. Und ihre Tür ist auch noch abgeschlossen. Ich hab gerufen, sie soll aufmachen, aber sie –«

»Wann waren Sie zuletzt oben bei Mrs. Rother?«

»Gegen neun, Sir, als der von der Garage da war. Ich hab durch die Tür mit ihr gesprochen.«

»Gesehen haben Sie sie nicht?«

»Nein, Sir.«

»Ihr das Frühstück hochgebracht?«

»Sie hat nicht gefrühstückt, Sir. Gestern Abend hat sie mir ausdrücklich gesagt, ich soll sie am Morgen nicht stören, aber wie dann der von der Garage –«

»Verstehe.« Meredith war plötzlich hellwach. »Führen Sie mich zu ihrem Zimmer, ja?«

Er folgte der Haushälterin durch den Gang und eine breite, geschwungene Treppe hinauf in einen weiteren, schmaleren Gang im Obergeschoss. Vor der ersten weißen Tür links blieb Mrs. Abingworth stehen.

»Hier?« Die Haushälterin nickte. Meredith klopfte fest an die Tür und rief nach Mrs. Rother. Er horchte. Keine Antwort. Er hämmerte mit der Faust dagegen und rief ein zweites Mal. Noch immer keine Antwort.

»O je, Sir! O jemine, Sir!«, stöhnte Mrs. Abingworth, den Tränen nahe. »Was kann das bedeuten? Ich hoffe bloß, da ist nichts –«

»Wir müssen die Tür einschlagen«, unterbrach Meredith sie. »Treten Sie mal zurück und werden Sie um Himmels willen nicht hektisch.«

Mit aller Kraft warf Meredith sich gegen eines der oberen Paneele. Es gab nicht nach.

»Gibt's unten einen Vorschlaghammer? Ja? Dann laufen Sie runter und holen Sie ihn. Ich hole meinen Kollegen.«

Meredith war gerade mit Hawkins zurück, als Kate Abingworth mit einem großen Vorschlaghammer die Treppe heraufgeschnauft kam. Er riss ihn ihr aus der Hand, holte aus und schlug damit krachend gegen das Paneel überm Schloss. Holz splitterte, das halbe Brett war nach innen gedrückt, sodass man durch das Loch das ganze Zimmer einsehen konnte. Meredith hielt sich nicht mit Mutmaßungen auf, sondern steckte den Kopf hindurch und schaute sich rasch um. Das Zimmer war leer!

»Vielleicht hat sie sich ja im Wandschrank erhängt, Sir!«, rief Hawkins. »Wie die alte Frau, die wir in –«

»Seien Sie still, Sie Idiot!«, blaffte Meredith mit einem warnenden Blick auf Kate Abingworth. »Wenn Sie helfen wollen, dann tun Sie was und denken Sie nicht.«

Er befolgte diesen vernünftigen Ratschlag selbst mit praktischem Beispiel, indem er die Hand durch die Tür steckte, um den Schlüssel im Schloss zu drehen. Dann der nächste Schock. Es war kein Schlüssel da!

»Großer Gott!«, stieß Meredith hervor. »Die Tür wurde von außen verschlossen. Sie hat den Schlüssel mitgenommen. Hier, nehmen Sie den Hammer und schlagen Sie das Schloss ein. Ich will in das Zimmer, und zwar schnell!«

Drinnen wurde Merediths Annahme, dass die Frau sich davongemacht hatte, von etlichen Indizien bestätigt. Bett und Fußboden waren mit Kleidern, Schuhen, Seidenpapier und hingeworfenen Kleiderbügeln übersät. Nach einem kurzen Blick war klar, dass Janet Rother nur wenige Stunden zuvor in dem Zimmer fieberhaft gepackt hatte. Und weshalb? Meredith lächelte vor sich hin. Das war der unwiderlegbare Beweis der Schuld dieser schlauen jungen Dame.

Während er und Hawkins das Zimmer gründlich durchforschten, dachte Meredith: »Na – was zum Teufel mache ich jetzt? Noch dürften wir nicht genügend Beweise haben, um die junge Frau per Haftbefehl suchen zu lassen. Der Chief wäre todsicher dagegen. Nein – sieht wohl so aus, als müssten wir sie aufspüren und dann im Blick behalten, bis wir *wirklich* genug wissen, um sie zu verhaften.«

In Gedanken befasste er sich bereits eingehend mit einem Aktionsplan. Allgemeine Erkundigungen in der näheren Umgebung, ob jemand sie am Morgen gesehen hatte. Ein Anruf beim Yard, dass die mal diesen Londoner Anwalt vernahmen. Eine Beschreibung der Frau für die Personenfahndung. Überwachung der Häfen, falls sie außer Landes wollte.

Beim besten Willen konnte er nicht glauben, dass sie einfach nur gegangen war, um Freunde zu besuchen. Man packt nicht heimlich und verlässt das Haus ohne ein Wort des Abschieds oder zu sagen, wo man hin will, es sei denn, man ist bestrebt, sich zu verdrücken. Nein – Janet Rother war nicht einfach nur für eine Woche bei der Tante in Littlehampton!

»Was Interessantes, Hawkins?«

»Nichts, Sir.«

Meredith wandte sich an Kate Abingworth, die während der vergangenen fünf Minuten mit ihren »O-jemines« im Zimmer herumgelaufen war und sich grundsätzlich dorthin gestellt hatte, wo sie im Weg war.

»Lassen Sie vorerst nichts darüber verlauten. Verstehen Sie? Ich teile Mr. Barnet mit, was passiert ist, und beauftrage ihn damit, hier alles zu regeln. Im Übrigen«, ergänzte er noch beruhigend, »gibt es für Mrs. Rothers Abreise möglicherweise eine ganz einfache Erklärung. Vergessen Sie nicht, dass ihr das alles, was sie während der letzten Tage durchgemacht hat, über den Kopf gewachsen ist. Also regen Sie sich um Himmels willen nicht zu sehr auf, Mrs. Abingworth. Zehn zu eins, dass wir Ihre Herrin binnen zwölf Stunden gesund und munter ins Haus zurückbringen. Es sei denn natürlich, dass sie einfach irgendwohin zu Besuch gefahren ist.«

Doch Kate Abingworth ließ sich nicht trösten.

»Ist doch sinnlos, Sir. Eine alte Frau wie mich könn' Sie nicht täuschen. Ich *weiß*, dass wir Mrs. Rother nie mehr wiedersehn. Auf dieser Familie liegt eine Hand. Merken Sie sich, was ich sag – die Hand des Bösen. Ihr Schatten hat sich über dieses Haus gelegt, so wahr ich Kate Abingworth heiß. Erst Mister John, dann Mister Willum und jetzt –«

»Hören Sie«, unterbrach Meredith sie und lächelte sie an wie ein Sohn, »möchten Sie nicht lieber nach unten gehen und uns allen eine Tasse Tee machen, hm? Das könnten Sie doch, nicht? Und«, setzte er hinzu, »keine Sorgen mehr, sonst nehme ich Sie mit auf die Wache, verstanden?«

Etwas weniger tränenreich und prophetisch ging die Haushälterin in die Küche hinunter, wo die beiden Männer wenig später auf eine Tasse Tee dazustießen. Als sie dann Richtung Lychpole abfuhren, hatte die gutherzige Dame auch schon wieder etwas von ihrer natürlichen Lebhaftigkeit erlangt. Der Schatten der Hand schien sich ein wenig verzogen zu haben.

Aldous Barnet saß vor seinem strohgedeckten Gartenhaus bei der Arbeit an seinem jüngsten Roman, als Meredith über den Rasen zu ihm schritt. Er war von der Nachricht, die Meredith ihm überbrachte, offenkundig verstört, hatte keine Ahnung, warum Janet Rother gegangen war, und sah sich vollkommen außerstande, ihr Reiseziel zu benennen. Er gab Meredith ein, zwei Adressen, darunter die ihres Anwalts, und pflichtete dem Superintendent schließlich bei, dass hinter ihrem Verschwinden mehr steckte als lediglich der Wunsch nach Luftveränderung. Er versprach, die Dinge in Chalklands zu regeln, sollte Janet nicht mehr auftauchen. Bis auf die Tante in Littlehampton wusste er von keiner Verwandtschaft, weder der Brüder noch Janets, die man um Hilfe hätte bitten können. Er meinte, man solle Mrs. Abingworth zu ihrer verheirateten Schwester in Arundel schicken und das Haus bis auf Weiteres verschließen. Meredith beendete das

Gespräch mit dem Versprechen, ihn über den Fortgang der Ermittlungen auf dem Laufenden zu halten.

Zurück in Lewes, verbrachte Meredith den restlichen Teil des Tages damit, die enorme Polizeimaschinerie in Gang zu setzen, eine ermüdende und uninteressante, aber wichtige Beschäftigung, sollte Janet Rothers Verbleib ermittelt werden. Bei Einbruch der Dunkelheit war lediglich eine aufmunternde Information eingetroffen. Die Kollegen vom Yard hatten den Anwalt der Rothers befragt, und obwohl er in Janets Angelegenheiten zurückhaltend war, hatte die Polizei doch die folgenden Fakten eruiert: 1. William Rother hatte alles bedingungslos seiner Frau vermacht. 2. Dieses Erbe schloss auch sämtliche Gelder und Güter ein, die William von seinem Bruder vererbt worden waren. 3. Mrs. Rother hatte ihn angewiesen, alles Geld, das ihr Schwager in Industrieaktien angelegt hatte, flüssig zu machen. Dies könne, bestätigte der Anwalt, nicht kurzfristig geschehen, da einiges an juristischen Dingen zu erledigen sei, bevor Mrs. Rother das Erbe ihres Mannes antreten könne. Für mehrere Dokumente würde ihre Unterschrift benötigt, und man habe die Anweisung erhalten, jedwede Korrespondenz postlagernd an ein Postamt in der Kensington High Street weiterzuleiten. Der Yard habe die Vorsichtsmaßnahme ergriffen, das Postamt während der nächsten Tage zu beobachten, falls Janet Rother dort auftauchte. Allerdings seien sie nicht sehr zuversichtlich, da es für die Frau ein Leichtes sei, die Briefe von einer anderen Person abholen zu lassen. Eventuell könnten sie den Komplizen dann beschatten – vielleicht aber auch nicht. In der Hauptstadt sei das nicht so einfach.

»Zu dem Geld, das sie aus den Industrieaktien abzieht«,

fragte Meredith am Telefon, »eine Ahnung, wie ihr Anwalt ihr das aushändigt?«

»Ja – in Ein-Pfund-Noten.«

»Wie viel?«

»Rund zehntausend Pfund.«

»Was!«

Die Stimme am anderen Ende der Leitung lachte laut auf.

»Ja – ich weiß. Wir fanden das auch seltsam. Klingt ein wenig sperrig, wie? Aber es ist von Bedeutung.«

»Finden Sie?«

»Ja. Sieht ganz so aus, als wollte Ihre Freundin unbedingt das Land verlassen, und Pfundnoten sind schwerer aufzuspüren als die von größeren Nennwerten. Die hat ihren Kopf schon richtig rum draufgeschraubt, wie?«

»Ich denke mal, da steckt noch jemand anderes dahinter«, sagte Meredith. »Sie ist bloß das Werkzeug. Das Gehirn der Partnerschaft, das wollen wir zu fassen kriegen. Findet ihr uns die Frau, das wäre dann schon der halbe Weg zu dem Mann.«

»Wir tun unser Bestes.«

»Danke. Das war's? Tschüs!«

Das Problem von Janet Rothers Verbleib beschäftigte den Superintendent während der ganzen folgenden Woche. Er war überall gleichzeitig, zog Erkundigungen ein, notierte sich Aussagen, die zu nichts führten, initiierte Energieausbrüche lokaler Polizeiwachen, überprüfte Berichte, telefonierte, schrieb, fluchte. Alles ohne Erfolg. Am Ende der Woche war er keinen einzigen Schritt weiter. Janet Rother hatte sich wie Prosperos Geister in Luft aufgelöst, in dünne Luft. Er war deprimiert, voller Sorgen und hätte sich gern in den Hintern getreten.

Indizien, dachte er. Er hatte massenhaft Indizien. Jede Menge. Zu viele. Aber irgendwie fehlte noch das entscheidende Puzzleteil. Es sah ganz danach aus, als hätte er auf dem langen Weg seiner Ermittlungen den wesentlichen Hinweis übersehen. Vielleicht war es nur ein kleines Versehen, aber es hatte genügt, die drei Fälle zum Stillstand zu bringen. Er war nun so weit zu glauben, dass, sobald das Rätsel um den Mord an John Rother gelöst war, der zweite Mord und Janets Verschwinden gleich mit gelöst wären. Die drei Fälle waren so eng miteinander verwoben, und der gemeinsame Nenner war – gewiss? – der Mann mit dem Umhang. Es war dringend geboten, befand Meredith, die Uhr um ein paar Monate zurückzudrehen und eine neue Phase der Ermittlungen einzuläuten, indem er etwas über John Rothers Wochenenden fern von zu Hause in Erfahrung brachte. Er musste Tim Thornton aufsuchen.

War es möglich, dass dieser kleine Hinweis, durch eine zufällige Unterhaltung ans Licht gebracht, den Schlüssel für den Code darstellte? Jedenfalls schien er seine einzige verbliebene Hoffnung zu sein. Sollte auch dieser Ermittlungsstrang scheitern, dann konnte er seine mühevollen Untersuchungen gleich mit der Fußnote »Unerledigter Fall« versehen.

Kapitel 12

DER MANN MIT DEM ZWEITEN GESICHT

Tim Thornton, der Besitzer der Riverside Garage, war das, was man gemeinhin ein »Original« nennt. Er hatte Persönlichkeit, ein von Natur aus lustiges Gesicht, redete »wie ein Wasserfall« und hatte jede Menge Zeit, seine originellen Ansichten über Dinge und Menschen kundzutun. Er beteuerte aus reiner Gewohnheit, immer auf Trab zu sein, nur um dann fast eine Stunde lang mit einem Bekannten zu quatschen. Die älteren Bewohner der verstreuten Häuschen und Bungalows im Umkreis der Mautbrücke betrachteten die Autowerkstatt als eine Art Debattierklub. Hatten sie Zeit totzuschlagen, wanderten sie zur Garage, wo sie dann auf Ölfässern saßen, sich unter großen Schildern, die das Rauchen untersagten, die geschwärzten Pfeifen ansteckten, nach links und rechts ausspuckten und mit Tim Thornton tratschten. Von daher wusste Thornton so gut wie alles, was in dem Ort gesagt, gedacht und getan wurde.

Das Gerücht, John Rother habe seinen Wagen regelmäßig bei Thornton untergestellt, zog die alten Männer an wie ein Magnet. Der wiederum legte sich kräftig ins Zeug, seine Kontakte mit dem Ermordeten zu überhöhen und auszuschmücken, denn er hatte einen angeborenen Sinn fürs Dramatische und Reißerische.

»Glaub mir, Ned, schon als ich den zum ersten Mal sah, hab ich mir gesagt: ›Dem steht der Tod ins Gesicht geschrieben.‹ Der hatte das Verhängnis im Blick – eine schreckliche Angst. Hat mich ganz schön geschüttelt, wenn ich mit dem geredet hab. Also, gesund hat er schon ausgesehen. Auf einen normalen Burschen wie dich, Ned, hätte er wie Hinz und Kunz gewirkt. Aber ich hab ja das zweite Gesicht, wie man das nennt. Ist so, Ned, wenn ich was ganz genau anseh – so wie dich jetzt –, dann schau ich ganz tief rein. Ist eine Naturbegabung. Da bild ich mir nichts drauf ein. Wie die natürliche Fähigkeit, Bier zu trinken.

Na jedenfalls, wie ich den armen Kerl zum ersten Mal aus dem Auto hab steigen sehen, da hat was in mir Klick gemacht. Da haben meine Zylinder ein paar Takte ausgesetzt, könnte man sagen. Da ist mein zweites Gesicht ruckartig angesprungen, und ich hab gewusst, ich steh vor einem Mann, dessen Nummer schon auf der himmlischen Tafel steht. Aber ich hab ja Tack, ich hab ihm nicht gezeigt, dass ich *Bescheid* weiß. ›Übers Wochenende in die Garage, Sir?‹, sag ich. ›Aber gern. Fahren Sie ihn‹ – also den Hillman – ›einfach da in die Ecke.‹ Aber wie er dann von der Garage weg ist, hab ich mir gesagt: ›Der da hat schon 'ne Stange Dynamit in der Hose – das Gras ist schon gewachsen, in das der beißt.‹ War aber trotzdem völlig normal, so wie du, Ned, keiner, den man zweimal ansieht – klar, außer wenn man wie ich das zweite Gesicht hat.«

Da war es nur natürlich, dass nach einer Woche mit derlei Gerede auch andere John Rother erkannt hatten, wie er in der Gegend umherlief. Alle sprachen über ihn. Alte Zeitungen wurden aus Kohlenschuppen gezerrt und der Fall noch einmal aus einem persönlicheren Blickwinkel geprüft. Schon bald betrachteten die guten Leute, die in der Umgebung der Mautbrücke lebten, den Ermordeten mit einer Art Besitzerstolz. Und Tim Thorntons Aktien stiegen in undenkbare Höhen.

In diese aufgeladene Atmosphäre stieg an einem Montagvormittag Ende August Meredith hinab. Er trug Zivil, Hawkins dagegen Uniform, und der Anblick des kleinen schimmernden Polizeiwagens vor den Zapfsäulen der Riverside Garage sorgte für ein großes Aufsehen. Als Meredith sich mit Tim Thornton in dessen angrenzenden Bungalow zurückzog, tippelte Jake Ferris, der den Tag dort zubrachte, die Straße entlang und machte sich daran, die Nachricht zu verbreiten. Zur Mittagszeit wusste der ganze Weiler, dass die Polizei im Bezirk ermittelte. Kleine Jungen und Mädchen knapsten sich nach Schulschluss zwanzig Minuten von ihrer Mittagspause ab, um sich vor Tims Bungalow zu versammeln und Hawkins in dem Streifenwagen mit hungrigen Blicken anzustarren.

Im Bungalow rang Meredith mit einem Zeugen, der nicht zu wenig, sondern zu viel wusste. Tim Thornton erkannte, dass seine Chance nun endlich gekommen war, und war gewillt, sich in epischer Breite zu äußern. Dieses Gespräch konnte im Laufe der Zeit sogar Eingang in die Annalen der Kriminalgeschichte finden.

»Bei zwei Punkten möchte ich, dass Sie sich todsicher sind«, sagte Meredith gerade. »Erstens, dass es John Rother war, und zweitens, dass der Wagen Rothers Hillman war. Sind Sie sich auch nur bei einem unsicher, Mr. Thornton, dann sind Sie uns keine Hilfe. Also?«

»Also.« Tim Thornton holte sehr tief Luft. »Also, sehn Sie,

das war so – an einem Samstagnachmittag, ich wollte gerade die Hinterachse des Lieferwagens vom Fleischer schmieren, da kommt ein eher kleiner, rotgesichtiger –«

»Welches Datum war das?«

Thornton brach ab, starrte Meredith verblüfft an und wollte mit seiner Schilderung gleich wieder fortfahren. Er war es nicht gewohnt, unterbrochen zu werden.

»Na, wie ich schon sagte, ein eher kleiner, rotgesichtiger –«

»Ich muss wenigstens ein ungefähres Datum haben«, beharrte Meredith. »War das letztes Jahr, letzten Monat, gestern, oder wann?«

Thornton beäugte den Superintendent mit einem verschlagenen Grinsen.

»Gestern kann's ja wohl nicht gewesen sein, wie? Der ist doch schon seit über einem Monat tot.« Thornton zwinkerte. »Ihr Polizeitypen mit euren Tricks. Sie wollten mich da wohl aufs Glatteis führen.«

»Ich will lediglich eine grobe Vorstellung, wann Sie diesen Mann zum ersten Mal gesehen haben«, forderte Meredith ungeduldig.

»Ich schätze mal, vor anderthalb Jahren. Mal sehen, in dem Februar hatte ich Grippe, dann war's wohl einen Monat danach. Gegen Ende März wird's wohl gewesen sein, dass ich ihn zum ersten Mal gesehen hab.«

»Schön. Und weiter?«

»Also – wo zum Kuckuck war ich stehen geblieben? Diese ständigen Unterbrechungen bringen mich ganz aus'm Takt. Ah, ich weiß wieder – da kommt ein eher kleiner, rotgesichtiger Mann mit einem Hillman an. Kaum seh ich ihn, macht's in mir auch schon Klick. Sie würden's nicht glauben, was das war, also erzähl ich's Ihnen, Sergeant. Da ist mein zweites Gesicht angesprungen. Ich hätt gleich am Anfang erklären müssen, dass ich das zweite Gesicht hab. Ich kann nämlich durch Sachen sehen, so wie Röntgenstrahlen durch Fleisch sehen, und –«

»Bevor wir fortfahren, könnten Sie mir vielleicht eine genauere Vorstellung geben, wie dieser Mann ausgesehen hat. Beispielsweise, wie alt war er?«

»Kein Jüngling.«

»Gut, das heißt, er war irgendwas zwischen vierzig und hundert. Sie müssen schon versuchen, genauer zu sein, Mr. Thornton.«

»O. k., Sergeant. Ich würde also sagen, er war um die vierzig.«

»Eher klein, sagen Sie. Und rotgesichtig. Weitere Besonderheiten?«

»Ja – die Augen. Darin hat eine fürchterliche Angst gelegen. ›Tim Thornton‹, sag ich da zu mir, ›der Bursche da hat 'ne Dynamitstange in der Hose.‹ Damit mein ich natürlich –«

»Hören Sie«, sagte Meredith scharf, auch wenn ihn die Ausdrucksweise des Mannes innerlich amüsierte, »Sie müssen sich an die schlichten Fakten halten. Wie war er normalerweise gekleidet?«

»So Knickerbocker, die um die Knie so gebauscht sind. Irgendwie sportliche Kluft – meistens bräunlich. Aber ein-, zweimal hatte er auch Flanellhosen an, meine ich.«

»Genau solche Informationen brauche ich«, strahlte Meredith beifällig. »Wie hat er gesprochen?«

»Ganz hübsch. Nicht dieses hochnäsige Geschwafel, der war schon ein echter Gentleman, falls Sie das meinen.«

Meredith zog einen Packen Fotografien aus der Tasche und breitete sie auf dem Kaminvorleger zu seinen Füßen aus.

»Ist Ihr Mann darunter?«

Thornton betrachtete die Sammlung einen Augenblick lang und zeigte dann auf ein Foto.

»Das isser«, verkündete er triumphierend. »Da können Sie sehen, was ich mit seinen Augen mein. So ein Totenblick, als würd er schon die gestimmten Harfen für seine Aufnahme hören. Klar, mein zweites Gesicht hat das auf der Stelle –«

»Jedenfalls ist das John Rother«, unterbrach ihn Meredith. »Damit wäre also der erste Punkt abgehakt. Nun haben Sie Mr. Clark gesagt, Sie hätten den Wagen an zwei Messingmuttern erkannt. Wie können Sie so sicher sein, dass es dieser Hillman war?«

»Weil ich diese Muttern an einem Wochenende selber draufgeschraubt hab. Die Batterieklemmen sind bei diesem Modell normalerweise mit schwarzen Muttern befestigt, ja? Davon hatte ich gerade keine da, also hab ich zwei provisorische draufgemacht. Die alten waren lose, eine war schon abgefallen.«

»Verstehe. Wie oft hat Mr. Rother seinen Wagen hier untergestellt?«

»In den Sommermonaten praktisch jedes Wochenende. Im Winter nicht so regelmäßig. Manchmal hat er sich da einen Monat oder länger nicht blicken lassen.«

»Wann haben Sie ihn das letzte Mal gesehen?«

»Als könnt ich das je vergessen, Sergeant! Ich sag Ihnen, der seherische Fluss – das ist ein Fachbegriff, den Sie wohl nicht ganz verstehen werden –, der seherische Fluss war bei mir an dem Nachmittag stark. Es hat mich in der Seele gerührt, dass der arme Kerl so fröhlich war und von dem Verhängnis, das über ihm hing, nichts wusste. Aber aus seinen Augen hat der Tod rausgestarrt. Mein Tack hat so grade noch verhindert, dass ich ihm einen Wink gab. Wissen Sie, wenn einer schon so markiert ist, dann kannst du ihn warnen, wie du willst, es kommt doch, was ihm blüht. Schrecklicher Gedanke, wie? Was würden beispielsweise Sie sagen, wenn ich in Ihren Augen den Tod seh und Ihnen prophezeie, dass Sie früher oder später bei einem Autounfall krepieren? Gruselig, nicht?«

»Vielleicht fahre ich dann doch lieber Fahrrad«, lachte Meredith.

»Vielleicht – aber das Schicksal tricksen Sie nicht aus. Ich kann Ihnen sagen, wenn man das zweite Gesicht hat, ist das kein Zuckerschlecken. Der Mann hat mir leid getan. Ganz ehrlich, Sergeant.«

»Was uns«, sagte Meredith nachdrücklich, »zu der Frage zurückführt, die ich Ihnen gestellt habe. Wann haben Sie John Rother zuletzt gesehen?«

»Mal sehn – das war ungefähr zwei Wochen nach meinem kleinen Asthma. Das dürfte dann Anfang Juli gewesen sein. Ich würd mal sagen, als er das letzte Mal seinen Wagen hier untergestellt hat, das war das zweite Juli-Wochenende.«

»War er immer allein?«

»Immer. Hatte nie ne Mieze dabei. Danach hat er eh nicht ausgesehen.«

»Wenn er dann wegging, wohin ging er?«

»Also, das ist jetzt komisch«, fing Thornton an und holte wieder sehr tief Luft. »Das hab ich mich auch schon gefragt. Sehn Sie, er hat immer einen kleinen Koffer aus dem Wagen geholt und ist dann die Straße lang Richtung Mautbrücke gelaufen. Dort hab ich ihn dann aus den Augen verloren, weil er nach rechts den Fluss entlang abgebogen ist, auf die Straße nach Steyning. Also, etliche von den alten Knackern hier, wenn die nichts zu tun haben, kommen die zur Garage und tratschen. Macht einen verrückt, wenn man wie ich ständig auf Trab ist. Aber von diesen alten Schwätzern hab ich dann doch auch was erfahren. ›Dieser John Rother‹, sag ich vor ein paar Tagen zu Jake Ferris, ›was glaubst du, wo der immer übers Wochenende war? Bei Major Codd?‹ ›Nie im Leben‹, sagt Jake. ›Den hab ich regelmäßig samstagnachmittags bei mir am Haus vorbeilaufen sehn, und ich wohn ja noch hinter dem Major‹, sagt Jake. Also, nach dem, was die so geredet haben, ist Rother wohl ein ganzes Stück die Steyning-Straße lang gelaufen und dann verschwunden. Hat sich irgendwie in Luft aufgelöst. Komisch, wie? Irgendwie in der Erde versickert wie ein Tropfen Wasser an 'nem heißen Tag.«

Zum ersten Mal seit Beginn der Befragung zeigte Meredith echtes Interesse. Er spürte das kleine Glimmen wachsender Befriedigung, das das Erlangen unverhoffter Hinweise begleitete. Hier lag eindeutig etwas Ungewöhnliches und daher Bedeutungsvolles vor.

»Sie sind sicher, dass er nicht in eines der Häuser gehuscht ist?«

»Todsicher. Jake hat das letzte Haus an der Straße, dann kommen erst wieder in Bramber welche.«

»Bramber?«

»Kleines Dorf vor Steyning, von hier aus gesehen«, erklärte Thornton. »Da gibt's auch Reste vonner Burg und ein Museum mit natürlichen Missbildungen – Enten mit drei Beinen, Lämmer mit zwei Schwänzen, ein Kalb mit zwei Köpfen und so weiter. Kuriositäten halt.«

»Ah – jetzt erinnere ich mich. Vielleicht ist Rother ja bis zu dem Dorf gelaufen. Wenn Sie sagen, er ist verschwunden – was genau meinen Sie damit?«

»Also, zwischen Brighton und Steyning fährt ein Bus. Die meisten hier kennen die Burschen, die die Linie fahren, ja? Also fragt Jake die aus reiner Neugier: ›Habt ihr schon mal einen mit 'nem Koffer an den meisten Samstagnachmittagen so um drei Uhr Richtung Bramber laufen sehn?‹ Sagt Gill: ›Nein, kann mich nicht erinnern, und ich hab ein ziemlich gutes Gedächtnis für alles, was ich auf der Straße seh.‹ Er war sich auch sicher, dass keiner, auf den Rothers Beschreibung passt, bei ihm eingestiegen ist. Ich sag Ihnen, Sergeant, der hat sich einfach in Luft aufgelöst.«

»Könnte er mit einem Boot den Fluss hinaufgefahren sein?«

»Ausgeschlossen. Auf dem Stück des Adur liegt nicht mal ein Beiboot. Das können Sie mir glauben.«

»Hören Sie«, sagte Meredith freundlich, »Sie würden wohl nicht in meinem Wagen mitkommen wollen und mir einige der Besonderheiten zeigen?«

»Klar will ich!«, dröhnte Thornton kernig. »Ich steck zwar bis zum Hals in Arbeit, aber die läuft mir auch nicht weg, wenn ich sie nicht mach. Ich hol bloß schnell meine Mütze und sag dem Burschen, dass ich kurz die Straße lang bin. Ich komm dann zu den Säulen.«

Zwei Minuten später hatte Hawkins den Wagen gedreht und war unterwegs zur Mautbrücke. Dort bog er, wie angewiesen, scharf nach rechts ab und brummte eine breite Straße entlang, die parallel zum linken Flussufer verlief. Anfangs säumten noch einige wenige Häuschen die rechte Straßenseite, dazwischen hier und da ein größeres Gebäude, das, auf seinem Grundstück zurückgesetzt, über eine Zufahrt zu erreichen war. Doch schon nach einem Kilometer hatten sie die letzte Behausung hinter sich gelassen und folgten der Straße auf ihrer einsamen Bahn am Fuße des sanft ansteigenden Hügellandes.

Thornton zeigte mit dem Daumen auf den höchsten der grasigen Hügel.

»Thundersbarrow Hill«, erklärte er.

Meredith nickte und gebot Hawkins, links ranzufahren. Sie waren nun ungefähr einen halben Kilometer von Jake Ferris' Häuschen entfernt.

»Ihnen zufolge, Mr. Thornton, dürfte er ungefähr hier verschwunden sein, nicht?«

»Sie sagen es, Sergeant. Da hinten in der Kurve können Sie das Dach von Jake Ferris' Häuschen sehen.«

Meredith stieg aus und schaute sich die Gegend genau an. Zu seiner Rechten boten die knochenkahlen Downs nicht die kleinste Deckung. Etwas weiter oben standen einige wenige Bauernhäuser und Scheunen, doch einer, der dorthin ging, wäre meilenweit zu sehen gewesen. Zu seiner Linken fiel eine baumbestandene Böschung zum Fluss ab, den Meredith durch die überhängenden Äste von Weiden und Erlen schimmern sah. Unter den höheren Büschen und Bäumen wucherte dichtes Gestrüpp und bildete damit ein perfektes Versteck für jeden, der von der Straße aus nicht gesehen werden wollte. Es schien Meredith ziemlich offensichtlich, dass Rother, wenn er plötzlich verschwinden wollte, es irgendwo dort getan haben musste. Doch wozu? Wenn dieses dornige

Dickicht das Flussufer bis Bramber säumte, hätte Rother Stunden gebraucht, um die Strecke zurückzulegen, zumal mit einem Koffer. Ganz abgesehen davon, dass er jedem auf der Straße aufgefallen wäre, da man ihn durch die trockenen Äste und Zweige auf dem Boden leicht gehört hätte.

Andererseits war ebenso klar, dass er seine Wochenenden nicht in den Büschen am Fluss verbracht hatte. Warum war er an diese abgelegene Stelle gegangen? Wie war er verschwunden? Hingen diese seltsamen Wochenenden mit dem Motiv für seine spätere Ermordung zusammen? Hatte ein Erpresser ihn in den Klauen? War er von diesem ermordet worden, weil er gedroht hatte, sich an die Polizei zu wenden?

»Ich würde mich gern mal mit diesem Ferris unterhalten und auch mit allen anderen, die mir Ihrer Meinung nach Informationen geben könnten«, sagte Meredith zu Thornton. »Wollen Sie mich herumführen?«

»Klar«, sagte Thornton.

Doch Jake Ferris und die anderen Bewohner dieser Häuschen konnten zur Lösung des Rätsels nur wenig beitragen. Ferris bestätigte, dass er Rother häufig samstagnachmittags an seinem Haus hatte vorbeigehen sehen. Auch hatte er ihn an Sonntagen gegen neun Uhr abends zu Thorntons Garage zurückkehren sehen. Thornton erklärte, Rother habe seinen Wagen zumeist sonntagabends zwischen neun und halb zehn abgeholt. Ja – den Koffer habe er immer dabei gehabt. Einmal hatte Ferris ihn gesehen, wie er die Straße nach Bramber entlangging. Der Mann habe ein-, zweimal über die Schulter zurückgeblickt, als argwöhnte er, beobachtet zu werden. Schließlich habe Ferris ihn in einer Straßenbiegung aus den Augen verloren. Andere Bewohner bestätigten Ferris'

Aussage. Das war aber auch schon alles. Meredith war enttäuscht.

»Wie heißt der Busdienst, der diese Strecke bedient?«, fragte er Thornton, als sie zur Garage zurückfuhren.

»South Downland«, antwortete Thornton.

»Die Zentrale?«

»Station Road, Brighton.«

»Danke, Mr. Thornton. Sehr freundlich von Ihnen, so viel von Ihrer wertvollen Zeit zu opfern. Ich hoffe, Ihre Informationen führen uns weiter.«

»Gerechtigkeit«, deklamierte Tim Thornton. »Mehr will ich gar nicht. Auge um Auge, Zahn um Zahn. Das ist, kurz gesagt, meine Einstellung. Gegen das Schicksal kann man sich nicht stellen, aber man kann die Dinge ausgleichen, nämlich mit dem Handelsvertreter des Schicksals, wie man das nennen könnte. In dem Augenblick, in dem ich den armen Teufel in meine Garage kommen sah, hat's bei mir Klick gemacht. Einem gewöhnlichen Mann kann man das nur schwer erklären – aber wie ich schon sagte, ich hab das zweite –«

Doch da winkte ihm Meredith schon aus hundert Metern Entfernung zum Abschied zu.

»An der Mautbrücke links«, wies er Hawkins an. »Ich will nach Brighton.«

Kapitel 13

DER MANN MIT DER SONNENBRILLE

Da Janet Rother weiterhin unauffindbar war, hatte diese neue Phase der Ermittlungen entschieden Merediths Interesse geweckt. Er wandte sich nun wieder dem ersten Mord zu, aber nicht von dem Blickpunkt aus, was nach John Rothers Tod passiert war, sondern von dem vageren Geschehen davor. Er versuchte, eine Verbindung zwischen John und dem Mann mit dem Umhang herzustellen. Es war doch sehr gut möglich, dass diese seltsamen Wochenenden etwas mit seinem späteren Tod zu tun hatten. Da war ein Mann regelmäßig für fast zwei Tage der Woche verschwunden, und bislang konnte ihm niemand sagen, wo er gewesen war. Barnet hatte man erzählt, dass John Freunde in Brighton besuchte, aber das musste man nun wohl bezweifeln. Statt auf der Straße weiterzufahren, die zu dem beliebten Badeort führte, hatte Rother seinen Wagen in einer Garage abgestellt und war zu Fuß Richtung Steyning gegangen. Warum? Gab es neben der seines Bruders noch eine andere Frau? Aber bestimmt hätte Rother sie doch weniger auffällig sehen können?

Eine zweite Erklärung war Erpressung. Vielleicht war Rother ja gezwungen, wöchentlich Kontakt mit einem Schurken aufzunehmen, der ihn in der Hand hatte, um ihm die diversen Raten des »Schweigegelds« zu bezahlen. Aber auch das erschien ihm als eine sehr unbesonnene Form der Begegnung, wenn er die Sache damit nur vertuschen wollte.

Gleich, welche Erklärung es für dieses Vorgehen gab, dachte Meredith, stand doch vollkommen fest, dass Rother etwas Heimliches getrieben hatte. Hatte er doch Barnet und seine Familie bewusst in die Irre geführt, indem er ihnen sagte, er verbringe diese Wochenenden in Brighton. Es schien nun völlig klar, dass dem nicht so war – jedenfalls nicht ganz.

Den Aussagen sämtlicher Anrainer an der Flussstraße zufolge war Rother zuletzt auf dem Weg nach Bramber oder Steyning gesehen worden. Einem Blick auf seine Straßenkarte hatte Meredith entnommen, dass es von Washington einen viel direkteren Weg zu diesen Dörfern gab. Der führte an dem breiten Sockel des Chanctonbury Ring vorbei und war lediglich rund sieben Kilometer lang. Statt diesen naheliegenden Weg zu nehmen, hatte Rother den Umweg über Findon, Sompting und Lancing gewählt, der mindestens dreiundzwanzig Kilometer betrug. Wollte Rother also nach Bramber oder Steyning, ohne dass jemand davon erfuhr, hätte er gewiss nicht die kürzere Route genommen, weil dann ja die Gefahr bestand, dass Leute aus der Nachbarschaft ihn erkannten. Und da er zuvor Brighton erwähnt hatte, konnte er diese Illusion aufrechterhalten, indem er die Straße nach Brighton nahm. Dennoch musste Meredith weiterhin einen plausiblen Grund für diese Wochenenden finden, über die sich Rother so eigenartig bedeckt gehalten hatte.

Eines war ihm gleich aufgefallen. Etwas Wichtiges, wie er fand. Vielleicht war es sogar ein wesentlicher Schlüssel zur erhofften Auflösung der Verbrechen. Der blutige Umhang und der breitkrempige Hut waren von dem Kind irgendwo auf den Downs oberhalb von Steyning gefunden worden. Mit anderen Worten, nachdem John Rother erschlagen worden war, hatte sich der Unbekannte sogleich Richtung Bramber-Steyning aufgemacht. Das sowie Rothers seltsames Auftauchen an vielen Wochenenden in derselben Gegend deutete auf zwei weitere wichtige Sachverhalte hin. Zum einen – dass der Mann mit dem Umhang wahrscheinlich in einem dieser Dörfer lebte. Zum anderen – dass Rother ihn dort heimlich aufgesucht hatte. Diese beiden Sachverhalte bedingten einander gewissermaßen. Bewies man die Richtigkeit des einen, war der andere gleich mit bewiesen. Meredith befand, dass es nützlich sein könnte, in Bramber und Steyning Erkundigungen einzuziehen, ob Rother dort an einem Samstag oder Sonntag gesehen worden war.

Davor aber wollte er Thorntons Aussage folgen und die Männer von der Buslinie Brighton-Steyning befragen.

Meredith fand die Zentrale der South Downland Omnibus Co. in Brighton ohne Schwierigkeiten. Deren Gelände in der Station Road verfügte über eine imposante Front, und das Innere des riesigen Depots stand voll mit den vertrauten blau-cremefarbenen Bussen.

Meredith musste ein paar Augenblicke warten, bevor der Betriebsleiter Zeit für ihn hatte. Er erklärte ihm den Grund seines Besuchs und bat ihn, mit den Männern sprechen zu dürfen, die diese Route befuhren.

Der Betriebsleiter schaute auf die Garagenuhr.

»Also, die sind erst in zehn Minuten wieder da, aber wenn Sie so lange warten wollen –«

»Danke, das mache ich. Wie viele Männer fahren auf dieser Strecke?«

»Nur zwei«, erklärte der Betriebsleiter. »Das ist ein Pendeldienst. Mit einem Bus. Der Fahrer heißt Brown, sein Kollege Gill. Wir finden es nicht nötig, schichtweise zu fahren, da die Linie nicht besonders frequentiert ist. Die Männer haben zwischen den Fahrten genügend Zeit für Ruhepausen und Essen.«

»Und an den Wochenenden ändert sich daran nichts?«

»In der Regel nicht. Nur wenn es der jährliche Urlaub der Männer erfordert.«

»Verstehe. Danke. Kümmern Sie sich nur nicht um mich. Ich schau mich ein bisschen um, bis die beiden da sind.«

Es dauerte keine zehn Minuten, bis der einstöckige Bus zu der riesigen Schiebetür hereinfuhr und anhielt. Die beiden Männer waren noch nicht ausgestiegen, da stand Meredith schon bereit, um sie abzufangen. Mit seiner üblichen Präzision erklärte er ihnen den Zweck seines Besuchs und begann auch gleich mit der Befragung.

»Zu Ihren Fahrten samstagnachmittags. Sind Sie da gegen fünfzehn Uhr irgendwo in der Nähe der Mautbrücke?«

Brown, der Fahrer, nickte.

»Ja – wir erreichen die Kreuzung dort fahrplanmäßig um 15.25 Uhr.«

»Ankunft in Bramber?«

»Genau um drei dreiundvierzig.«

»Nach der Beschreibung, die ich Ihnen gegeben habe, kann einer von Ihnen beschwören, diesen Rother zwischen den genannten Zeiten irgendwo zwischen der Mautbrücke und Bramber an der Straße gesehen zu haben?«

»Nein«, sagte Brown nach kurzem Überlegen. »Ich jedenfalls nicht.«

»Und Sie?«

Gill, der Schaffner, schüttelte den Kopf.

»Ich auch nicht. Dort hat man schon davon geredet, also hatte ich genug Zeit, mir das genau zu überlegen. Ich denk mal, wenn dieser Rother tatsächlich auf der Straße unterwegs war, dann wär er mir auch aufgefallen. Vor allem, weil er einen Koffer dabei hatte. Das hat man nicht oft, dass einer in Knickerbockern mit einem Koffer eine einsame Straße lang läuft, wie? Sie verstehen, was ich mein?«

»Absolut«, nickte Meredith. »Da Sie so aufmerksam sind, sagen Sie mir doch noch, ist je irgendwo an der Straße an einem Samstagnachmittag ein regulärer Fahrgast bei Ihnen zugestiegen?«

Gill überdachte die Frage sorgsam und sagte dann zögernd: »Also, da war doch dieser komische alte Knacker, der immer beim Zementwerk einsteigt, was, Jim?«

Brown wurde genauer: »Ja – klar, der. Aber ich weiß nicht, ob das für den Superintendent von Interesse ist. Harmloser kleiner Kerl. Würd keiner Fliege was zuleide tun.«

Meredith, stets offen für jeden noch so abseitigen Hinweis, spitzte die Ohren.

»Machen Sie sich da mal keine Sorgen – *jeder* Hinweis, wie klein er Ihnen auch vorkommen mag, kann uns nützen. Erzählen Sie mir doch etwas mehr von diesem alten Mann. Also?«

»Also«, begann Gill prompt, »wie gesagt, der Bursche ist samstags oft bei uns eingestiegen. Der ist mir gleich aufgefallen, weil er anders als die üblichen Leute war, die wir auf der Strecke haben. Irgendwie gebildet, würd ich sagen. Der trägt immer so eine altmodische Norfolk-Jacke, wie ich sie als Kind getragen hab. Und dazu so eine enge Kniebundhose, wie man sie heute nicht mehr oft sieht. Und häufig hat er auch ein paar muffige Bücher unterm Arm, die er dann im Bus liest. Aber er sieht wohl schlecht, er hält sie sich immer fünf Zentimeter vor die Nase. Hat auch eine getönte Sonnenbrille auf. Gesprächig war der nicht, könnt man sagen. Bloß ein paar Bemerkungen übers Wetter, mehr hab ich aus dem nicht rausgekriegt. Manchmal hatte er ein Schmetterlingsnetz dabei und ein kleines Kästchen, das er an einem Riemen über der Schulter trug. Wir dachten, das ist so ein Naturkundler, was, Jim?«

Je weiter sich Gills Beschreibung entwickelte, desto mehr steigerte sich Merediths Interesse zu seltener Erregung. Allein die Wunderlichkeit der Gestalt, die Gill so genau beschrieben hatte, genügte, um seinen Argwohn zu wecken. Die altmodische Kleidung, die Bücher, das Schmetterlingsnetz, die getönte Brille, die offenkundige Abneigung des Alten, sich auf ein Gespräch einzulassen – das alles ließ bei einem, der sich sein halbes Leben mit dem Verbrechen beschäftigt hatte, die Alarmglocken schrillen. Die Bedeutung lag auf der Hand.

Er hakte nach: »Dieses Zementwerk – wo genau liegt das?«

»Rund zweieinhalb Kilometer vor Bramber.«

»Stehen da Häuser in der Nähe?«

»Nein.«

»Was glauben Sie, wo kam der alte Bursche her?«

»Ah«, sagte Brown, »das isses ja. Dasselbe hab ich Fred hier gefragt, aber als wir das Schmetterlingsnetz sahen, dachten wir, der ist bestimmt die Hügel runtergekommen.«

»Und wo ist er ausgestiegen?«

»Bramber.«

»Ist er auch schon mal im Winter eingestiegen?«

»Ein, zwei Mal – ja.«

Meredith lachte. »Um Weihnachten auf den Downs dürfte ihm ein wenig frisch geworden sein, wie?«

»Zum Donner – *da* ist was dran!«, rief Gill aus. »Wo ist er nur im Winter hergekommen? Daran hab ich nie gedacht.«

»Haben Sie ihn jemals auch an einem Sonntag gegen acht oder neun Uhr abends mitgenommen?«, fragte Meredith, der seine Fragen nun so schnell abschoss, wie er denken konnte.

Die beiden Männer schauten einander an und nickten.

»Ach ja?«, bellte Meredith, der sein ungeheures Hochgefühl kaum verbergen konnte. »Und er ist in Bramber zugestiegen?«

»Ja.«

»Und ausgestiegen ist er wo?«

»Wie zuvor – beim Zementwerk.«

»Hervorragend!«, rief Meredith aus und konnte sich ein breites Grinsen nicht verkneifen. »Ich kann Ihnen sagen, Sie haben mir den größten Batzen an nützlicher Information geliefert, seit ich mit dieser verdammten Ermittlung begonnen habe. Sie haben mir einen ganzen Haufen zum Nachdenken gegeben. Bliebe nur noch eines – wahrscheinlich haben Sie nie bemerkt, ob ihn jemand in Bramber abgeholt hat?«

»Nie«, sagte Gill. »Da bin ich mir ganz sicher.«

»Na«, sagte Meredith munter, »ich will Sie nicht länger von Ihrer Mittagspause abhalten. Ich notiere mir nur noch kurz Ihre Beschreibung dieses Mannes, solange ich sie noch frisch in Erinnerung habe, und auch Ihre Privatadressen hätte ich gern, falls ich Sie noch mal brauche. Also, sehen wir mal, ob ich das richtig habe ... Norfolk-Jacke«, schrieb er. »Enge, altmodische Kniebundhose. Vermutlich auch Strümpfe? Ja. Hut? Im Sommer Panama. Danke. Im Winter weicher Tweedhut. Gut. Sonnenbrille. Eventuell Vollbart oder Schnurrbart? Grauer hängender Schnauzer. Hervorragend. Eher klein und leicht gebückt. Breite Schultern. Tja, ich glaube, das war's – halt, einen Moment noch. Ist Ihnen zufällig aufgefallen, ob seine Haarfarbe auch die des Schnurrbarts war? Verstehe, haben Sie nicht gesehen, weil der Hut den ganzen Kopf bedeckt hat. Na, das war genau das, was ich hören wollte. Sie haben mir sehr geholfen.« Meredith hielt ihnen die Hand hin. »Unser Glück, dass manche doch nicht mit geschlossenen Augen durch die Welt gehen. Schönen Tag noch.«

Meredith schritt rasch zum Wagen, in dem Hawkins auf ihn wartete, und sprang auf den Sitz.

»Mittagessen! Und geben Sie Gas, Hawkins. An der Promenade gibt's ein gutes Lokal. Wir haben was zu feiern.«

»Gute Nachrichten, Sir?«

»Material für ne Schlagzeile, Mann.«

»Dann wird also einer baumeln, Sir?«

»Seien Sie nicht so verflixt morbid, Hawkins – Sie verderben mir ja den Appetit. Nein – so weit sind wir noch nicht, aber Herrgott, wir sind auf dem richtigen Weg – wir kommen voran!«

Dann war John Rother also deshalb verschwunden? Das war natürlich einfach. Nur zu offensichtlich, jetzt, da es die einzig plausible Erklärung war, aber wie so manche plausible Erklärungen nur deshalb, weil man ihn mit der Nase auf diverse Fakten gestoßen hatte. Einen Kilometer hinter der Mautbrücke verschwindet John Rother. Zweieinhalb Kilometer vor Bramber erscheint plötzlich ein breitschultriger, eher kleiner Naturforscher mit Sonnenbrille auf der Straße. Wenn das kein Fingerzeig war, dann kannte Meredith die Bedeutung des Wortes nicht. Gills präzise Beschreibung schrie geradezu nach Verkleidung. Merkwürdig, wie manche Leute es übertrieben, wenn sie den falschen Part in einer Doppelrolle spielen sollten. Die Sonnenbrille etwa, die muffigen Bücher. Ja, dachte Meredith, der arme alte Rother hatte mit seinem harmlosen, aber maulfaulen Käferjäger ziemlich dick aufgetragen. Er war raffiniert gewesen, aber eben nicht raffiniert genug. Anders als der wahre Künstler hatte er nicht gelernt, was man weglassen muss.

»Vielleicht interessiert es Sie, Hawkins«, sagte Meredith während ihres hervorragenden Mittagsmahls, »dass Rother offenbar eine Doppelrolle spielte, bevor ihn am Fuße des Cissbury sein Schicksal ereilte.«

»John oder William, Sir?«

»John. Anscheinend hatte er ein wie auch immer geartetes Treffen mit einer unbekannten Person in dem Dorf Bramber. Dort ist er wochenends hin, als Naturkundler verkleidet. Die Frage ist – warum hielt er diese Vorsichtsmaßnahmen für nötig? In was für dubiose Machenschaften war er verwickelt?«

»Falschmünzerei. Unerlaubtes Schnapsbrennen, Erpressung. Frauen«, zählte Hawkins mit der Gewandtheit eines Menschen auf, der mit jeder nur denkbaren Form des Verbrechens vertraut ist. »Wahrscheinlich Frauen, Sir.«

»Bisschen nahe an zu Hause für so etwas, nicht?«, meinte Meredith. »Ich glaube, jemand hatte etwas gegen unseren Freund Rother in der Hand, sonst hätte er es nicht riskiert, nur ganze acht Kilometer von Chalklands entfernt verkleidet herumzulaufen. Ich behaupte nach wie vor, dass er von dem Mann in dem Umhang erpresst wurde. Die Frage ist – warum wurde er erpresst?«

»Frauen«, sagte Hawkins prompt.

Meredith lachte.

»Sie denken immer nur an das Eine, mein Junge. Nicht dass ich anderer Meinung wäre. Was halten Sie von folgender Theorie? X – das ist der Mann in dem Umhang – wusste etwas ziemlich Intimes über seine Beziehung mit Janet Rother. Er drohte, es seinem Bruder William zu sagen. John bekommt das Muffensausen und greift wie so manche in seiner Lage in die Tasche. X schlägt John vor, sich mit ihm – oder ihr – in Bramber zu treffen, da er sich naturgemäß weigert, seine Adresse zu verraten oder etwas Belastendes mit der Post zu erhalten. John, der befürchtet, im Dorf erkannt zu werden, und aus Angst vor dem Klatsch, entschließt sich zu dieser etwas durchsichtigen Verkleidung. Vielleicht hat er ja ein Häuschen in Bramber gemietet, damit X ihn besuchen kann, ohne Gerede auszulösen. Das können wir natürlich rauskriegen. Aber dann hat John die Nase voll vom Bezahlen und droht X, zur Polizei zu gehen. X arrangiert ein letztes Treffen am Fuße des Cissbury, vielleicht mit dem Versprechen, ihm Beweismaterial wie einen Brief oder eine Fotografie zu übergeben, und ermordet ihn dort. Wie finden Sie das, Hawkins?«

»Klingt plausibel, Sir. Was meinen Sie, wo hat er sich umgezogen, nachdem er seinen Wagen bei Thornton abgestellt hat?«

»Erinnern Sie sich an den Abschnitt der Straße, an dem wir heute Vormittag waren? Da war doch diese dichte Baumreihe am Fluss entlang. Die Verkleidung hatte John natürlich in dem Koffer. Er brauchte nur zu warten, bis die Straße leer war, verdrückte sich ins Unterholz, zog die anderen Sachen an, setzte die Sonnenbrille auf, klebte den Schnurrbart an und kam als lupenreiner Käferjäger wieder heraus. Seine normalen Sachen stopfte er in den Koffer, den er irgendwo an einer sicheren Stelle versteckte. Dann stieg er beim Zementwerk in den Bus, nachdem er sich wahrscheinlich noch ein Stück durch die Büsche geschlagen hatte, um in einiger Entfernung von dort, wo er zwischen die Bäume getreten war, wieder aufzutauchen. Auf die Weise konnte er seiner Überlegung nach wohl verhindern, dass die Einheimischen auf die Idee kommen könnten, der Herr in der Kniehose hätte etwas mit dem Naturkundler in der Norfolk-Jacke zu tun. Mit Erfolg, wie's scheint.«

»Und wohin fahren wir jetzt, Sir?«

»Lewes«, sagte Meredith mit einem Funkeln in den Augen. »Eigentlich können wir unsere Feier auch damit beschließen, dass wir uns einen halben Tag freinehmen. Was dagegen?«

Hawkins grinste.

»Ja, Sir – der freie Tag meines jungen Fräuleins ist Donnerstag. Sie könnten die Feier wohl nicht bis dahin aufschieben?«

»Würde ich ja gern – aber geht nicht! Kellner – zahlen bitte.«

Kapitel 14

BROOK COTTAGE

Das Dörfchen Bramber kann sich zwar einer Burg rühmen, eines Bahnhofs, eines Flusses und eines Museums, ist aber dennoch nicht eben sehr belebt. Auf seiner Hauptstraße herrscht zwar ein gewisser Verkehr, die Einwohner selbst, vom Kontakt mit »Auswärtigen« unberührt, leben gleichwohl innerhalb jenes begrenzten Kreises, der alles wahre Dorfleben umschreibt. Miss Kingston vom Postamt hätte sich betrogen gefühlt, wenn sie nicht die Angelegenheiten aller genauso wie ihre eigenen hätte erörtern können. Ihr Laden (das Postamt nahm darin nur eine Ecke ein) war der anerkannte Umschlagplatz des örtlichen Tratschs. Während des Verkaufs einer Dreieinhalb-Penny-Briefmarke erfuhr Miss Kingston so einiges über George Putts Hexenschuss, Mr. Sullingtons Seitensprünge und Mrs. Aldwicks jüngste Niederkunft. Man ging zum Postamt nicht nur, um Wissen mitzuteilen, sondern auch um zu lernen. Und am Dienstag, dem 27. August, fand sich Superintendent Meredith, auf der Suche nach eben solchen Informationen, welche die Postmeisterin verbreitete, in vertraulicher Besprechung mit der älteren Jungfer.

Er war noch immer zutiefst verblüfft von den neuen Sachverhalten, die ans Licht gekommen waren, hatte bislang aber keinen Grund gesehen, eine andere Theorie als jene zu verfolgen, die er am Vortag Hawkins vorgetragen hatte. Und falls, wie er vermutete, John Rother erpresst worden war, dann musste er als Erstes in Erfahrung bringen, ob die Dorfbewohner etwas über den Naturkundler oder seinen mysteriösen Besucher wussten. Man konnte als gegeben annehmen, dass die Anwesenheit zweier Fremder in so einer kleinen Gemeinde aufgefallen war. Gewiss, es war möglich, dass der Mann mit dem Umhang in Bramber lebte – vielleicht nach außen hin als absolut ehrbares, geachtetes Mitglied der Dorfgemeinschaft. Sollte dem so sein, dann dürfte es sich als schwieriger erweisen, Informationen über ihn zu erhalten, aus dem einfachen Grund, dass über seine Schritte und Handlungen nicht wie über die eines völlig Fremden gesprochen würde. Daher beschloss er, die Postmeisterin zunächst über diesen gelehrsamen Mr. Reed zu befragen, der an den meisten Samstagen um 15.43 Uhr mit dem Bus aus Brighton eingetroffen war.

Meredith betrachtete einen Kartenständer, bis er und Miss Kingston das Geschäft für sich hatten. Kaum waren sie allein, begann er entschlossen: »Entschuldigen Sie, Miss –?«

»Kingston«, strahlte die Postmeisterin durch ihren Kneifer.

»Ah ja, Miss Kingston. Ich komme zu Ihnen, um Ihnen ein paar Fragen zu stellen. Ich bin Polizeibeamter – nein, es betrifft nicht Sie persönlich –, ich hätte nur gern eine kleine Information über einen Wochenendbesucher, die Sie mir vielleicht geben können. Haben Sie schon mal von einem Mr. Reed gehört?«

Miss Kingstons jäh wechselndem Gesichtsausdruck entnahm Meredith, dass Mr. Reed genau derjenige war, über den sie alles wusste. Eine Art raubtierhaftes Funkeln trat in ihre wässrigen Augen – der Blick der passionierten Klatschtante, die gleich ihr Bestes geben würde. Und Meredith wurde nicht enttäuscht. Miss Kingston ließ sich auf einen Hocker nieder, der hinterm Ladentisch zur Linderung ihrer Krampfadern bereitstand, und erklärte mit ihrer pseudo-kultivierten Stimme, die sie Fremden gegenüber gebrauchte, vertraulich:

»O je, ja, über Mr. Jeremy Reed weiß ich eine ganze Menge – eine ganze Menge. Nicht dass ich den Herrn je selbst gesehen hätte – nach allem, was ich höre, ist er gern für sich – ein Einsiedler, wie ich immer sage. Aber man hört eben dieses und jenes – ich meine, selbst die Nettesten reden, nicht wahr? Der ist übers Wochenende recht häufig im Brook Cottage, das er anscheinend gekauft hat. Ein älterer Herr, heißt es, der nicht gut sieht. Ich glaube, er schreibt an einem Buch über britische Falter und Schmetterlinge, und er kommt gern her, weil es hier so ruhig ist. Aber er spricht nur mit Leuten, wenn es sich nicht vermeiden lässt – was ja doch ein wenig seltsam ist –, und in keinem hiesigen Geschäft hat er je etwas gekauft. Wo er sein Essen herbekommt, ist mir ein Rätsel. Wahrscheinlich lässt er sich was aus London kommen.

Unter uns gesagt, ich glaube natürlich, dass er nicht ganz richtig im Kopf ist – nicht ganz, wenn Sie verstehen, was ich meine. Exzentrisch. Trägt die merkwürdigsten Sachen, schließt sich in seinem Haus ein und will niemanden sehen! Ich habe gehört, der junge Mr. Trigg, unser Pfarrer, hat ihn einmal besucht, aber Mr. Reed hat ihn nur kurz angesehen und ihm die Tür vor der Nase zugeknallt. Auch unser Milchmann war einmal dort, um zu erfragen, ob er übers Wochenende Milch braucht, aber zu dem war Mr. Reed genauso grob. Gut, vielleicht hat er gerade an seinem Buch geschrieben, aber es sieht doch ganz so aus, als sei er nicht ganz richtig im Kopf, nicht wahr? Wo unser Pfarrer doch so ein netter, bescheidener Mann ist.«

»Durchaus«, murmelte Meredith abwesend. »Also, abgesehen von diesen glücklosen Besuchern hat eigentlich niemand Mr. Reed von Nahem gesehen oder mit ihm gesprochen?«

»Außer dass er aus dem Bus gestiegen und dann wieder eingestiegen ist – nein.«

»Vielleicht wohnen ja manchmal Leute bei ihm – Fremde, hm?«

»Niemals, soweit ich weiß«, protestierte Miss Kingston im Ton einer Frau, die bereit ist, sich gegen jede Geringschätzung ihres Wissens zur Wehr zu setzen. »Ich glaube, das hätte ich gehört. Und außerdem, wie kann er Gäste haben, wenn er niemanden hat, der für ihn kocht?«

»Ja, da ist was dran«, sinnierte Meredith. »Und wo steht dieses Haus?«

»Sie gehen die Straße hoch, vorbei an der Burg, nehmen die erste rechts, dann steht sein Haus rund zweihundert Meter in der Wate's Lane.«

»Waits Lane«, wiederholte Meredith und nickte zum Dank.

»Nein, nein. Wate's – W-h-i-t-e-s Lane.«

»Ach, Entschuldigung. Verstehe – danke. Und war er in letzter Zeit noch einmal da?«

»O je, nein. Seit Wochen nicht mehr. Nicht mehr seit Anfang Juli. Anscheinend steht im Garten ein Verkaufsschild. Wir glauben, er wird wohl nicht mehr wiederkommen.«

»Und wann hat er das Haus gekauft?«

»Vor ungefähr anderthalb Jahren.«

»Und hat er in der Zeit Post bekommen?«

»Nein. Sehr eigenartig, dachte ich.«

»Sehr«, erwiderte Meredith trocken. »Nun, Miss Kingston, da haben Sie mir ja einiges über Mr. Reed erzählt. Es war sehr freundlich von Ihnen, mir Ihre Zeit zu schenken.«

»Ach, keine Ursache. Keine Ursache. Ich helfe immer gern, wenn ich kann. Guten Morgen. Guten Morgen.«

Draußen bei dem geparkten Polizeiwagen plauderte der örtliche Constable mit Hawkins. Als Meredith herauskam, tippte er sich an die Schildmütze.

»Na, Sir«, grinste er, »hat's was gebracht?«

»Hat mir mehr oder weniger bestätigt, was Sie mir schon erzählt haben, Fletcher. Sie ist sicher, dass er keinen Besuch hatte. Vielleicht kam es zu den Kontakten ja nachts.«

»Möglich, Sir. Obwohl ich mal annehme, dass mir komische Vögel, die nach Mitternacht noch rumflitzen, auffallen würden. Im Dorf ist um diese Zeit nicht gerade viel los.«

»Sie hat gesagt, dort steht ein Verkaufsschild – wissen Sie, wer der Makler ist?«

»Hab ich vergessen zu erwähnen, Sir – da hat sie recht. Londoner Firma namens Stark & West, wenn ich mich recht erinnere.«

Meredith nickte.

»Die kenne ich. Großer Laden, Hauptsitz in der Victoria Street. Glaube, die haben eine Zweigstelle in Brighton.«

»Wie geht's jetzt weiter?«, fragte Fletcher respektvoll. »Wollen Sie mit dem Pfarrer sprechen, Sir?«

»Nein, nehmen Sie mal seine Aussage auf und auch die des Milchmanns. Die werden aber wohl nicht mehr tun können, als die Beschreibung zu bestätigen, die wir schon haben. Inzwischen ... machen wir einen kleinen Einbruch.«

»Einen Einbruch? Wo, Sir?«

»Im Brook Cottage.«

Das Cottage, das seinen Namen von dem Bach hatte, der den Garten an der Rückseite begrenzte, war ein gutes Stück von der Straße zurückgesetzt und von einer hohen Weißdornhecke abgeschirmt. Es war strohgedeckt, und die Front war halb aus Backstein, halb holzverschalt; ein Backsteinweg führte zur überdachten Haustür. Über die unteren Fenster wucherten Kletterrosen, und von der rechten Wand tropfte eine zottige Klematis herab, unter der ein schmaler Pfad ums Haus herum nach hinten verlief. Der Garten war ungepflegt, durch das ungestutzte Gras und Blätterwerk war es schwer zu sagen, wo der Rasen endete und die Blumenrabatten begannen. Überhaupt umschwebte das Anwesen etwas Unsauberes, Schäbiges, was nahelegte, dass seit seinem Erwerb durch Mr. Jeremy Reed wenig oder gar nichts daran gemacht worden war. Vorn ragte das Verkaufsschild von Stark & West über die Hecke.

Die drei Männer liefen am Haus vorbei nach hinten und begutachteten die Türen und Fenster. Hawkins meinte, wenn die anderen ihn stützten, könne er mit der längsten Klinge seines Taschenmessers leicht den Riegel eines der oberen Fenster erreichen. Also hievte man ihn so weit hoch, dass er mit Kopf und Schultern auf Höhe des Fensterbretts war. Schon bald rief er hinunter, dass der Riegel gelöst sei. Nach ein, zwei Anläufen hatte Hawkins das Fenster geöffnet, und nach etlichen weiteren Haurucks waren seine wild strampelnden Beine in der engen Öffnung verschwunden.

»Gehen Sie gleich zur Hintertür«, wies Meredith ihn an.

»Gut möglich, dass die nur von innen verriegelt ist. Das erspart uns weitere akrobatische Darbietungen.«

Merediths Erwartung erfüllte sich, und einen Augenblick später standen die drei in der winzigen Küche. Auch diese zeigte Spuren von Vernachlässigung, ein Hinweis darauf, dass der Naturkundler an kulinarischen Aufwendungen nur flüchtiges Interesse bekundet hatte. In einer Ecke lag ein Haufen leerer Dosen mit der Aufschrift Fortnum & Mason, die Spüle war schwarz vor Schmutz, das Abtropfbrett mit einer Ansammlung ungespülten Geschirrs vollgestellt, und auf dem kleinen Fenster, das zu dem verkrauteten Garten hinausging, lag eine Schicht aus Staub und Spinnweben. Die beiden anderen Räume im Erdgeschoss boten ein ebenso schmutziges Durcheinander. Auf jedem Möbel lag ein dicker Staubfilm, der offene Kamin war übersät mit Tabakresten und Zigarettenstummeln. Auf Tischen und Stühlen lagen Bücher und Zeitungen verstreut, sodass es in dem kleinen Wohnzimmer bis auf den großen Ledersessel, der an den Kamin herangezogen worden war, keine verfügbare Sitzgelegenheit mehr gab.

»Mir scheint«, bemerkte Meredith trocken, »dass unser Mr. Reed sich an seinen Wochenenden nicht allzu sehr um sein persönliches Wohlbefinden gekümmert hat. So einen Schweinestall habe ich ja noch nie gesehen. Vermutlich so, wie er es hinterlassen hat. Wenn je etwas nach einem Unterschlupf aussah ... na ...«

Meredith ließ die anderen unten herumschnüffeln und stieg die wacklige Treppe hinauf, um die beiden oberen Zimmer zu untersuchen. Im ersten fand er ein ungemachtes Bett und wieder massenhaft Zigarettenstummel. Im zweiten, praktisch unmöbliertten, standen eine große Eichentruhe sowie ein eisernes Waschgestell. Ein flüchtiger Blick aus den Fenstern sagte Meredith, dass das Haus gänzlich isoliert dastand und nicht von der Nachbarschaft eingesehen werden konnte. Somit gab es keine Hoffnung, dass ein Bewohner der näheren Umgebung Auskunft über mögliche Besuche des Mannes mit dem Umhang liefern konnte. Rother hatte sich wahrhaftig einen narrensicheren Treffpunkt ausgesucht – es sah ganz so aus, als sei dieser dünne Ermittlungsstrang schon wieder abgeschnitten, wie so viele andere in diesem verwirrenden und ärgerlichen Fall.

Angesichts der Einrichtung von Rothers Versteck, der Möbel, der Töpfe, der leeren Dosen, des Hauses selbst beschlichen Meredith nun plötzlich Zweifel, ob seine Interpretation von Rothers Grund für diese Wochenenden auch wirklich stimmte. War das nicht ein wenig aufwendig, wenn er doch nur für ein paar Minuten mit seinem Erpresser Kontakt aufnehmen wollte? Eine dunkle Gasse, eine verlassene Straße in Brighton, die Ecke in einem Pub – wären das angesichts der Umstände nicht praktikablere Treffpunkte gewesen? Und was war mit Hawkins' Überlegung – eine Frau? Meredith schüttelte den Kopf. Eine Frau hätte niemals zugelassen, dass das Haus so unordentlich wurde – wenigstens die Küche hätte eine weibliche Hand verraten. Aber was dann, in Gottes Namen? Was zum Teufel hatte Rother veranlasst, sich zu verkleiden und in einem Kaff wie Bramber ein Haus zu kaufen? Gab es in der Einrichtung des Hauses und dem Müll denn keine Antwort auf dieses Problem? Irgendein Indiz, das sich als Schlüssel für den Code erwies?

Er ging wieder hinab ins Wohnzimmer, wo Hawkins und der Constable Schubladen durchwühlt, den Müll gesichtet, die Nase in Zierrat gesteckt und auch noch das kleinste Detail des Wohnraums überprüft hatten.

»Was gefunden?«

Die Männer schüttelten den Kopf.

»Bis jetzt nichts«, sagte Fletcher. »Was immer er hier vorhatte, er hat seine Spuren ziemlich gründlich verwischt.«

Meredith pflichtete ihm, seinen Gedanken nachhängend, bei und trat instinktiv an den Kamin. Darin lagen noch die Reste eines ausgebrannten Feuers. Geistesabwesend stocherte Meredith in der Asche herum. Mit einem Mal ging er auf ein Knie und stieß unfreiwillig einen Schrei aus.

»He! Was ist das denn?«

Die anderen reckten die Köpfe.

»Sieht mir aus wie ein halb verbranntes Buch, Sir«, sagte Hawkins.

Vorsichtig zog Meredith die angekohlten Reste aus der Asche und drehte sie sorgsam in der Hand. Das Gedruckte war teilweise noch zu erkennen; er begann zu lesen. Plötzlich weckte etwas sein Interesse, und er las weiter. Eine ganze Minute lang kauerte er stumm da und nahm die zerhackten Sätze des Drucks auf. Ein winziger Lichtfunken blitzte in seinem Hirn auf. Und das Licht wurde heller.

»Aber warum zum Teufel ist das hier im Haus?«, fragte er sich. »Offenbar war Rother nicht der Einzige, der es als Versteck nutzte.« Er schaute die anderen an, die den Hals reckten, um die Ursache des Interesses ihres Vorgesetzten zu ergründen. »Wissen Sie, was das ist, hm?«

»Sieht mir nach einer Art Preisliste aus«, meinte der Constable von Bramber.

»Ganz recht, Fletcher – genau das ist es. Es ist eine Preisliste für chirurgische Instrumente. Soweit ich es entziffern kann, ist es eine von Dawson and Constable in der Wigmore Street 243. Seltsam, das hier zu finden, hm?«

»Hat das was mit dem Fall zu tun, Sir?«, fragte Hawkins.

Meredith lächelte.

»Schalten Sie Ihr Gehirn an, Mann. Ich habe Sie doch mit allen Einzelheiten meiner Arbeit ziemlich gut vertraut gemacht, nicht? Erinnern Sie sich an die Bemerkung des alten Professor Blenkings über die Knochen?«

»Großer Gott – ja!«, rief Hawkins aus und schnippte mit den Fingern. »Natürlich. Er hat gemeint, dass die Knochen mit einer chirurgischen Säge durchtrennt wurden.«

»Exakt. Und nun sieht es ganz so aus, als hätte unser Mann seine Instrumente bei Dawson and Constable bestellt, nicht wahr?«

»Aber warum finden wir das in dem Haus des Burschen, der ermordet wurde?«, fragte Hawkins.

»Woher zum Henker soll ich das wissen?«, erwiderte Meredith. »Es deutet jedenfalls ganz darauf hin, dass John Rother tatsächlich hier war, um sich mit dem Mann mit dem Umhang zu treffen. Offenbar ist meine Erpresser-Theorie doch nicht so falsch.« Meredith stand auf, schnappte sich ein Stück Zeitung und wickelte das zerbrechliche Beweisstück sorgfältig darin ein. »Also, ich finde, es führt uns nicht weiter, wenn wir noch länger hier bleiben. Besorgen Sie sich jetzt mal die Aussagen des Pfarrers und des Milchmanns, Fletcher, nur um sicherzugehen, dass die diversen Beschreibungen von Mr. Jeremy Reed zusammenpassen. Und wir fahren in die Direktion, Hawkins.«

Der Superintendent ging zum Wagen und ließ die beiden

anderen das Haus abschließen. Bald darauf setzte sich Hawkins, nachdem er die Küchentür von innen verriegelt hatte und durch das obere Fenster ausgestiegen war, ans Steuer und lenkte den Wagen gen Lewes.

Meredith war zutiefst verwirrt. Es stand nun so gut wie fest, dass John Rother alias Jeremy Reed im Brook Cottage Besuch von dem Mann erhalten hatte, der ihn dann umbringen sollte. Bedauerlich war natürlich, dass niemand diesen finsteren Besucher zu Gesicht bekommen hatte. Aber wenn der sich nur nachts zeigte, war das auch absolut verständlich. Das eigentliche Rätsel aber, vor dem Meredith stand, war die Tatsache, dass ein Stückchen belastendes Material am wirklich letzten Ort, wo man es vermutet hätte, teilweise vernichtet worden war. Warum hatte der Mann im Umhang – vorausgesetzt, er war Rothers Besucher – den Katalog im Brook Cottage verbrannt? Hieß das, dass der Mörder *nach* John Rothers Tod noch einmal dort gewesen war?

Zunächst neigte Meredith dazu, diese Möglichkeit als zu riskant auszuschließen. Aber dann fiel ihm etwas ein – etwas, was er über die Schritte des Mannes mit dem Umhang wusste. Laut dem Schäfer von Hound's Oak war der Fremde auf die offenen Downs Richtung Steyning gelaufen. Das kleine Mädchen hatte den blutigen Umhang und den breitkrempigen Hut auf den Hügeln oberhalb von Steyning gefunden. Steyning und Bramber waren Nachbardörfer. Sah es also nicht ganz so aus, als sei der Mörder, sobald es dunkel war, schnurstracks zum Brook Cottage gelaufen? Gab es denn ein idealeres Versteck? Er wusste, dass er dort vor jeder Störung sicher war, denn Rother war ja tot. Durch seinen Kontakt mit Rother wusste er, dass die Dorfbewohner jeden

Versuch, das Haus zu besuchen, aufgegeben hatten. War das für einen Flüchtigen nicht ein Geschenk des Himmels?

Aber Moment mal! Merediths Gedanken liefen schneller, seine innere Erregung wuchs. Warum sollte der Mann mit dem Umhang nicht Jeremy Reeds Verkleidung übernommen und das Haus als Versteck genutzt haben, bis er die Vorkehrungen für seine Flucht getroffen hatte – möglicherweise in der Nacht nach dem zweiten Mord? Er konnte sich leicht eine originalgetreue Kluft gekauft haben, Kniehose, Norfolk-Jacke, dunkle Brille und so weiter, und alles vorher an dem Hang versteckt haben, wo er den Umhang weggeworfen hatte. Bei seinen Besuchen bei John Rother hätte er reichlich Gelegenheit gehabt, sich jedes Detail seines Aufzugs als Jeremy Reed einzuprägen. Sollte ihn dann in der Nacht des ersten Mordes jemand durch einen unglücklichen Zufall gesehen haben, wie er durchs Dorf lief, würde dieser Jemand bloß denken, dass es dieser exzentrische Naturkundler war, der von einem mitternächtlichen Streifzug zurückkehrte.

Dieser neue Gedanke wirkte beruhigend. Er klang mehr als nur plausibel. Er bedeutete natürlich auch die Annahme einer früheren Theorie, wonach Janet und der Mann mit dem Umhang Hand in Hand arbeiteten. Er bedeutete, dass John Rothers Leiche zwischen den Ginsterbüschen auf einer Gummiplane zerlegt worden war; der Hillman auf der Straße von Findon nach Washington gefahren wurde, um Janet aufzunehmen; Janet den Mann mit dem Umhang instruierte; und die Überreste in einem metallenen Schrankkoffer irgendwo auf Chalklands versteckt wurden (wahrscheinlich in der Arbeitsgrube), als William gerade auf seiner sinnlosen Fahrt nach Littlehampton unterwegs war. Und er bedeutete, dass der Hillman zu der Stelle unterhalb des Cissbury zurückgefahren wurde und der Mann mit dem Umhang daraufhin als Naturkundler Jeremy Reed über die Downs zum Brook Cottage gesaust war. Und das Motiv für den Doppelmord – Geld? Zwei Personen standen zwischen Janet und dem Vermögen der Rothers: John und ihr Mann. Aus irgendeinem Grund stand Janet in enger Beziehung zu dem Mann mit dem Umhang, und gemeinsam hatten sie um des Geldes willen einen furchtbaren Plan ausgeheckt. Daher auch Janets Fahrt nach London und ihre merkwürdige Bitte, man möge ihr die zehntausend Pfund in Pfundnoten aushändigen. Wahrscheinlich war sie so bald wie möglich nach der Untersuchung wegen William zu dem Mann mit dem Umhang gestoßen – nachdem dieser unmittelbar nach dem zweiten Mord nach London gefahren war.

Diesmal war es etwas mehr als nur eine Theorie, dachte Meredith. Die Tatsachen fügten sich allmählich zusammen. Der Fall begann, Gestalt anzunehmen. Er war wieder im Spiel!

Kapitel 15

DER MYSTERIÖSE MIETER

In Lewes fragte Meredith sogleich an, ob der Chief Constable zu sprechen sei. Nach Erhalt der positiven Antwort ging er von seinem Büro durch den Flur, klopfte bei Major Forest und trat ein. Der Chief stand am Fenster und starrte hinaus, die Hände hinterm Rücken verschränkt. Es war seine typische Haltung, wenn er besorgt oder schlechter Laune war.

»Und?«, bellte er, ohne sich umzudrehen.

»Meredith, Sir – ich würde gern über die Rother-Fälle mit Ihnen sprechen.«

»In Ordnung. Nehmen Sie sich eine Zigarette und setzen Sie sich. Bin nämlich gar nicht zufrieden. Da bewegt sich doch nichts. Hätte gute Lust, den Yard einzuschalten, Meredith. Tut mir leid, aber so sieht's aus.«

Mit einem Mal war Meredith wütend und bedrückt. Verdammt, er tat doch alles Menschenmögliche, um schnell Ergebnisse zu liefern! Es war ungerecht, dass der Alte den Yard holen wollte, um einen Fall zu lösen, an dem er schon fast sechs Wochen lang geackert hatte. Aber so war das oft – ein Landbulle machte die Kärrnerarbeit, und dann, wenn es gerade den ersten Hoffnungsschimmer gab, kam der Yard an und erntete die Lorbeeren.

Meredith schluckte seinen Ärger hinunter und sagte höflich:

»Schade, dass Sie das nötig finden, Sir. Zumal wieder Bewegung in meine Ermittlungen gekommen ist.«

»Ach ja, Meredith? Tatsächlich? Der Wagen wurde am 21. Juli entdeckt. Jetzt haben wir den 27. August. Da wird's wahrlich Zeit, dass sich was bewegt. Dieser Fall von Horsham hat uns nicht eben genützt, wie Sie wissen. Gut, damit waren Sie nicht befasst. Aber die Presse lauert nur so. Ich brauche Ergebnisse. Wenn Sie mir die nicht liefern können, muss ich mich eben an den Yard wenden – verstehen Sie?«

»Durchaus, Sir. Aber mit diesen neuen Hinweisen –«

»Dann lassen Sie mal hören«, bellte der Chief und ließ sich auf seinen Schreibtischstuhl plumpsen. »Vielleicht kann ich den bösen Augenblick ja noch abwenden – schießen Sie los.«

Seine Worte sorgfältig abwägend, legte Meredith seine jüngste Theorie zum Treiben des Mannes mit dem Umhang Punkt für Punkt dar. Besonders betonte er die Indizien, die sie im Brook Cottage gefunden hatten, und zeigte auf, wie plausibel der Gedanke war, dass der Mann in der Verkleidung Jeremy Reeds das Haus als Versteck genutzt hatte, bis er den zweiten Mord beging. Je mehr er redete, desto mehr entspannten sich die besorgten Züge Major Forests, bis er schließlich nickte und kleine Ausrufe der Zustimmung und Billigung von sich gab.

»Ja ... Durchaus ... Das verstehe ich ... Ja natürlich ... Mal sehen – wie viel Zeit verging zwischen den beiden Morden?«

»Nur knapp drei Wochen, Sir. William Rother wurde am 10. August tot aufgefunden.«

»Und Sie meinen, dass dieser Unbekannte sich drei Wochen im Brook Cottage versteckt hielt, ohne bemerkt zu werden. Was hat er denn in der ganzen Zeit gegessen?«

»Nun, Rother hatte anscheinend eine Regelung mit Fortnum & Mason. Ich gehe davon aus, dass deren Lieferungen einfach weitergingen.«

»Was noch herauszufinden wäre.«

»Ja, Sir.«

»Etwas anderes – was ist mit diesem Verkaufsschild?«

»Was meinen Sie?«

»Wenn da ein Schild stand, muss doch jemand mit dem Makler wegen des Verkaufs des Hauses gesprochen haben. Rother konnte das ja nicht gewesen sein. Der war tot. Verstehen Sie, was ich meine?«

»Mein Gott, Sir! Daran hatte ich nicht gedacht. Dieser Bursche muss bei dem Makler gewesen sein.«

»Ja – oder er hat es Janet Rother überlassen.«

»Dürfte ihnen aber doch schwergefallen sein, den Makler zu überzeugen, dass sie auch das Recht dazu hatten, Sir.«

»Ist mir auch gerade in den Sinn gekommen. Müssen Sie noch rausfinden, wie sie das gemacht haben.«

»Unbedingt.«

»Dürfte auch ziemlich klar sein, dass der Makler nicht lange vor dem 10. August angesprochen wurde.«

»Das verstehe ich nicht ganz –«

»Ist doch einfach. Unser Mann wäre ja nicht so dumm, das Risiko einzugehen, dass Interessenten sich das Anwesen ansehen, solange er es noch als Versteck nutzt. Ich schätze mal, dass er den Makler so um den 9. rum kontaktiert hat.«

»Auch das überprüfe ich, Sir.«

»Schön. Ich würde sagen, Sie bringen zunächst mal in Erfahrung, ob das Brook Cottage während dieser drei Wochen bewohnt war. Sprechen Sie mit dem Makler. Klären Sie das mit den Essenslieferungen. Es hängt ganz von Ihren Berichten ab, Meredith, ob ich gute Gründe habe, den Yard aus der Sache rauszuhalten. Hängt ganz von Ihnen ab. Verstehen Sie?«

»Durchaus, Sir. Sie finden aber auch, dass das ein Schritt voran ist?«

»Gewiss – vorausgesetzt, er führt uns in die richtige Richtung. Sie wissen so gut wie ich, dass man allzu leicht auf ein Nebengleis gerät. Wir brauchen aber die Hauptlinie. Ich will Sie nicht entmutigen, Meredith – aber es ist nur fair, wenn ich Ihnen offen sage, was ich denke.«

Noch immer ein wenig angesäuert, wenngleich von dem Versprechen des Chiefs, nicht gleich zur Tat zu schreiten, halbwegs beruhigt, fuhr Meredith in die Arundel Road, um zu Mittag zu essen. Zuvor hatte er Hawkins angewiesen, den Wagen für vierzehn Uhr bereitzuhalten.

Beim Essen bemerkte Tony zu seinem Vater:

»Weißt du, Dad, der Vogel da in Storrington hat Qualm gekriegt, weil er die Klunker aus dem Ochsen vom alten Rushington abgezweigt hat.«

»Meine Güte – wo hast du das denn her?«

»Hab bloß grad ein Buch gelesen, Dad – kolossaler Stoff –, da ist die ganze Gaunersprache drin. Abzweigen heißt stehlen.«

»Ach ja?«, sagte Meredith trocken und hob die Brauen.

»Ja – und ein Ochse ist ein Safe.«

»Was du mir also mitteilen möchtest«, sagte Meredith, wobei er seine innerliche Belustigung bewundernswert verbarg,

»ist, dass Slippery Sid eine längere Haftstrafe erhalten hat, weil er Lord Rushingtons Diamanten aus dem Safe stahl – richtig so?«

Tony nickte.

»Das hat alles in der heutigen Ausgabe des *Courier* gestanden. Willst du mal sehen, Dad?«

Meredith schüttelte kichernd den Kopf.

»Das Ding hat George Hanson aufgeklärt, Tony, und seitdem hören wir in der Direktion von *nichts* anderem. Du kannst mir also verflixt noch eins den Zeitungsbericht ersparen, ja?«

Nun war es an Tony, ein schlaues Grinsen aufzusetzen.

»Den Kerl, der William Rother ermordet hat, den hast du ja noch nicht verhaftet, stimmt's, Dad?«

»Das weißt du doch«, grummelte Meredith. »Red beim Essen doch bitte nicht über meine Arbeit. Iss lieber dein Gemüse!«

»Hab ja bloß *gefragt*«, lautete Tonys kleinmütige Antwort. »Slippery Sid hat das Ding nämlich am 10. August gedreht.«

»Na und?«

»Das war doch die Nacht, in der William Rother ermordet wurde, oder?«

»In den frühen Morgenstunden des zehnten – ja«, räumte Meredith ein.

»Na, und siehst du, Dad, Sid hat in Worthing gewohnt, steht jedenfalls in der Zeitung, und zu dem Ding in Storrington ist er mit dem Fahrrad gefahren. Gut möglich, dass er dabei durch Washington gekommen ist – anders ging's eigentlich gar nicht, oder? Vielleicht hat er ja was gesehen oder gehört. Könnt dir womöglich einen Hinweis geben, Dad.«

Meredith sah Tony streng an und schüttelte langsam den

Kopf, als tadelte er dessen brennendes Interesse am Verbrechen.

»Wenn du über deine Arbeit so gut Bescheid wüsstest wie über meine, dann wärst du in zwei Jahren ein erstklassiger Bond-Street-Fotograf.«

»Kann sein«, stimmte Tony ihm zu. »Aber das ist doch eine *verflixt* gute Idee von mir, oder?«

»Das ist ja das Dumme, Junge – es ist eine erstklassige Idee. Könnte direkt von deinem Vater stammen. Und weißt du was, Tony, ich gehe dem sogar nach. Sid könnte genau der Zeuge sein, den ich gesucht habe. Und jetzt, wo er sitzt, wird er auch reden. Wird sicher hoffen, er kriegt was von seiner Haftdauer runter. Ganz schön schlau von dir, Tony.«

»Danke. Ach, übrigens, Dad. Bei Green's steht neuerdings ein neues Superhet-Radio mit fünf Röhren im Fenster. Da dachte ich, ob du vielleicht –«

»Ja«, sagte Meredith, während er aufstand und seine Pfeife stopfte. »Und du denk mal weiter.« Er schaute auf die Uhr. »Großer Gott, schon so spät! Ich muss los!«

Hastig gab er seiner Frau einen Kuss und marschierte flott zur Direktion, wo Hawkins bereits mit dem Wagen wartete.

»Erst nach Bramber, dann weiter nach Brighton.«

Wieder in Bramber, zum zweiten Mal an diesem Tag, setzte sich Merediths Glückssträhne fort. In Begleitung von Constable Fletcher befragte er alle möglichen unergiebigen Dorfbewohner, bis sie schließlich zu Tom Biggins kamen, dem korpulenten Wirt des Loaded Wain. Tom war rund wie ein Fass, gesprächig wie ein Papagei und pessimistisch wie ein Astronom bei dichtem Nebel. Doch hatte er, wie Meredith bald herausfand, allen Grund für seinen Pessimismus. Tom litt nämlich an chronischer Schlaflosigkeit. Er hatte schon alles versucht, vom Schäfchenzählen bis zum Hopfenkissen, aber alles vergeblich. Schließlich hatte er es mit Wanderungen in den frühen Morgenstunden durch die Landschaft probiert in der Hoffnung, danach ein wenig Schlaf zu finden, bevor es Zeit wurde aufzustehen und zu frühstücken. Und auf die Fragen des Superintendent hin hatte Tom mehr als nur eine Merkwürdigkeit am Brook Cottage zu berichten.

»Ja – das war wohl gegen Ende Juli. Da hab ich eine kleine Runde über die White Lane gedreht – ja? Und da seh ich doch dort den Kamin rauchen. Ist mir komisch vorgekommen, wo die Nacht doch so dämpfig war wie nur eine im Jahr. Aber ich hab ja gewusst, dass der alte Kerl dort ein bisschen plemplem ist, also hab ich mir nix weiter dabei gedacht. Haben Sie ne Ahnung, was der da getrieben hat, Super?«

Meredith grinste.

»Hat wohl was verbrannt – wo Rauch ist, da ist auch Feuer, wie Sie wissen.« Er dachte an den verkohlten Katalog und fragte: »Können Sie den Zeitpunkt ein wenig eingrenzen, Mr. Biggins?«

»Leicht. Diese Nacht hab ich als die bislang heißeste im Jahr eingetragen. Momentchen mal – ich hab's in meinem anderen Anzug.«

Binnen Kurzem war Tom Biggins mit seinem offenen Tagebuch in den Wurstfingern zurück.

»Ja – da hätten wir's. Letzte Nacht im Juli. Dachte, das trag ich mal ein. In den dämpfigen Nächten krieg ich kein Auge zu. Furchtbar.«

»Ist Ihnen schon einmal Licht in dem Haus aufgefallen?«,

fragte Meredith weiter, hocherfreut über die neuen Fakten, die er da erntete.

Tom rieb sich das Kinn und sagte langsam: »Tja, na ja, manchmal und dann auch wieder nicht. War nicht das, was man ein richtiges Licht nennen könnt. Bloß ein paarmal ein Schimmern in einem der oberen Zimmer – genauso, als würd einer ne Kerze von der Straße abschirmen. Auch die Jalousien waren unten. Aber ein paarmal hab ich auch einen Streifen Kerzenlicht um die Jalousie rum gesehn – verstehn Sie?«

»Wann ungefähr war das?«

»Diesmal kein Glück, Super. Das könnt ich jetzt gar nicht genau sagen.«

»Vielleicht kürzlich?«

»Nein – so kürzlich war das nicht. Seit der ersten Augustwoche gab's da wohl kein Lebenszeichen mehr. Ich denk mal, ich hab das Licht so Ende letzten Monat und Anfang von diesem gesehen.«

»Hervorragend«, strahlte Meredith. »Genau das wollte ich hören. Die genauen Tage spielen gar keine so große Rolle. Sagen Sie – haben Sie jemals einen anderen Burschen gesehen, der den alten Jeremy Reed irgendwann vor Mitte Juli ganz früh morgens besucht hat?«

»Könnt ich nicht sagen. Sehn Sie, Super, ich hab ja erst Mitte letzten Monat angefangen, nachts rumzulaufen. Der Doktor hat gesagt, das könnt mir guttun. Stimmt aber nicht. Kein bisschen. Davon werd ich bloß noch müder – sonst nix.«

»Haben Sie mal gesehen, wie tagsüber Pakete oder Kisten ins Haus gebracht wurden?«

»Nein, nie«, sagte Tom knapp. »Da bin ich im Pub.«

»Sonst ist Ihnen nichts aufgefallen, was mich interessieren könnte, Mr. Biggins?«

Wieder rieb sich Tom das Mehrfachkinn.

»Ja – doch«, keuchte er und senkte die Stimme, was er für die Weitergabe einer ungewöhnlichen und überraschenden Nachricht angebracht hielt. »In einer Nacht Ende der ersten Augustwoche hab ich gesehen, wie einer ein Fahrrad aus dem Gartentor geschoben hat, sich draufgesetzt hat und Richtung Steyning losgefahren ist.«

»Ein Fahrrad!«, rief Meredith erregt aus. »Sagen Sie mir jetzt bitte nicht, dass Sie das Datum vergessen haben, Mr. Biggins, sonst drehe ich Ihnen den Hals um! Sie *müssen* da genau sein. Das ist von entscheidender Bedeutung. Es sieht nämlich ganz so aus, als hätten Sie die Hinweise, die ich brauche. Und?«

»Es war der neunte«, sagte Tom langsam. »Ein Freitag, das weiß ich noch. An dem Tag war Verkauf bei Jerry Hancock auf der Beech Farm. Vielmehr«, korrigierte er sich hastig, »der zehnte. Die Kirchenuhr hat gerade Mitternacht geschlagen, wissen Sie, kurz bevor der Kerl rausgekommen ist.«

»Hat er Sie gesehen?«

»Nein, nein. Es war ziemlich dunkel, und ich hab dicht an der Hecke gestanden und wollt mir grade die Pfeife anstecken.«

»Haben Sie ihn gesehen? Das wäre wichtiger.«

»Also, rein zufällig – ja. Sehn Sie, wie der Kerl auf die Straße tritt, schaut er sich kurz um und zündet seine Öllampe mit einem Streichholz an. Dann qualmt das verdammte Ding, und er beugt sich in den Schein, um nachzusehen. Die Lampe hat ja von mir weg gestrahlt, also hab ich ihn gut sehen können.«

»Und?« Meredith saß wie auf glühenden Kohlen.

»Eher klein, mittleres Alter, schwarzer struppiger Bart. Angezogen wie ein Handelsvertreter war der – dunkle Jacke und gestärkter Kragen, schwarze Krawatte, verstehn Sie? Hatte einen Schutzhelm auf, was mir komisch vorkam, wo er doch Fahrrad fuhr. Ach, und noch was anderes ist mir aufgefallen – sein linkes Handgelenk war irgendwie verbunden und steif. Ist ihm nicht leicht gefallen, sich aufs Rad zu setzen.«

»Er hatte nicht zufällig auch eine dunkle Brille auf?«

»Was, mitten in der Nacht – wohl kaum!« Tom Biggins gestattete seinem abgespannten und trübseligen Gesicht den Trost eines Zwinkerns.

»Sie sagen, er ist Richtung Steyning gefahren?«

»Ja – ich hab ihn bis zum Ende der White Lane radeln sehn, dann ist er nach links auf die Dorfstraße eingebogen.«

»Davor haben Sie den Mann nie gesehen – hier im Pub oder im Dorf?«

»Nie – der war hier in der Gegend völlig fremd, das schwör ich.«

Meredith warf einen Blick auf die Uhr hinter der Theke.

»Hören Sie, Mr. Biggins – wir drücken jetzt mal ein Auge zu. Es ist zwar außerhalb der Öffnungszeiten, aber ich lade Sie jetzt auf ein Glas ein und trinke eins mit. Was meinen Sie, Fletcher?«

»Ein Mild und Bitter, Sir«, kam prompt die Antwort des Constable.

Bei ihrem ungesetzlichen Bier stellte Meredith Tom Biggins seine letzte Frage.

»Am Abend des 20. Juli – das war ein Samstag, Mr. Biggins – haben wir Grund zu der Annahme, dass ein Mann von den Downs bei Steyning kam und zum Brook Cottage lief. Wir vermuten, dass er als Jeremy Reed verkleidet gewesen sein könnte. Sie haben den Mann nicht zufällig gesehen oder wissen von jemand, der ihn gesehen hat?«

Tom Biggins stellte seinen Humpen hin und wischte sich den Mund mit dem Ärmel ab. Einige Sekunden lang dachte er nach.

»Nein«, sagte er schließlich, »selber hab ich den nicht gesehen, in der Nacht nicht und auch sonst nicht. Aber wenn ich's mir recht überlege – im Pub haben sie über diesen alten Knacker geklatscht. Einen Haufen Spekulationen, wer das sein könnte und so weiter. Dabei fällt mir auch Bert Wimble ein, unser Fuhrmann hier, der hat gesagt, er hat gesehn, wie der alte Kerl mitten in der Nacht die Dorfstraße lang gelaufen ist. Könnt aber nicht sagen, wann genau das war – fragen Sie ihn lieber selber, Super, der soll's ihnen selber sagen.«

»Das mache ich«, sagte Meredith prompt. »Klingt vielversprechend. Können Sie mir seine Adresse geben?«

Das tat Biggins, worauf die drei Beamten das Loaded Wain verließen, mehr als zufrieden mit dem Ergebnis der Befragung. Meredith war besonders optimistisch gestimmt, da er seine neueste Theorie durch solide Indizien erhärtet sah. Er hegte keinerlei Zweifel mehr, dass der Bursche auf dem Fahrrad der Mann mit dem Umhang war und dass er an jenem Abend zu einer kleinen Arbeit aufbrach, die oberhalb der Grube von Chalklands erledigt werden musste. Zudem hatte Biggins die erste echte Beschreibung des Mannes mit dem Umhang geliefert, wie er wirklich aussah. Den Bart konnte er sich natürlich in den drei Wochen, in denen er sich in dem Haus versteckt hielt, wachsen lassen haben, und die Kleidung war ohne Bedeutung, da der Mann reichlich Gelegenheit hatte, sie ein Dutzend Mal zu wechseln. Nützlich waren dagegen seine Größe und sein Alter, ebenso das verbundene Handgelenk. Er hoffte nun, dass auch Bert Wimble diese Dinge an dem Mann aufgefallen waren, den er in jener Nacht auf der Dorfstraße gesehen hatte.

Das Glück wollte es, dass der Fuhrmann gerade das Pferd nach seiner üblichen Fahrt nach Worthing in den Stall brachte. Wimble war ein älterer Mann mit langem grauem Schnurrbart, intensiven blauen Augen und einer schmalen Adlernase, die seinen freundlichen Zügen etwas Aristokratisches verlieh. Auch seine Stimme war ruhig und schön moduliert. Meredith sah sofort, dass er in Bert Wimble einen verlässlichen, besonnenen und intelligenten Zeugen vor sich hatte.

Ja, erklärte Wimble, er habe diesen seltsamen alten Burschen vom Brook Cottage irgendwann Mitte Juli einmal nachts gesehen. Er sei von Steyning kommend durch die Hauptstraße von Bramber gelaufen. Er habe Kniehosen und eine Norfolk-Jacke getragen. Vor allem aber sei ihm aufgefallen, dass der alte Mann eine dunkle Brille getragen habe. Im Dunkeln, das habe er eigenartig gefunden. Es müsse kurz nach Mitternacht gewesen sein, denn Wimble habe bei einem Umzug geholfen, der ihn nach seiner normalen Runde noch nach Ashington geführt habe. Jedenfalls habe er sein Pferd erst kurz nach ein Uhr in den Stall gebracht. Das Datum? Na, das könne er mit einem Blick in seine Bücher leicht feststellen. Seine Frau habe den Umzug bestimmt eingetragen.

Sogleich schaute Wimble in einem abgegriffenen Notizbuch nach und erklärte zu Merediths Freude, es sei der 20. Juli gewesen.

»Sagen Sie, Mr. Wimble, ist Ihnen an dem Mann etwas aufgefallen, was nach einer Verletzung aussah?«

»O ja, gewiss. Sein linkes Handgelenk war verbunden. Als ich mit meinem Fuhrwerk von hinten an ihn ranfuhr, ist der Verband ganz klar in meinem Licht erschienen. Außerdem hatte er noch einen Koffer dabei. Komisch, hab ich gedacht, dass der nach Mitternacht so fürs Wochenende kommt. Da hab ich gegrübelt, wo der wohl herkommt.«

»Einen Koffer?« Meredith spürte die altbekannte Erregung, die ihm immer dann durch die Adern fuhr, wenn ihm ungefragt Hinweise in den Schoß fielen. »Sind Sie sicher?«

»Da bin ich mir ganz sicher«, bekräftigte Wimble.

»Einen Koffer«, dachte Meredith. »Das hätte ich auch gleich wissen können. Er musste ja seine Verkleidung als Jeremy Reed mit zum Berg nehmen, und er brauchte auch etwas für die Sachen, die er nach dem Mord auszog. Herrgott, wenn ich diesmal nicht auf der richtigen Spur bin – was der Alte die Hauptlinie genannt hat –, dann fress ich meinen Hut!«

Meredith setzte die Befragung des Fuhrmanns fort, doch mehr kam nichts ans Licht. Ob große Kisten oder Pakete aus London im Brook Cottage angeliefert wurden, wusste Wimble nicht zu sagen. Die Bahnleute hätten ihren eigenen Wagen. Eventuell könnten die ihm weiterhelfen.

Fünf Minuten später konnten sie es. Mehrmals hatten sie große Kisten zum Brook Cottage geliefert. Die Fracht war von Fortnum & Mason gekommen. Nein, sie hatten keinen Kontakt zum Hausbesitzer gehabt, sie hatten aber auch gehört, er sei ein schräger Vogel. Die Lieferungen waren unter der Woche gekommen, wenn Mr. Reed abwesend war, es hatte aber die Anweisung gegeben, die Kisten hinten im Garten abzustellen. Alles war von der Londoner Firma gekommen, der Transport vorab bezahlt. Der Brief? Der war leider vernichtet worden. Er war getippt gewesen, auf Brook Cottage adressiert und mit J. Reed unterzeichnet. Nach Durchsicht der Bücher versicherte der Bahnbeamte Meredith, dass die letzte Lieferung am 18. Juli erfolgt sei. Es seien zwei große Kisten von Fortnum & Mason gewesen.

»Damit wäre also das Essensproblem gelöst«, dachte Meredith. »Und jetzt zum Makler.«

Bei seinen Erkundigungen in Brighton erfuhr er, dass Stark & West eine Filiale in der High Street hatten. Er fand sie problemlos, eine eindrucksvolle moderne Fassade aus Beton, Glas und erbsengrün gestrichenen Metallrahmen. Innen war sie luxuriös mit dickem Teppichboden und Sesseln eingerichtet, und ehrerbietige, gepflegte junge Männer huschten geräuschlos durch das florierende Geschäft ihres Arbeitgebers. Einer dieser eleganten Adlaten trat zu Meredith und begann, ihn mit seinem Geschäftsschmus vollzusülzen. Meredith schwoll der Kamm. Er hasste solche Affektiertheiten, wenn diese offenkundig nicht das Ergebnis guter Erziehung waren.

»Sie können sich Ihren Sermon sparen wie auch jedes weitere Gewäsch, ja? Ich bin Polizeibeamter, und meine Zeit ist begrenzt. Ich möchte Informationen über ein Haus namens Brook Cottage in Bramber.«

Die Hochmütigkeit des jungen Mannes fiel jäh in sich zusammen.

»Möchten Sie vielleicht den Filialleiter sprechen, Sir?«
»Nein – vorerst tun Sie es auch. Ich möchte zweierlei wissen. Erstens, wann und von wem das Haus gekauft wurde. Zweitens, wann es wieder zum Verkauf ausgeschrieben wurde. Können Sie das Ihren Unterlagen entnehmen?«

Der junge Mann war sich dessen sicher, eilte davon und verschwand hinter einem großen Mattglasschirm. Er war beinahe zwanzig Minuten weg, und als er zurückkehrte, war er nicht allein.

»Ich habe unseren Filialleiter mitgebracht, Sir, Mr. Harris.«
»Ja, Mr. Harris?«
»Ich glaube, da sind Sie an die falsche Agentur geraten, Officer. Über ein Haus dieses Namens in Bramber haben wir keine Unterlagen. Gewiss haben wir Immobilien in diesem Bezirk wie fast in allen hier, aber dieses Haus ist nie durch *unsere* Hände gegangen.«

»Aber mein Gott, vor dem Haus steht doch Ihr Schild. Wie erklären Sie sich das?«

Der Filialleiter starrte ihn durch seine Hornbrille groß an.

»Unser Schild? Ausgeschlossen! Wenn es da steht, dann absolut ohne unsere Einwilligung.«

Meredith war baff. Diesen überraschenden Rückschlag hatte er nicht erwartet. Er hatte sich eher gedacht, dass Rother das Haus über Stark & West gekauft und der Mann mit dem Umhang, als er davon erfuhr, es irgendwie gedeichselt hatte, es über dieselbe Firma wieder zu verkaufen. Womöglich mithilfe Janet Rothers.

»Verkaufen Sie andere Immobilien in Bramber – ich meine, gemäß Ihren Büchern?«

Der Filialleiter zog sich zurück, um erneut die Unterlagen zu prüfen.

»Ja – ein alleinstehendes Haus nahe der Pfarrei mit zwölf Zimmern«, beschied er Meredith, nachdem er zurückgekehrt war. »Das ist aber alles.«

»Gab es bei Ihnen Anfragen zum Brook Cottage?«

»Wie ginge das – wo wir die Immobilie doch gar nicht anbieten?«

»Trotzdem«, sagte Meredith ruhig. »Ich würde das gern von Ihren diversen Angestellten wissen, Mr. Harris.«

Dies dauerte weitere zwanzig Minuten, da ein, zwei Mitarbeiter mit Kunden beschäftigt waren.

»Außerordentlich!«, rief der verblüffte Mr. Harris aus. »Im vergangenen Monat gab es nicht weniger als drei Anfragen. Unsere Angestellten sahen sich natürlich zu dem Hinweis genötigt, dass da ein Irrtum vorliege und wir das Haus gar nicht anbieten. Das hätte man mir natürlich sagen müssen. Wie in aller Welt erklären Sie sich das?«

»Gar nicht«, lächelte Meredith. »Noch nicht. Aber ich habe eine Ahnung. Ich sage Ihnen Bescheid, wenn sich meine Vermutungen nach einem weiteren Besuch in Bramber als richtig erweisen. Geben Sie mir Ihre Telefonnummer? Danke.«

»Allmählich kennen wir den Weg ja, Sir«, bemerkte Hawkins auf der Rückfahrt ins Dorf.

»Behalten Sie Ihre sarkastischen Bemerkungen mal lieber für sich, mein Junge«, grinste Meredith, der nun heiter und mitteilsam gestimmt war. »Wir können höchstens unserem guten Stern danken, dass wir die Benzinrechnung nicht selbst bezahlen müssen.«

Zurück in Bramber, fand Meredith das Haus bei der Pfarrei ohne Schwierigkeiten. Dass es zum Verkauf stand, verkündeten nicht weniger als fünf Maklerschilder über eine wohlgepflegte Stechpalmenhecke hinweg. Aber eins von Stark & West war nicht darunter!

»Sofort ein Treffer«, dachte Meredith triumphierend. »Genau wie ich dachte. Unser Mann ist schlau. Er wollte zeigen, dass das Brook Cottage unbewohnt ist, also tat er das Naheliegende – zog die Jalousien herab, verschloss die Türen, schloss die Fenster und stellte ein Schild auf, dass das Ding zu verkaufen sei.«

Mit seiner üblichen Gründlichkeit machte sich Meredith aber noch die Mühe, das Grundstück zu betreten und die genaue Stelle zu suchen, wo der Mann mit dem Umhang das Schild herausgezogen hatte. Er fand schnell, wonach er suchte, und in Jubelstimmung wies er Hawkins an, nach Lewes zurückzufahren.

Ein guter Arbeitstag. Fortschritt. Hauptlinienfortschritt. Der Alte musste zufrieden sein, dass alles so gut lief. Über die Schritte des Mannes mit dem Umhang nach dem ersten und vor dem zweiten Mord war er nun mehr oder weniger im Bilde. Blieb nur noch, Tonys vernünftigen Vorschlag in die Tat umzusetzen und Slippery Sid zu befragen, der auf Kosten des Königs hinter den Mauern des Gefängnisses von Lewes saß. Vielleicht war das etwas weit hergeholt, aber wenn ihm das Glück auch in diesem Fall hold war, konnte Slippery Sid sich als wertvoller Zeuge erweisen!

Kapitel 16

SICHTUNG DER INDIZIEN

Als Meredith am folgenden Morgen ins Büro kam, erfuhr er sogleich, dass Scotland Yard ihn sprechen wolle. Der diensthabende Sergeant meinte, es habe wohl mit den Rother-Fällen zu tun. Meredith ließ sich daher umgehend mit Detective-Inspector Legge verbinden, der die Angelegenheit in der Hauptstadt im Blick behielt. Legge hatte beunruhigende Nachrichten.

»Ja – es hat mit dem Fall Rother zu tun. Unser Mann in Dover meldet, eine Frau, auf die Janet Rothers Beschreibung zutrifft, sei gestern Abend mit der Nachtfähre nach Calais gefahren. Da ja kein Haftbefehl gegen sie vorliegt, konnte er natürlich nichts unternehmen. Ich dachte, Sie sollten das wissen.«

»Ja – dumme Sache«, knurrte Meredith, der sich über diesen Rückschlag gehörig ärgerte. »Verdammt dumme Sache, Legge. Ich hoffe, den Fall in den nächsten Tagen abschließen zu können, dafür wäre die junge Dame eine wesentliche Zeugin gewesen. Ist sie auch weiterhin. Möglicherweise hat sie sich auch der Beihilfe schuldig gemacht. Aber so ist es jetzt eben – Sie wissen so gut wie ich, dass man neuerdings einen Haftbefehl nur dann bekommt, wenn man mit einem ganzen Haufen hieb- und stichfester Gründe aufwartet. Das Blöde ist nur, ich habe zwar Beweise gegen sie, aber nicht genug. Irgendeine Ahnung, wo sie hin könnte?«

»Sie sind gut!« Legges schallendes Gelächter brachte Merediths Trommelfell fast zum Platzen. »Warschau, Jerusalem, Tokio oder Timbuktu! Nichts hindert sie daran, ihren Kurs zu ändern, wann und so oft sie will. Wenn ihr Pass in Ordnung ist – und sie hatte ja jede Menge Zeit, dafür zu sorgen –, kann sie nur Geldmangel bremsen.«

»Dabei fällt mir ein – hat Ihre Überwachung des Postamts in Kensington was ergeben? Wenn Sie sich erinnern, hat ihr Anwalt betont, dass sie noch erscheinen muss, bevor sie an das Erbe rankommt. Tut sich da was?«

»Nichts«, sagte Legge knapp. »Kein bisschen. Wir gehen davon aus, dass die Sache mit dem postlagernd nur Tarnung war. Nichts konnte sie doch daran hindern, am nächsten Tag anzurufen und die Adresse zu ändern, wo sie ihre Post abholen wollte? Und Sie brauchen nicht zu meinen, dass ihr Anwalt plappert. Der doch nicht! Sie kennen diese Typen ja. Die halten alle dicht.«

»Keine Begleitung, als sie an Bord ging?«

»In dem Bericht von Dover steht nichts davon.«

»Aber jetzt sage ich Ihnen was«, verkündete Meredith nicht ohne eine gewisse Befriedigung. »Ich werde auf einen Haftbefehl dringen. Im Moment noch gegen Unbekannt, aber folgende Beschreibung passt auf ihn: eher klein, mittleren Alters, dunkler Stoppelbart, das linke Handgelenk verbunden. Trug zuletzt – vor ungefähr vierzehn Tagen – dunkle Jacke und Hose, dazu Bowler. Sieht aus wie ein Handlungsreisender. Ich gebe das in die Fahndung – ja? Wir lassen sämtliche Häfen überwachen und die üblichen Vorkehrungen anlaufen.«

»Gut. Glauben Sie, der Kerl ist schon verduftet?«

»Das ist momentan mein Lieblingsalbtraum«, sagte Meredith bitter. »Er hatte fast zwei Wochen, um sich zu verdrücken. Andererseits denke ich, dass er für Janet Rother wichtig war. Er würde erst dann außer Landes gehen, wenn sie schon unterwegs ist. Gut möglich also, dass er hier noch irgendwo rumläuft. Ich könnte mir denken, dass er die Post abgeholt hat und Mittelsmann zwischen dem Anwalt und Mrs. Rother war. Zum Teufel, könnten wir diesem verdammten Anwalt doch nur ein bisschen mehr aus der Nase ziehen. Was meinen Sie?«

»Organisieren Sie Ihren Haftbefehl, den Rest überlassen Sie mir«, sagte Legge heiter.

»O. k. Ich gebe Ihnen Bescheid, ob ich Glück habe. Und Sie notieren sich die Beschreibung und sagen Ihren Leuten, sie sollen die Augen offenhalten ... Danke. Tschüs.«

Danach rief Meredith den Makler Harris an und erklärte ihm, was mit seinem Verkaufsschild passiert war. Harris war derart perplex, dass er nur etwas herauswürgte, was sich wie eine Abfolge erstklassiger Flüche anhörte.

Dann war Janet Rother also die Flucht geglückt? Falls sie sie aufspüren konnten und die Beweise gegen sie triftig genug waren, konnten sie eventuell eine Auslieferung beantragen. Mal lieber die Pariser Sûreté kontaktieren, falls der Alte einverstanden war. Vermutlich konnten die auch nicht viel tun, aber trotzdem war es notwendig. Derweil war es wesentlicher denn je, sich auf die Aktivitäten und den gegenwärtigen Verbleib des Mannes mit dem Umhang zu konzentrieren. Meredith beschloss, Slippery Sid einen Besuch abzustatten.

Und so lief er nun im Nieselregen durch die Straßen von

Lewes zu dem eindrucksvollen, aber bedrohlich wirkenden Eingang der Haftanstalt. Auf sein Klingeln hin ging das äußere Tor auf und hinter ihm wieder zu, während er dem Pförtner den Grund seines Besuches nannte. Daraufhin wurde ein Wärter gerufen, der ihn zu Slippery Sids Zelle führen sollte. Die inneren Tore wurden geöffnet, und der Superintendent trat auf einen trübseligen, regennassen Hof, über den er von dem Wärter eilig hinweggeführt wurde. Sie gelangten in ein hohes Steingebäude mit zahlreichen vergitterten Fenstern und schritten durch einen Korridor, in dem es nach Seife und Karbol roch. Zu beiden Seiten des Ganges waren nummerierte Eisentüren mit kleinen quadratischen Gittern darin. Vor einer dieser Türen blieb der Wärter stehen, zog einen Schlüsselbund hervor und schloss auf.

»Besuch von einem Freund, Sid«, erklang die fröhliche Mitteilung. »Will wohl mal nett mit dir plaudern.« Er grinste über seinen Scherz. »Ich schließ dann wieder ab und lass Sie bei ihm, ja, Sir? Ich warte draußen. Rufen Sie einfach, wenn Sie fertig sind.«

»In Ordnung«, sagte Meredith, dann knallte die Eisentür hinter ihm zu, und die Zelle lag wieder im Halbdunkel.

Slippery Sid hockte seitlich auf seinem Bett und las (ausgerechnet) die Bibel. Beim Eintreten des Superintendent schloss er das Buch sorgsam, nachdem er die Seite mit einem Eselsohr markiert hatte.

»Sie nutzen die Gunst der Stunde, was, Sid?«, fragte Meredith freundlich. »Ich wusste ja gar nicht, dass Sie ein Religiöser sind!«

»Ab un zu«, erklärte Sid mit unverbindlicher Geste. »Ab un zu. Schadet dem Bettler nich, wenn er mal von selber bisschen was Geistliches macht.« Er beäugte Meredith über den begrenzten Raum seiner Zelle hinweg mit starkem Interesse. »Hab ich Sie nicht schon vorher mal gesehen, Sir? Sie sind dochn Polyp, wie? Irgendso'n Plattfuß, oder, hm?«

»Erinnern Sie sich an das kleine Ding, das '27 bei Colonel Harding gedreht wurde?«

»Na Mensch – jetz kapier ich. Sie sin der Super, der mir damals ne halbe Strecke verschafft hat, und alles bloß wegen ner goldenen Taschenuhr, die mir mein Alter vererbt hat. Und Sie ham gedacht, das is 'ne Schote, nich?«

»Und glaube es noch immer«, grinste Meredith. »Lust auf eine kleine Plauderei, Sid?«

»Über was'n?«

»Die Nacht vom 9. August, beziehungsweise ganz früh morgens am zehnten.«

Sid überlegte kurz, dann wurden ihm die Daten plötzlich klar, und er brauste auf.

»Eh, was soll'n das, Sir? Dafür sitz ich doch schon! Sie ham nich das Recht, mich –«

»Ach, das hat nichts mit Ihrem kleinen Bruch zu tun«, unterbrach Meredith ihn beruhigend. »Ich will eine Information – weiter nichts.«

»Soll wohl 'ne Lampe bauen, wie?«

»So ungefähr, Sid. Könnte ja auch Ihnen nützen. Ich will nichts versprechen, aber wenn ich damit was anfangen kann, dann tu ich, was ich kann, damit die entsprechenden Leute davon erfahren. Na?«

»Na schön«, sagte Sid nach langer Pause mürrisch. »Aber bei dem Rushington-Ding war niemand mit dabei, wenn Sie das wissen wolln. Da war ich solo.«

»Sie waren mit dem Fahrrad unterwegs, nicht, Sid?«

»Ja.«

»Sind Sie dabei auf der Worthing-Horsham-Straße gefahren – und dabei durch Washington gekommen?

»Ja.«

»Um Mitternacht?«

»Halb eins«, korrigierte Sid.

»Kennen Sie die Kreuzung in Washington beim Chancton Arms?«

»Ja – fast direkt gegenüber von der Kneipe geht's nach Steyning.«

»Genau. Kennen Sie den Bostal?«

»Ja – großer Hügel kurz bevor man nach Washington reinkommt.«

»Stimmt. Und jetzt denken Sie mal sorgfältig nach, Sid – ist Ihnen da jemand auf dem Abschnitt zwischen dem Bostal und der Abzweigung nach Steyning aufgefallen – entweder vor oder nach Ihrem kleinen Ding in Storrington?«

»Kann schon sein.«

»Mit anderen Worten: ja?«

»Ja – n Postwagen Richtung Worthing.«

»Auf dem Hinweg, hm?«

»Ja.«

»Sonst niemand?«

»Doch – n Kerl auf'm Fahrrad.«

»Ein Kerl auf einem –!« Meredith verspürte rasch aufwallende Erregung. »Wo genau war das?«

»Unten am Bostal. Sie kenn' doch den kleinen Weg, wo da vonner Hauptstraße abzweigt, ja?« Meredith nickte. Den kannte er genau! Das war der eingefurchte Weg, der an den

Kalköfen vorbei nach Chalklands führte. »Also, da is' der reingefahrn.«

»Können Sie den Mann beschreiben?«

»Bowler«, sagte Sid knapp.

»Noch was?«

»Ja – Gesichtsmatratze.«

»Bart, ja? Wie war er gekleidet?«

»Schwer zu sagen – war stockdunkel, nich viel zu sehn.«

»Ist Ihnen was aufgefallen, was auf eine Verletzung hindeutete, Sid?«

»Nö.«

»Sicher?«

»Ja.«

»Und die Zeit war schätzungsweise –«

»Halb zwei«, warf Sid leichthin ein. Er hatte Übung darin, in einem Verhör Fragen zu beantworten.

»Wären Sie zu einer schriftlichen Aussage bereit, sollte die später mal nötig werden?«

»Wenn Sie glauben, das hilft, ja.«

»Schön.« Meredith erhob sich und schaute sich in der Zelle um. »Bequem hier, Sid?«

»Hatt's schon schlimmer.«

»Na ja – tja, das wär's dann. Danke.«

»Glück, Glück, Glück«, wiederholte eine innere Stimme, als Meredith sich auf den Rückweg zur Direktion machte. Das erste Mal seit Beginn der Ermittlungen echtes Glück. Dass diese beiden Männer einander auf diesem kurzen Straßenstück begegneten, das war nichts weniger als ein wunderbarer Zufall. Was an dem Beweis aber nichts änderte. Sids Beschreibung deckte sich in den meisten Punkten mit der von Tom Biggins, dem Wirt des Loaded Wain. Es bestand nicht mehr der Schatten eines Zweifels, dass der Mann, der vom Brook Cottage losgefahren war, derjenige war, den man auf dem Weg nach Chalklands gesehen und der anschließend den armen William Rother umgebracht hatte. Er hatte ordentlich Zeit für die Fahrt gebraucht, aber bestimmt hatte er unterwegs für eine Zigarette angehalten.

In der Direktion begab sich Meredith sogleich zu Major Forest. Leider war der Chief nicht da und sollte erst nach der Mittagspause wiederkommen. Und so zügelte Meredith seine Ungeduld, schloss sich in seinem Büro ein und machte sich daran, seine Notizen ins Reine zu schreiben. Danach widmete er sich einer persönlichen Routinearbeit, die er sich stets auferlegte, wenn er es mit einer besonders komplexen Ermittlung zu tun hatte. Die Aufgabe bestand darin, sämtliche Dokumente zu sichten, die mit dem Fall verbunden waren, und all jene Punkt herauszusuchen, die noch der Klärung bedurften. Eine halbe Stunde später hatte er die folgende Liste erstellt:

NOCH UNGEKLÄRTE FRAGEN IN DEM FALL

1. *Warum hat sich Janet Rother eine Woche, bevor der blutbefleckte Hillman am Fuß des Cissbury Ring gefunden wurde, mit einem Koffer mit John Rother auf dem Rasen von Chalklands getroffen?*
2. *Warum hat man bei den durchtrennten Knochen nur die Messingscheibe und die Gürtelschnallen gefunden, aber keinerlei Knöpfe, Manschettenknöpfe oder Hosenträgerklammern?*
3. *Wer hat das falsche Telegramm aus Littlehampton geschickt?*
4. *Wer ist der Mann mit dem Umhang?*

5. *Wo und wie genau wurde John Rothers Leiche zerteilt?*
6. *Wer hat die Leichenteile in den Ofen gelegt? Hat Janet Rother gelogen, als sie sagte, sie habe ein Tagebuch verbrannt?*
7. *Wer hat John und William Rother getötet? Mit welchem Motiv?*
8. *Wer hat das falsche Geständnis getippt, das angeblich William Rother geschrieben hat?*
9. *Wo ist John Rothers Schädel?*
10. *Warum hat John Rother etliche Wochenenden in Bramber verbracht, verkleidet als Naturkundler Jeremy Reed?*

Zufrieden, dass kein wichtiger Punkt ausgelassen war, beschloss Meredith, die Liste nach der Mittagspause mit Major Forest durchzugehen. Oft konnten neue Verbindungen in einer Indizienkette gezogen werden, wenn zwei Personen gemeinsam sämtliche Hinweise unters Mikroskop legten.

In der Arundel Road fragte Tony bei kaltem Braten und Salat seinen Vater in aller Unschuld:

»Warst du bei Slippery Sid, Dad?«

»Kann sein«, lächelte Meredith.

»Ach komm, Dad, kannst mir schon die Wahrheit sagen. Er konnte dir doch weiterhelfen, stimmt's?«

»Ja, allerdings, Tony – und zwar sehr.«

»Hab ich's mir doch gedacht«, krähte Tony, langte in die Hosentasche, zog einen zerknitterten Prospekt hervor und reichte ihn seinem Vater.

»Was ist das denn schon wieder?«

»Illustrierter Katalog dieser Radiogeräte, von denen ich dir erzählt hab. Ich dachte, das könnte dich interessieren«, sagte Tony gewieft und setzte hinzu: »Jetzt.«

»Eine solche Beharrlichkeit verdient eine Belohnung,

meinst du? Um wie viel Uhr hast du denn Dienstschluss? Um sechs? Na gut. Wenn ich nicht weggerufen werde, treffen wir uns um zehn nach vor Green's. Und zwar pünktlich.«

»Mach dir da mal keine Sorgen, Dad«, grinste Tony. »Könnte ich bitte noch eine Scheibe Braten haben, Mutter?«

»Sie sind schlau«, bellte Major Forest, als Meredith dessen Büro betrat. »Bin gerade mit dem Bericht durch, den Sie mir hingelegt haben. Gute Arbeit, ja? Bewegung – wie? Setzen Sie sich und reden Sie. Zigarette? Gut. Also, wo genau fangen wir an?«

Meredith hielt dem Chief seine Liste unter die Nase.

»Mit Nummer eins, Sir, wenn Sie einverstanden sind – dann der Reihe nach die anderen.«

Major Forest nahm das Blatt und überflog es rasch.

»Hm? Was ist das? Ah, verstehe. Ein Katalog der unerledigten Punkte. Na gut, Meredith, wir machen es so, wie Sie das vorschlagen. Erstens: ›Warum hat sich Janet Rother mit John Rother getroffen?‹ Tja, warum?«

»Keine Ahnung, Sir. Den ganzen Fall durch rätsle ich schon über die Beziehung zwischen der Frau und ihrem Schwager. Barnet meinte, er sei bis über beide Ohren in die Frau verliebt gewesen, sie aber habe nur so getan. Als ich sie später fragte, was sie an dem Ofen gemacht habe, deutete sie dasselbe an. Sie spielte John Rother etwas vor, nur so zum Spaß. Aber wäre dem so, dann ist es doch etwas merkwürdig, dass sie das Risiko eingeht, mitten in der Nacht aus dem Haus zu schleichen, um sich mit ihm zu treffen.«

»Haben Sie sie danach gefragt?«

»Ja – sie hat bestritten, sich jemals nachts mit ihm getroffen zu haben.«

»Zeuge verlässlich?«

»Sehr.«

»Dann haben wir zu Nummer eins also keine Antwort? Gut. Nummer zwei: ›Warum fand man keine Knöpfe, Manschettenknöpfe‹ und so weiter. Ah ja. Eigenartiger Punkt, das, Meredith. Wir haben ja schon mal darüber gesprochen, wie ich noch weiß, sind aber damals nicht sehr weit gekommen. Wir müssen es wohl als Tatsache nehmen, dass die Kleidung auch wirklich in den Ofen geschmissen wurde?«

»Glaube schon«, antwortete Meredith langsam. »Sehen Sie, es waren bestimmt Blutflecken darauf, und der Kerl wollte solche Beweisstücke sicher nicht einfach irgendwo herumliegen lassen.«

»Genau. Es sieht also ganz so aus, als wäre es für ihn das Beste gewesen, die Sachen im Ofen zu vernichten. Aber offenbar hat er das nicht getan. Ihre Leute haben den Kalk gründlich durchsucht?«

»Jeden Zentimeter.«

»Hmm!« Der Chief rieb sich das Kinn und grübelte eine Weile. Dann sagte er: »Ihnen ist ja wohl klar, Meredith, dass er, bevor er die Leiche zerteilte, diese entkleiden musste? Ja? Gut. Mal angenommen, unser Mann hat sich aus irgendwelchen Gründen entschieden, die Sachen nicht zu verbrennen, könnte er sie dann mitgenommen haben, als er über die Downs latschte?«

Meredith schlug sich auf den Schenkel.

»Großer Gott! Die Aktentasche! Ich dachte natürlich, dass er darin die Gummiplane und die chirurgische Säge hatte. An die Kleider habe ich gar nicht gedacht. Ja – er hätte sie gut darin mitnehmen können.«

»Hatte er eine Aktentasche bei sich, als Wimble, dieser Fuhrmann, ihn in Bramber sah?«

»Nein – einen Koffer. Hat Wimble ausgesagt. Ich nahm an, dass er den Koffer in den Downs oberhalb von Steyning mit seiner Jeremy-Reed-Verkleidung darin versteckt hatte. Vielleicht war die Aktentasche ja in dem Koffer.«

»Gut möglich. Jedenfalls würde ich vorschlagen, Sie lassen nach Rothers Kleidung suchen. Gehen wir mal davon aus, dass sie nicht verbrannt wurde, hm? Vielleicht hat er sie ja im Garten des Brook Cottage vergraben. Gut – dann Nummer drei: ›Wer hat das falsche Telegramm abgeschickt?‹«

»Natürlich der Mann mit dem Umhang«, versetzte Meredith sogleich. »Das Telegramm wurde detailliert in dem falschen Geständnis erwähnt, das wir bei Williams Leiche gefunden haben. Wir müssen mittlerweile annehmen, dass der Mann mit dem Umhang es geschrieben hat, weswegen er auch das Telegramm abgeschickt haben *muss*, oder er hat es schicken lassen, sonst hätte er ja gar nichts davon gewusst.«

»Q. E. D.«, grinste der Chief. »Das können wir mal so stehen lassen. Nummer vier. Knifflig, Meredith. ›Wer ist der Mann mit dem Umhang?‹«

»Das muss offenbleiben, Sir. Vorerst keine Ahnung.«

»Ich auch nicht. Tja – Nummer fünf: ›Wo und wie genau wurde John Rothers Leiche zerteilt?‹ Vermutlich bleiben Sie bei Ihrer früheren Theorie – dass die Zerteilung auf einer großen Gummimatte oder -plane zwischen den Ginsterbüschen unterhalb des Cissbury mittels Messer und Säge vorgenommen wurde?« Meredith nickte. »Und dass die Teile dann in die Plane gewickelt, von dem Mann mit dem Umhang in Rothers Wagen nach Chalklands gefahren und dort in einem metallenen Schrankkoffer versteckt wurden, wahrscheinlich in der Arbeitsgrube?«

»Genau, Sir.«

»Haben Sie einen Grund, Ihre Annahme zu ändern?«

»Momentan nicht, Sir.«

»Sechs«, fuhr Major Forest fort. »Wer hat die Leichenteile in den Ofen gelegt? Hat Janet Rother ...‹ und so weiter. Und?«

»Oh, das hat bestimmt Mrs. Rother erledigt«, versicherte Meredith. »Ihre Flucht auf den Kontinent beweist mehr oder weniger ihre Schuld. Das Indiz des Kalks an ihren Schuhen legt nahe, dass sie in der Woche nach dem Mord an John Rother mehrmals am Ofen war. Sie tat das damit ab, dass das Bauernhaus auf einem Kalkberg steht. Aber ich habe bemerkt, dass während der ganzen Zeit, die ich dort war, meine Schuhe oben auf der Spitze keine einzigen Kalkkratzer aufwiesen. Nur einen Kalkrand um den Rahmen herum – mehr nicht. Nein – ich gehe davon aus, dass ihr Komplize diesen grausigen Part in der Tragödie ihr überlassen hat.«

»Was uns«, sagte Major Forest, »zur Crux der ganzen Sache führt – zu Ihrer Hauptfrage: ›Wer hat John und William Rother getötet? Mit welchem Motiv?‹ Sehe ich das richtig – wenn Sie das beantworten können, können Sie auch alle anderen Fragen beantworten?«

»Nicht unbedingt, Sir«, betonte Meredith höflich. »Es ist durchaus möglich, dass man *weiß*, wer einen Mord begangen hat, ohne dadurch auch nur ein einziges Faktum im Umkreis des Falles beweisen zu können. In diesem hier ist das so. Ich meine, wir gehen mehr oder weniger recht in der Annahme, dass beide Morde von ein und demselben Mann begangen worden sind. Das falsche Geständnis enthält so viele der *ent-*

deckten Details des ersten Mordes, dass wir zwangsläufig davon ausgehen müssen, dass der Mann, der das Schriftstück in Williams Tasche steckte, ebenso viel wie wir, wenn nicht mehr, über Johns Tod weiß. Sämtliche Indizien weisen darauf hin, dass der Mann mit dem Umhang beide Morde begangen hat. Wenn wir diese Behauptung jedoch erhärten wollen, indem wir bestimmte problematische Aspekte in Verbindung mit den beiden Fällen restlos aufklären, stoßen wir auf Probleme. Die Hälfte dieser Fragen können wir weiterhin nicht beantworten. Wir sind nicht mal so weit, eine Theorie zu formulieren. Sehen Sie, was ich meine, Sir?«

Der Chief kicherte ob Merediths emphatischer Darstellung in sich hinein.

»Irgendwann lassen wir Sie noch mal Vorträge beim Yard halten. ›Probleme und Prinzipien der kriminalistischen Ermittlung‹. Wie wäre das als Titel? Aber ich sehe durchaus, was Sie meinen, Meredith. Die nächste Frage zu dem falschen Geständnis illustriert ja, was Sie sagen. Selbst wenn wir *sicher* wissen, dass der Mann mit dem Umhang William ermordet hat, müssten wir immer noch beweisen, dass er dem Toten das Geständnis in die Tasche gesteckt hat. Glauben Sie, das hat er getan?«

Meredith nickte.

»Außer es war Janet Rother, was ich aber bezweifle. Ich glaube, dass der Mörder die Taschen des Opfers durchsucht hat, bevor er es in die Grube geworfen hat, um zu sehen, ob er den Zettel, den er, wie wir annehmen, erhalten haben muss, um das Treffen zu vereinbaren, auch wirklich dabei hatte. Wahrscheinlich zog er dieses Papier heraus, mit Handschuhen, und steckte dafür das Geständnis rein. Das kann ich natürlich nicht *beweisen*. Noch ist das eine reine Vermutung.«

»Sehr richtig. Und haben Sie so eine auch zum Verbleib von John Rothers Schädel? Das ist der nächste Punkt auf Ihrer Liste.«

»Nein, Sir. Das ist eine der Fragen, auf die wir absolut keine Antwort haben. Ich habe nicht den leisesten Schimmer, wo der Schädel abgeblieben sein könnte. Meine Theorien, warum er nicht mit den anderen Körperteilen in den Ofen kam, habe ich ja schon vorgebracht.«

»Was uns zu Ihrer letzten Frage führt: ›Warum hat John Rother etliche Wochenenden in Bramber verbracht?‹ und so weiter. Sehen Sie da inzwischen klarer?«

»Tja«, meinte Meredith, »ich sehe keinen Grund, meine Erpresser-Theorie aufzugeben. Ich glaube noch immer, dass der Mann mit dem Umhang etwas über Johns Verhalten gegenüber Janet Rother wusste und dass er damit drohte, es William zu sagen. Vielleicht hat es ja sogar ein Komplott gegeben, bei dem Mrs. Rother John anstachelte und ihn so in die Gewalt des Mannes mit dem Umhang brachte. Schließlich hatte dieses hübsche Gaunerpärchen es auf Geld abgesehen. John und William wurden aus Habgier umgebracht. Sie mussten aus dem Weg geräumt werden, damit Janet erben konnte. Erpressung liegt bei einem so geldgierigen Paar natürlich nahe.«

Der Chief Constable nickte zustimmend, entzündete seine Pfeife, lehnte sich auf seinem Stuhl zurück und blickte lange dem träge aufsteigenden Rauch nach. Meredith, der die Eigenarten seines Vorgesetzten kannte, hütete sich, ihn zu unterbrechen. Der Alte dachte nach. Unvermittelt richtete er sich auf und zeigte mit der Pfeife auf Meredith, als wäre sie eine Pistole.

»Haben Sie schon mal daran gedacht«, begann er abrupt, »dass Johns Mörder eigentlich gar nicht vorhatte, William zu töten? Kam mir grade in den Sinn, als wir die Fragen durchgingen. Der Mann mit dem Umhang ermordete John und versuchte dann, den Verdacht auf William zu lenken. Sie erinnern sich ja, wie Sie in einem frühen Stadium Ihrer Ermittlungen ziemlich sicher waren, dass William der Mörder war. Erst das falsche Telegramm aus Littlehampton. Der Mörder wusste sehr wohl, dass William sofort zu seiner Tante fahren würde. Er konnte mehr oder weniger genau absehen, wann William Littlehampton verlassen würde, und schlug die Uhr am Armaturenbrett so ein, dass die Zeiger auf einer plausiblen Zeit stehen blieben – plausibel heißt hier bezogen auf Williams Schritte. Er beging den Mord in der Nähe von Findon, weil er wusste, dass William auf seiner Rückfahrt von Littlehampton zwangsläufig an dem Dorf vorbeikommen musste. Ort und Zeit waren wunderbar gewählt, weil William leicht um 21.55 Uhr am Cissbury sein konnte, also zu der Zeit, zu der die Uhr stehen geblieben ist.

Um es William noch schwerer zu machen, ein Alibi zu finden, wandert Janet Rother während der Zeit, in der William vermeintlich die Tat ausführt, in die Downs oder entfernt sich jedenfalls von Chalklands. Sie beteuert, dass sie um Viertel nach zehn wieder im Haus war, aber William noch nicht zurück in Chalklands. Mit anderen Worten, da sie wusste, dass der Mann mit dem Umhang die Zeiger um 21.55 Uhr anhielt, ging sie weg, damit Williams Schritte in unseren Augen noch verdächtiger wirkten. Selbst wenn William vor 22.15 Uhr zurückgekehrt wäre, hätte er sich das von Janet nicht bestätigen lassen können, weil sie sich höchst ärgerlicherweise absentiert hatte. In diesem Fall hätte es lediglich Kate Abingworths Aussage gegeben. Die einer ältlichen, emotionalen Frau, die dem Kreuzverhör eines cleveren Staatsanwalts ausgeliefert gewesen wäre. So viel dazu.

Das Motiv liegt auf der Hand. John stahl die Zuneigung seiner Frau. Der Mann mit dem Umhang wusste, dass wir diesen Tratsch schnell in Erfahrung bringen würden. Um eine Verbindung zwischen dem Mord und Chalklands herzustellen, mussten Teile der Leiche verbrannt werden. Hier wurde Janet nützlich. Es war nur natürlich, dass wir William des Mordes verdächtigten, sobald wir erfuhren, dass ein Versuch unternommen worden war, die Leiche sozusagen vor seiner eigenen Haustür zu vernichten. Das führt mich zu einem weiteren sehr interessanten Punkt. Die Frage der Knöpfe und Manschettenknöpfe. Und wenn die Kleidung gar nicht in den Ofen kam? Was dann? Die Identität der Überreste durfte auf keinen Fall im Unklaren bleiben. Was also macht unser Mörder? Er lässt Janet die Messingscheibe und Johns Gürtel zusammen mit einem Teil der Leiche in den Ofen legen, da er genau weiß, dass diese Gegenstände, sobald die Knochen entdeckt würden, ebenfalls ans Licht kämen.

Den Verdacht, dass William für den Tod seines Bruders verantwortlich war, verstärkte der Umstand, dass er Johns Alleinerbe war. Bedauerlicherweise unterschätzte der Mann mit dem Umhang die Intelligenz der Polizei, denn William wurde nicht verhaftet. Ein lästiger Umstand, durch den ihr Plan, sich das Geld unter den Nagel zu reißen, nicht aufging. Da der Mörder nun erkannte, dass die Polizei nicht willens war,

William aus dem Weg zu räumen, beschloss er, dies selbst zu tun. Doch auch da hatte er die Hoffnung noch nicht aufgegeben, wie das falsche Geständnis klar aufzeigt. Er hoffte noch immer, uns Sand in die Augen zu streuen, indem er einen Selbstmord inszenierte, dessen angeblicher Grund Williams Wissen sein sollte, dass die Polizei ihn verdächtigte. Und ganz ehrlich, Meredith, dieser zweite Kniff *hätte* womöglich funktioniert, wenn William nicht vorher Aldous Barnet geschrieben hätte. Das war das unerwartete Haar in der Suppe des wahren Mörders. Dieser Brief könnte ihn noch an den Galgen bringen, Meredith. So, das wäre jetzt meine Theorie. Sie müssen sie nicht übernehmen, aber ich finde, es lohnt sich, gründlich darüber nachzudenken.«

Kapitel 17

DER HÖHEPUNKT

Im Rückblick auf die Rother-Fälle fand Meredith stets, dass dieses Gespräch mit dem Alten den Wendepunkt in seinen Ermittlungen markierte. Von dem Augenblick an war alles »Hauptlinienfortschritt«. Frische Indizien stellten sich ein, unerwartete Hinweise, und die kleinen, zuvor noch bezugslosen Teile des Puzzles passten mit einem Mal zusammen, ohne die geringste Anstrengung seinerseits.

»Der ganze Fall«, wie Meredith es später formulierte, »schien wie automatisch aufzugehen.«

Tief beeindruckt hatte ihn auch die Theorie des Chiefs, William sei nur ermordet worden, weil die Polizei ihn nicht wegen des Verdachts des Mordes an seinem Bruder verhaftet hatte. Dies erklärte weitestgehend die komplexe Art und Weise, in welcher der erste Mord ausgeführt worden war – der tatsächliche Überfall an einem Ort, die Beseitigung der Leiche an einem anderen und so weiter. Der entscheidende Punkt aber, den Meredith aus seinem Gespräch mit Major Forest mitnahm, war die vernünftige Annahme, dass John Rothers Kleidung nicht zusammen mit seinen sterblichen Überresten vernichtet worden war. Er beschloss daher, jeden Zentimeter des Gartens und der Schuppen vom Brook Cottage zu durchkämmen.

»Tja, Hawkins«, sagte Meredith am nächsten Morgen, »gleich fahren wir wo hin, wo wir noch nie gewesen sind.«

»Und wo ist das, Sir?«, fragte Hawkins begierig.

»Bramber«, grinste der Superintendent.

Hawkins stieß ein unflätiges Wort hervor und setzte sich ans Steuer des kleinen blau-schwarzen Wagens, auf dessen Rücksitz ein Constable zwei Spaten und ein Sieb gelegt hatte. Bald hatten sie die Häuser hinter sich gelassen und fuhren durch die Landschaft, in der schon die ersten braunen und rostfarbenen Tönungen den Herbst ankündigten. Der Regen hatte sich verzogen, und die reglose Hitze des Morgens versprach einen sengenden Tag.

Am Brook Cottage angekommen, machten sie sich sogleich an die Arbeit.

»Als Erstes nehmen wir uns den Garten vor, Hawkins. Wir müssen auch nur da graben, wo der Boden aussieht, als wäre unlängst etwas damit geschehen. Wir lassen also erst mal einfach die Blicke schweifen, ja?«

Doch obwohl sie in dem ungepflegten kleinen Garten hier und da Stellen mit verdächtig lockerer Erde fanden, förderten ihre Grabungen nichts Interessantes zutage. Nach einer Stunde Schufterei erklärte sich Meredith von der Unschuld des Gartens überzeugt und lenkte sein Interesse auf die Schuppen. Der größte war gemauert und hatte ein Ziegeldach, ein Häuschen, wie man es für die Lagerung von Kohlen und Holz nutzen würde oder um darin Gartengeräte aufzuhängen. Es hatte einen Backsteinboden, keine Fenster und roch feucht und modrig. Meredith suchte es in dem Licht, das zur offenen Tür hereinfiel, sorgfältig ab. Der Schuppen war mit allem möglichen Krempel vollgestellt – Säcken, alten Zeitungen, einem Haufen modriger Kartoffeln, ein, zwei zerbrochenen Kisten von Fortnum & Mason, zwei Dutzend Blumentöpfen und einem rostigen Rasenmäher.

Nach und nach räumte Hawkins auf Anweisung seines Chefs sämtliche beweglichen Gegenstände in den Garten, bis der Boden, von dem Kartoffelhaufen abgesehen, vollkommen leer war. Sodann suchte Meredith auf Händen und Knien jeden Zoll des Backsteinbodens ab. Alles schien in Ordnung. Erst als Hawkins den Kartoffelhaufen in eine andere Ecke geschaufelt hatte, stieß Meredith auf eine Spur. Trotz des Drecks und der getrockneten Erde, welche den Boden unter dem Haufen überzog, fielen ihm mehrere Backsteine auf, die herausgelöst und geschickt wieder an ihre Stelle gelegt worden waren. Mit dem Taschenmesser stemmte er einen hoch und konnte so nach und nach einen guten Quadratmeter des unzementierten Backsteinbodens abtragen.

»Holla! Holla!«, rief er sogleich aus. »Hier haben wir was, mein Junge. Die Erde unter den Backsteinen ist frisch umgegraben. Da - holen Sie mir mal den Spaten. Nun machen Sie schon!«

Hawkins, von derselben Erregung gepackt, reichte ihn dem Superintendent. Mit äußerster Vorsicht begann Meredith zu graben. Fast sofort stieß der Spaten auf etwas, das gewiss nicht einfach nur Erde war.

»Vorsichtig, Sir!«, rief Hawkins aus und ging auf die Knie. »Da steht die Ecke von was raus. Sieht aus wie ein Stück Stoff.« Behutsam zog er daran. Zentimeterweise löste sich der Stoff aus der gepressten Erde, bis kein Zweifel mehr bestand. »Mein Gott! Das ist die Jacke, Sir. Rothers Jacke. Sie passt zu der Tweedmütze, die wir bei dem Hillman gefunden haben.«

»Sie sagen es!«, rief Meredith aus, nahm das Bündel und trat damit ins Licht an der Tür. »Das ist der ganze verdammte Anzug, wie's aussieht. Weste, Kniehose, Strümpfe, Jacke.«

»Mit Blutflecken?«, fragte Hawkins hoffnungsfroh, als Meredith das fest zusammengewickelte Bündel entrollte.

»Blutflecken? Nein, ich glaube nicht –« Er brach ab. »Na, das ist doch ...!«

Hawkins trat hinzu.

»Was denn, Sir?«

»Das da«, sagte Meredith und nahm etwas aus den Sachen heraus. »Haben Sie so was schon mal gesehen?«

»Ein Schädel!«, rief Hawkins und erlebte einen der größten Nervenkitzel seiner Laufbahn. »Der fehlende Schädel!«

»John Rothers Schädel«, ergänzte Meredith. »Der krönende Abschluss des Skeletts vom alten Blenkings, wie?« Dann aber, mit jäh veränderter Stimme: »Was zum Teufel –?«

»Stimmt was nicht, Sir?«

»Da stimmt überhaupt nichts. Kein Haar, keine Spur von Fleisch an den Knochen, vermodert oder anderes. Warum?«

»Vielleicht hat der Bursche ihn als Erstes aufs Feuer gelegt«, meinte Hawkins. »Erinnern Sie sich, wir haben im Kamin die Reste eines Feuers gefunden.«

»Ausgeschlossen«, widersprach Meredith. »Die Knochen sind doch gar nicht angekokelt. Der Schädel wirkt sogar richtiggehend poliert. Und noch etwas, Hawkins. Warum sehen wir nicht den Bruch, wo Rother niedergeschlagen wurde?« Langsam drehte er den Schädel in der Sonne. »Der ist doch mehr oder weniger intakt, nicht? Ein paar Zähne fehlen, aber da ist nichts gesplittert. An diesem Schädel ist irgendwas faul – etwas, was wir noch nicht ganz begriffen haben.«

»Am besten gehen wir damit zu dem alten Professor, wie, Sir?«

»Allerdings, Hawkins. Wir fahren sofort nach Worthing. Unterwegs durchsuche ich noch die Taschen des Anzugs.«

Doch außer dem Etikett mit dem Namen des Herstellers fand sich nichts, womit die Kleider eindeutig identifiziert werden konnten. Aber Farbe und Material passten zu der blutbefleckten Mütze, soweit sich Meredith erinnerte. Doch das ließ sich leicht überprüfen. Ob auch auf dem Anzug Blutflecken waren? Er suchte ihn von oben bis unten ab. Ja – ein schwärzlich-brauner Fleck am linken Ärmelaufschlag. Sonst nichts. Auch das war seltsam. Diese Funde bedurften noch einiger Erklärung.

Professor Blenkings war hocherfreut, die Polizei wiederzusehen. Er begrüßte Meredith begeistert, bestand auf einem Glas, bugsierte ihn in sein Arbeitszimmer und drängte ihm eine Zigarre auf.

»Nun sagen Sie mir nicht, dass Sie schon wieder eine Knochensammlung gefunden haben, Superintendent. Das überstiege ja jede Hoffnung. Äußerst vergnüglich, diese kleine Arbeit, die ich für Sie erledigt habe. Banal, aber von praktischem Nutzen, nehme ich an. Was führt Sie heute zu mir?«

Meredith wickelte den Schädel aus der Weste und hielt ihn hoch.

»Das, Sir.«

Der Professor setzte die Brille auf und warf einen kritischen Blick auf das Beweisstück.

»Höchst interessant«, murmelte er. »Höchst interessant. Ein äußerst wohlgeformtes Kranium, Superintendent. Zudem noch intakt. Darf ich fragen –?«

Meredith erklärte ihm in knappen Worten, wie er den Schädel im Schuppen hinterm Brook Cottage gefunden hatte und dass er seiner Meinung nach zu John Rother gehörte.

Professor Blenkings schüttelte den Kopf.

»O je, nein«, bestritt er nachdrücklich. »Ich glaube kaum, dass das Mr. Rothers Schädel ist. Sie hatten mir doch gesagt, er habe einen heftigen Schlag auf den Kopf erhalten. Dafür müssten Anzeichen zu sehen sein, nicht? Ganz selbstverständlich. Dieser Schädel hier ist dagegen vollkommen unversehrt. Sie müssen sich irren.«

»Das hatte ich schon geahnt«, sagte Meredith trocken. »Trotzdem kann ich mir diese Diskrepanz nicht erklären.«

»Nein. Nein. Ganz recht«, brummelte der Professor geistesabwesend, während er den Schädel hin und her drehte, um ihn besser begutachten zu können. »Da fällt mir ein«, fuhr er nach längerem Schweigen fort, »haben Sie zufällig eine Fotografie von Mr. Rother?«

Glücklicherweise hatte Meredith eine in der Brieftasche. Er reichte sie ihm kommentarlos, was ein erneutes langes Schweigen zur Folge hatte.

»Also wirklich«, rief der Professor aus. »Das ist ja eine ganz außerordentliche Sache! Ich will Sie ja nicht enttäuschen, Superintendent, aber ich muss Sie doch darauf hinweisen, dass dies nicht Mr. Rothers Schädel ist. Ganz eindeutig. Natürlich äußerst interessant, für Sie jedoch ärgerlich.«

»Aber er muss es sein!«, rief Meredith aus. »Alle unsere Indizien weisen darauf hin. Warum sind Sie so sicher?«

»Seien Sie doch so gut und sehen Sie sich das Foto an. Besonders Mr. Rothers Kinnlade. Sie ist kantig, aber nicht sonderlich ausgeprägt, ja? Und nun betrachten Sie die des

Schädels. Das hier nennen wir einen Unterbiss. Es ist eine ganz andere Form. Und wenn das ein neueres Foto Mr. Rothers ist, dann werden Sie sehen, dass er offenbar hervorragende Zähne hat. Die Zähne dieses Schädels dagegen sind sehr mittelmäßig. Sehr. Eigentlich schlecht. Die müsste sich mal ein Zahnarzt ansehen. Es tut mir leid, Ihre Erwartungen zu enttäuschen, Superintendent, aber die Tatsachen sind völlig unbestreitbar.«

»Aber glauben Sie, der Schädel gehört zu dem Skelett, das Sie angefertigt haben?«

»Nun, das lässt sich leicht feststellen. O je – ja.« Der Professor erhob sich und läutete. Wenige Sekunden später erschien seine ältliche, gestrenge Haushälterin. »Ah, Harriet – seien Sie doch so gut und holen Sie mir das hübsche kleine Skelett aus dem Schrank. Sie wissen ja, wo ich es aufbewahre.«

»Sehr gern, Sir«, sagte Harriet gleichmütig, als hätte sie ihr Leben weitgehend damit verbracht, Skelette aus Schränken herbeizuschaffen.

Wenige Minuten später kehrte die verdrießliche Dame zurück, ihren makabren, kopflosen Begleiter mit einer aus tiefer Verachtung für das Reißerische erwachsenen Gleichgültigkeit an die gestärkte Schürze drückend.

»Könnte mal wieder abgestaubt werden«, bemerkte sie patzig, während sie ihre gruselige Last auf einem Sessel ablegte. »Zwischen den Rippen sind ja schon Spinnweben, Sir.«

»Das wäre alles, Harriet«, sagte der Professor bestimmt und entließ sie mit einer gebieterischen Handbewegung. Kaum hatte sich die Tür geschlossen, stand er begierig von seinem Stuhl auf, nahm den Schädel und ging damit zu dem fläzenden Skelett. Dort setzte er ihn dem Gerippe geschickt auf die

Schultern, als wäre er ein Hut. Er passte perfekt auf die Stellen, wo die Knochen durchtrennt worden waren.

»Sehen Sie – jetzt besteht kein Zweifel mehr. Äußerst verstörend, würde ich sagen, Superintendent, aber ich muss jetzt doch darauf hinweisen, dass auch das Skelett nicht das von Mr. Rother ist! Natürlich unerklärlich – aber so ist es.«

»Also, das ist doch –«, begann Meredith.

»Durchaus. Durchaus. Ich verstehe Ihren Verdruss. Kann ich noch etwas für Sie tun?«

Kopfschüttelnd erhob sich Meredith. Er war derart perplex, dass er ganz vergaß, dem Professor für das Glas zu danken. Wo war er fehlgegangen? Wenn das nicht Rothers Skelett war, wem zum Henker gehörte es *dann*? Und warum war der Schädel in einen Kniehosenanzug gewickelt, der nahezu sicher Rother gehört hatte? Und wie war das Fleisch vom Knochen gelöst worden, sodass der Schädel so sauber und poliert war? In den acht Wochen konnte es ja nicht vollständig verrottet sein.

Im weiteren Verlauf des Vormittags, beim Mittagessen und fast den ganzen Nachmittag hindurch grübelte er über diesen Fragen. Er verglich die Tweedmütze mit dem Anzug, das Material war exakt dasselbe – was nach wie vor ein starker Beweis dafür war, dass die Kleidung auch wirklich John Rother gehörte. Er besprach die Sache mit dem Chief und untersuchte noch einmal jedes Beweisstück und jedes Dokument im Zusammenhang mit dem Fall. Er las Aussagen durch, stellte neue Theorien auf und verwarf sie nach genauerer Überlegung sofort wieder. Er fluchte und rauchte, rauchte und fluchte und ging in tiefer Verzweiflung nach Hause zum Abendessen. Würde der Fall jemals abgeschlossen sein? Sollte er zu dem einen hervorstechenden Fehlschlag in seiner Karriere werden? Die Sache im Lake District war ein Kinderspiel gewesen verglichen mit den Verzwicktheiten dieser vermaledeiten Ermittlung. Er hatte diesen verdammten Fall gründlich satt!

Dann, mitten in der Nacht, stieß er einen scharfen Ruf der Erleuchtung aus, tippte seiner Frau auf die Schulter und riss sie unter Mühen aus ihrem Tiefschlaf.

»Ich hab's, Schatz! Ich hab's! Ich weiß jetzt, was am 20. unterhalb des Cissbury passiert ist. Mein Gott – was war ich doch blind –«

»Was hast du?«, knurrte seine Frau grämlich.

»Die Antwort auf den Rother-Fall«, krähte Meredith triumphierend in Erwartung der Glückwünsche seiner Frau.

»Ach, das«, sagte sie unbeteiligt, drehte sich wieder um und schlief weiter.

Am Morgen aber, nach einem zeitigen Frühstück, hatte sie ihr Desinteresse abgelegt. Während sie Meredith die Mütze reichte und ihm die Uniform abbürstete, ließ sie sich von ihm umarmen und inbrünstig küssen.

»Wunderbar, wie?«, fragte ihr Mann.

»Das bist du«, murmelte Mrs. Meredith. »Und du hast nur darauf gewartet, dass ich es sage. Also dann, viel Glück, du dummer Junge, und dass du mir auch irgendwo gut zu Mittag isst, falls du nicht nach Hause kommen kannst.«

Doch an diesem denkwürdigen Tag vergaß Meredith ganz, zu Mittag und auch zu Abend zu essen – über der Arbeit, mit der er befasst war, vergaß er alles. Immerhin gönnte er sich einen schnellen Schluck an der Bar des Chancton Arms und gegen halb fünf eine Tasse Tee beim Pfarrer von Washington.

Nachdem er bei Aldous Barnet den Schlüssel geholt hatte, fuhr er nach Chalklands und nahm von dort ein großes, in Packpapier eingeschlagenes Bild mit. Anschließend wies er Hawkins an, den Tank des Polizeiwagens zu leeren, danach exakt neun Liter einzufüllen und ihn zuallererst von Chalklands nach Littlehampton zu fahren. Von Littlehampton ging es dann die Küste entlang über Goring nach Worthing und weiter durch Tarring nach Findon und zur Bindings Lane, wo Hawkins das verbliebene Benzin abließ, den Tank mit einem Ersatzkanister nachfüllte und auf Merediths Anweisung zur Direktion zurückkehrte. Dort maß der Superintendent, wie schon einmal zuvor, das aus dem Tank abgelassene Benzin und stellte mithilfe seiner Bartholomew-Karte einige rasche Berechnungen an. Danach kehrte er erschöpft, aber äußerst zufrieden zu einem späten Abendbrot in die Arundel Road zurück.

Kaum hatte er zu Ende gegessen, klingelte das Telefon. Der diensthabende Beamte teilte ihm mit, der Yard wolle dringend mit ihm sprechen. In höchster Anspannung brach Meredith erneut zur Direktion auf. Am anderen Ende der Leitung war Detective-Inspector Legge.

»Ah – da sind Sie ja. Tut mir leid, dass ich Sie so rausreiße, aber ich habe Nachrichten, die keinen Aufschub dulden. Ihr bärtiger Mann wurde heute Nachmittag in Dover festgenommen, als er sich davonmachen wollte. Verweigert die Aussage. Gibt seinen Namen mit Jack Renshaw an und als Adresse ein Londoner Hotel. Natürlich hat man ihn belehrt, und die Jungs in Dover bringen ihn auf Anweisung des Chefs noch heute Abend hierher. Die Frage ist nun – können Sie mit dem Zug kommen und ihn identifizieren?«

»Einen Moment«, sagte Meredith und zog den Fahrplan der Southern Railway heran. »Ja – das geht. Ich bin gegen 22.30 Uhr da. Würde wohl über Nacht bleiben und erst morgen zurückfahren.«

»Das regle ich. Meinen Sie, damit ist der Fall abgeschlossen?«

»Ich meine nicht«, lachte Meredith vor berechtigter Befriedigung. »Ich *weiß* es!«

Er fuhr noch schnell nach Hause, packte ein paar Sachen und erklärte seiner Frau, was geschehen war. Dann lief er zum Bahnhof, wo er eine Minute vor dem Zug ankam. Auf der Fahrt schlief er wie ein Stein. Kaum hatte der Zug jedoch in der Victoria Station angehalten, sprang er in alter Frische heraus, winkte ein Taxi heran und gebot dem Fahrer, ihn zu Scotland Yard zu bringen. Legge erwartete ihn schon im Vorraum.

»Pünktlich auf die Minute«, grinste er. »Keiner ist so effizient wie ihr Grafschaftsburschen. Sollen wir noch kurz raus auf ein Glas, oder wollen Sie diesen Mr. Renshaw gleich sehen? Wenn wir schnell machen, wäre noch Zeit.«

»Nein«, sagte Meredith entschieden. »Erst die Arbeit, dann das Vergnügen – das ist mein Motto. Sie vergessen, Legge, dass das für mich der Höhepunkt von zwei Monaten Ermittlung sein kann! Und dazu noch ein schlagzeilenträchtiger! Sie können sich denken, dass ich ziemlich angespannt bin. Wo ist der Kerl?«

»Ich lasse ihn herbringen«, erwiderte Legge. »Der Super hat mir sein Büro überlassen. Wir armen Teufel müssen uns ja ein Zimmer teilen. Eine Riesenschande, das. Haben Sie mal versucht, einen Bericht zu schreiben, wenn neben Ihnen zwei über Fußball streiten? Sehr hilfreich, kann ich Ihnen sagen. Also los – hier lang.«

Ein Constable wurde in Marsch gesetzt, um Mr. Jack Renshaw aus der Arrestzelle ins Büro von Superintendent Hancock zu geleiten.

»Zigarette?«, fragte Legge. »Die gehören dem Super, aber ich kann sie bestens empfehlen.«

Meredith nahm eine und bemerkte zu seiner Verblüffung, als er das brennende Streichholz daran hielt, dass seine Hand zitterte wie Blätter im Wind. So viel hing von den nächsten Minuten ab. Es klopfte. Meredith fuhr hoch.

»Herein«, rief Legge.

Zwei Constables traten ein, zwischen ihnen ein eher kleiner, gedrungener Mann mit dunklem Bart und einem Verband am linken Handgelenk. Er trug die Sachen, in denen Biggins, der Wirt des Loaded Wain, ihn gesehen hatte – dunkler Anzug, gestärkter Kragen, Bowler. Beim Eintreten in das hell erleuchtete Zimmer nahm Renshaw instinktiv den Hut ab, trat einen Schritt vor und blickte fragend von Meredith zu Legge.

»Sie wollten mich sprechen?«, fragte er mit kultivierter Stimme. »Sie haben nach mir geschickt?«

»Ich bin Polizeibeamter und mit dem Mord an Mr. William Rother befasst. Ich will Ihnen nur ein paar Fragen stellen. Setzen Sie sich doch bitte.«

Mit einem leichten Nicken des Danks ließ sich der Mann auf einen Stuhl nieder, während Legge die beiden Constables mit einer kleinen Handbewegung entließ. Meredith trat vor den Schreibtisch und lehnte sich dagegen; das Licht schien über seine Schultern hinweg in Renshaws Gesicht.

»Zigarette?«

»Danke.«

»Feuer?« Meredith hielt ihm die Flamme hin.

»Danke.«

Legge lief umher und blieb schließlich zwischen der Tür und Renshaw stehen.

»Also«, begann Meredith, »ich will nicht lange um den heißen Brei herumreden. Sie müssen meine Fragen nicht beantworten, aber ich muss Ihnen wohl nicht sagen, dass es nur zu Ihrem Vorteil ist, wenn Sie es tun. Ich habe hier einige Sachen, die ich gern von Ihnen identifiziert haben möchte. Möglicherweise haben Sie sie schon einmal gesehen. Falls Sie von selbst eine Erklärung abgeben möchten, können Sie dies tun, aber ich warne Sie, dass alles, was Sie sagen, schriftlich festgehalten wird und gegen Sie verwendet werden kann.« Meredith bückte sich, öffnete seinen Koffer und nahm die blutige Mütze heraus. »Haben Sie die schon einmal gesehen, Mr. Renshaw?« Der Mann schüttelte den Kopf. »Nicht? Nun gut. Und das?« Meredith breitete die drei Teile des Kniehosenanzugs langsam auf dem Schreibtisch des Superintendent aus. »Wissen Sie etwas darüber?«

»Nichts.«

»Sicher?«

»Ganz ... sicher«, sagte der Bärtige stockend und schob abwehrend das Kinn vor. »Es ist mir noch immer vollkommen schleierhaft, warum ich hier in dieser Weise festgehalten werde. Man hat mir gesagt, es habe mit dem Mord an William Rother zu tun. Ich bin ein ehrbarer Bürger, und ich verstehe nicht –«

»Soso«, fiel ihm Meredith ins Wort und lächelte leise.

Dann, nach einer Pause: »Schon mal vom Brook Cottage gehört?«, fragte er scharf. »Oder von Jeremy Reed? Na kommen Sie, Mr. Renshaw – was gibt's da zu zögern? Haben Sie davon schon einmal gehört? Na kommen Sie! Oder haben Sie Ihre Zunge verschluckt?«

»Nein ... na...türlich nicht«, stammelte Mr. Renshaw. »Ich meine«, ergänzte er mit einem matten Lächeln, »dass ich natürlich noch nie davon gehört habe.«

»Und das haben Sie wohl auch noch nie gesehen, wie?«, blaffte Meredith, holte den Schädel aus dem Koffer und hielt ihn hoch. »Na los! Antworten Sie! Schon mal gesehen?«

»Ich ... nein ...«, begann der Mann mit zittriger Stimme. »Ich ... nein ... vielleicht –«

»Sie haben ihn also doch gesehen? Nicht wahr, hm? Lügen nützt Ihnen nichts, Renshaw. Dazu wissen wir zu viel. Kommen Sie schon – raus mit der Sprache! Die Wahrheit.«

Mit einem Mal wich jeglicher Kampfeswille aus der gedrungenen Gestalt. Die Schultern sackten ein, die Augen mieden Merediths festen Blick und hefteten sich auf den Fußboden; seine zuvor noch rötlichen Wangen verloren jede Farbe. Er saß nur gebeugt da und fingerte an seinem Bowler, außerstande, ein einziges Wort zu sagen.

Doch dann: »Mein Gott!«, flüsterte er gebrochen, entsetzt über die Lage, in der er sich befand. »Wie haben Sie das herausgefunden? Ich habe mich so sicher gefühlt. Um Himmels willen, wie haben Sie das herausgefunden?«

Meredith lächelte schwach.

»Genügt es nicht, dass es so ist?«

»Und Sie wissen ... wer ich bin?«, fragte der Bärtige mit bebender Stimme.

Meredith wandte sich an den Inspector.

»Wissen Sie's, Legge?«

»Nun, er hat seinen Namen mit Jack Renshaw angegeben, aber ich glaube gern, dass das ein Deckname ist.«

Meredith nickte.

»Richtig. So ist es. Genauso, wie Jeremy Reed einer war.«

Legge trat näher und starrte Meredith verwirrt an.

»Aber, meine Güte, ich dachte, Jeremy Reed wurde von Ihnen identifiziert als ein und dieselbe Person wie –?«

»John Fosdyke Rother«, ergänzte Meredith. »Auch damit liegen Sie richtig, Legge. Sehen Sie …«

Meredith ließ den Satz bewusst unvollendet. Er blickte auf Renshaw. Der Mann nickte langsam.

»Sehen Sie«, erklärte er mit ersticktem Flüstern, »*ich bin John Fosdyke Rother*.«

Kapitel 18

REKONSTRUKTION DES VERBRECHENS

»Wissen Sie«, sagte Aldous Barnet, »Sie haben mir ja nur hier und da ein paar wenige Einblicke in den Fall gegeben, aber ganz ehrlich, Meredith, ich kann einfach nur staunen. Denn wenn ich die Handlung für eine Detektivgeschichte ausarbeite, gleich wie komplex, bin ich in der glücklichen Lage, über den Mord genauso viel zu wissen wie der Mörder selbst. Und sogar dann stolpere ich noch ganz leicht über kleinere Details und lasse den Detektiv einen Hinweis nutzen, den er noch gar nicht kennt. Sie dagegen müssen bei Null anfangen. Sie müssen sich jeden Schritt als richtig bestätigen lassen, jede Theorie auf den Prüfstand stellen, wenn möglich, jedes Indiz untermauern. Wie zum Teufel haben Sie das nur gemacht?«

Die beiden Männer lagen kurz nach der sensationellen Verhaftung John Rothers auf Liegestühlen unter der gewaltigen Kastanie, die über dem Rasen von Lychpole aufragte, neben sich kühle Getränke. Auf Barnets Einladung hin war Meredith an seinem ersten freien Nachmittag hingegangen, um dem Kriminalschriftsteller die Details seiner erfolgreichen Ermittlung offenzulegen.

»Er wird Ihr Vertrauen zu schätzen wissen«, hatte der Chief zu Meredith gesagt. »Ich kenne Barnet seit Jahren. Er brennt darauf, seine Zähne in den Fall zu schlagen. Diese Burschen haben einen unersättlichen Appetit auf ›Stoff‹, wie sie das nennen, und da er Ihnen doch ganz ordentlich geholfen hat, fände ich es nur fair, Meredith, wenn Sie ihn in ein paar Ihrer Berufsgeheimnisse einweihen würden.«

Und so war Meredith mit dem festen Vorsatz, die Rother-Fälle von A bis Z in allen Einzelheiten zu schildern, in Lychpole eingetroffen. Barnets ehrliche Bewunderung schmeichelte ihm sehr.

»Wie zum Teufel haben Sie das gemacht?«, fragte Barnet noch einmal.

Meredith lachte.

»Bei Ihnen klingt unsere Arbeit weit reißerischer und komplizierter, als sie es tatsächlich ist. Wenigstens siebzig Prozent davon ist reine Routine, bei der wir, falls nötig, den gesamten Polizeiapparat einsetzen können. Der persönliche Beitrag dabei dürfte wohl vor allem Geduld und gesunder Menschenverstand sein, unterstützt von einer geschulten Beobachtungsgabe. Zum Beispiel dieser Fall ...«

Barnet streckte die langen Beine aus, drückte seine hagere Gestalt tiefer in den Stuhl und zog unauffällig ein Notizbuch aus der Brusttasche.

»Genau das möchte ich. Ich möchte Ihren Gedankengang von Anfang bis Ende nachverfolgen können. Würden Sie denn die ganze Sache vor mir ausbreiten?«

»Wenn ich Sie damit nicht langweile«, lächelte Meredith.

»Mich langweilen! Mein Lieber – das Verbrechen ist mein einziges Hobby. Die Gelegenheit, eine reale Mordermittlung aus der Vogelperspektive zu verfolgen, von der Entdeckung des Verbrechens bis zur Verhaftung des Mörders, ist für mich ein Geschenk des Himmels. Sie reden, ich mache mir Notizen. Vielleicht könnte ich, wenn ich ein paar Namen und Details änderte, den Fall sogar zu einem Roman ausarbeiten. Sie haben ja selbst gesagt, er könnte eine verdammt gute Geschichte abgeben.«

»Na schön. Wo soll ich anfangen?«

»Am 20. Juli«, sagte Barnet ohne zu zögern. »Da nahm das Ganze doch seinen Anfang, nicht?«

»Also gut, 20. Juli – der Tag, an dem John Rother nach Harlech aufbrach. Aber bevor wir zu den tatsächlichen Ereignissen kommen, sollten wir vielleicht die Beziehung zwischen den drei Hauptfiguren des Dramas analysieren: John, William und Janet Rother. In einer Hinsicht hatten Sie unrecht, Mr. Barnet, als wir darüber sprachen. Sie meinten, dass John zwar schwer in Janet verliebt war, dies aber nicht auf Gegenseitigkeit beruhte. Ich persönlich glaube, dass sie John noch mehr liebte als er sie. Sie hatte William zwar geheiratet, trotzdem hatte sie ihn nie richtig gemocht. Sie hätten sich vielleicht ganz gut verstanden, wenn ihre wirtschaftliche Lage es nicht erforderlich gemacht hätte, dass sie alle zusammen in Chalklands wohnten. Hätten sie ihr eigenes Zuhause gehabt, dann hätte diese Tragödie wohl vermieden werden können. Leider waren sie jedoch gezwungen, ihre Ehe unter dem Dach von John zu führen, einem Mann, der seinen Bruder dominierte und nach allem, was man so hört, auf Frauen sehr anziehend wirkte.

Als John sich nach Harlech aufmachte oder wenigstens so tat, hatten sich die Verhältnisse in diesem unglückseligen Haushalt bereits zugespitzt. Der Plan, William loszuwerden, war gefasst, und zwar nicht erst Wochen davor, sondern schon seit nahezu anderthalb Jahren. Die Art und Weise seiner Durchführung war minutiös ausgearbeitet, und Janet und John sollten darin gleichwertige Rollen spielen.

Zunächst musste sich John unbedingt ein wasserdichtes Alibi verschaffen. Nach dem vermeintlichen Mord unterhalb des Cissbury musste er an einen Ort verschwinden können, wo er keinen Anlass zu Gerede bot. Daher der Trick mit Jeremy Reed und der Erwerb des Brook Cottage. Sie werden mir zustimmen, dass es ein genialer Einfall war, sich dieses Alibi nur wenige Kilometer von seiner Haustür entfernt zu konstruieren. Zum einen musste er sein Versteck so schnell wie möglich erreichen können, nachdem er den Mord am Cissbury inszeniert hatte, zum anderen hatte er nicht die Zeit, an den Wochenenden sehr weit zu fahren. Erstmals tauchte er in Bramber im Januar vergangenen Jahres auf, wo er sich schlauerweise als exzentrischer Einsiedler mit einem Hang zu Schmetterlingen gab. Für meinen Geschmack war seine Verkleidung stark übertrieben, aber die recht leichtgläubigen Dörfler schluckten sie offenbar. Das Eintreffen des Alten erregte zwar Aufsehen, aber als ich dann dort ermittelte, war das Interesse an ihm mehr oder weniger verflogen. Sie nahmen es hin, dass er eben ein komischer Kauz war, und beließen es dabei. Das war natürlich nur möglich, weil John so gerissen war, Jeremy Reed in Bramber einzuführen, lange bevor sein Plan zur Ausführung kam.

Aber kehren wir zum 20. Juli zurück. Als John an dem Abend Chalklands verließ, herrschte zwischen ihm und der Frau seines Bruders bestes Einvernehmen. Sie wusste ganz genau, dass er nicht nach Harlech fuhr. Sie wusste, dass es der Tag von Johns Verschwinden war. Komisch, aber ursprünglich war der Mord an William in ihrem Plan gar nicht vorgesehen. Das war Plan B, der nur zur Anwendung gelangen sollte, falls der erste schiefging.

Kurz gesagt sah ihr Plan wie folgt aus – John sollte alles so arrangieren, dass es aussah, als wäre er an jener einsamen Stelle an der Bindings Lane überfallen und erschlagen worden. Zudem sollte der Scheinmord so dargestellt werden, dass der Verdacht von ganz allein auf William fiel. Natürlich hofften sie, dass der Arm des Gesetzes Williams Tod ohne ihr Zutun bewerkstelligte. Und tatsächlich war ich zeitweise auch ziemlich überzeugt davon, dass William der Täter war. Alles deutete darauf hin. Der einzige Haken an der Sache war, dass ein Schäfer in der Nähe von Hound's Oak einen Mann mit einem Umhang und einem breitkrempigen Hut über die Downs laufen sah, ungefähr zu der Zeit, als der ›Mord‹ begangen wurde. Das musste geklärt werden. Wir konnten William erst festnehmen, wenn wir einen Hinweis auf die Identität dieses Fremden hatten. Trotzdem hatten wir uns praktisch schon entschieden, den Haftbefehl auszustellen, als wir erfuhren, dass William im Kreidesteinbruch tot aufgefunden worden war.

Bevor ich zu dem Mord komme, der auch wirklich einer war, führe ich noch kurz die Details dessen auf, was am 20. alles geschah. Wie in jedem Mordfall, ist auch hier der Zeitfaktor entscheidend. Ich rate Ihnen also, Mr. Barnet, sich die diversen Zeiten, die ich nenne, sorgfältig zu notieren, wenn Sie einen wirklich umfassenden Überblick über das Rätsel haben wollen. Um 18.15 Uhr verließ John Chalklands. Um 18.45 Uhr erreichte er Littlehampton. Um 18.50 Uhr ging er ins Postamt und schickte das folgende Telegramm nach

Chalklands: *Bitte sofort kommen, Ihre Tante bei Unfall schwer verletzt, liegt im Krankenhaus Littlehampton – Wakefield.* Mit mehr als löblichem Scharfsinn adressierte er das Telegramm an sich selbst, da er sehr gut wusste, dass William es, da er doch unterwegs nach Harlech war, für ihn öffnen würde.

Das Telegramm erreichte Chalklands um 19.15 Uhr. Um 19.25 Uhr fuhr William nach Littlehampton ab. Kurz nach 19.30 Uhr betankte er bei Clark in Findon seinen Morris. Clark sah, wie er dann Richtung Littlehampton abbog. Unterdessen war John Rother über Goring nach Worthing unterwegs. Später, nachdem ich zu der Vermutung gelangt war, dass er diese Route genommen hatte, konnte ich das durch die Aussage eines Bauern bestätigen, der John Rother auf der Küstenstraße in West Worthing am Steuer seines Wagens gesehen hatte.

Kurz nach 20.00 Uhr traf William in Littlehampton ein. Er fuhr, wie John vorausgesehen hatte, erst zum Krankenhaus, dann zu Dr. Wakefield und schließlich weiter zu seiner Tante. Kurz nach neun fuhr er zurück nach Chalklands. Das war der einzige Zeitrahmen, bei dem sich John nicht ganz sicher sein konnte, allerdings hatte er einen ziemlich großen Spielraum einkalkuliert. Soweit ich sehen kann, verließ John etwa um diese Zeit Worthing Richtung Findon und Bindings Lane und erreichte den Fuß des Cissbury irgendwann vor 21.30 Uhr. Wir wissen, dass der Postbeamte von Findon ihn kurz nach neun knapp außerhalb des Dorfs gesehen hatte. William erklärte in der Befragung, dass er ungefähr um diese Zeit wieder in Chalklands war, vielleicht auch eine Viertelstunde später. Doch egal, wann er aus Littlehampton abfuhr, es bestand keinerlei Möglichkeit, dass sich die beiden Wagen begegneten. Wie Sie wissen, kommt die Littlehamptoner Straße im Norden Findons herein, und John kam ja von Süden und fuhr vor der Abbiegung nach Littlehampton auf die Bindings Lane. Andererseits konnte William nicht bestreiten, dass er um die Zeit, zu der das Verbrechen stattfinden sollte, in der *Nähe* von Findon und mithin des vermeintlichen Tatorts gewesen war.«

Nach einem langen Schluck aus seinem Cider-Glas fuhr Meredith fort: »Nun dazu, was beim Cissbury *wirklich* geschah.«

»Ah!«, hauchte Barnet und zückte seinen Stift über dem offenen Notizbuch. »Genau!«

»Eigentlich war alles ganz simpel. John stellte seinen Wagen zwischen den Ginsterbüschen ab, schlug die Windschutzscheibe ein, zerbrach das Glas am Armaturenbrett und ließ die Zeiger bei 21.55 Uhr stehen. Er nahm an, dass wir so klug waren, die Uhr zu berücksichtigen, die ja ein wesentlicher Hinweis war, sollten wir William verdächtigen. Denn wenn der Mord am nächsten Morgen um sechs hätte stattfinden *können*, war es wenig sinnvoll, William am Abend davor durch Findon zu schicken. In Johns Plan war es also ein wesentlicher Punkt, dass uns die Uhr auffiel. Dabei hätte ich sie doch tatsächlich fast übersehen. Beinahe hätte er unsere Intelligenz überschätzt, was?«

Kichernd erzählte Meredith weiter: »Die Blutflecken sind schnell erklärt. John brachte sich eine tiefe Wunde am linken Unterarm bei und ließ das Blut auf die Polsterung, das Trittbrett und die Tweedmütze tropfen. Die Mütze legte er ein Stück weit vom Wagen entfernt hin, damit es so aussah, als wäre sie im Kampf heruntergefallen. Er verband seinen Arm, aber anscheinend heilte die Wunde nicht sehr gut, denn er trug den Verband auch noch in der Nacht des 10. August, als er William ermordete. Zwei Kronzeugen war der Verband aufgefallen.

Im Wagen hatte John eine Aktentasche mit einem langen schwarzen Umhang und einem breitkrempigen schwarzen Hut darin. Diese zog er an und lief bei Hound's Oak zu einer Stelle auf den Downs, wo er einen Koffer mit seiner Jeremy-Reed-Verkleidung versteckt hatte. Dummerweise hat ihn ein Schäfer namens Riddle gesehen, wie er sich durch den Wald davonmachte. Er rief ihm nach, doch John war nicht so dämlich, stehen zu bleiben und sich mit diesem höchst unwillkommenen Zeugen zu unterhalten. Auf den Hügeln legte er Umhang und Hut ab, bemerkte, dass Blut auf den Umhang geraten war, und beschloss, die Sachen unter einem Ginsterbusch zu verbergen. Später wurden sie von einem Kind aus Steyning entdeckt, dessen Vater dann die Polizei benachrichtigte. Sodann wechselte John von seinem Kniehosenanzug in den Jeremy-Reed-Aufzug und setzte die Sonnenbrille auf. Was eigentlich ziemlich dumm war, so mitten in der Nacht, aber er durfte nicht riskieren, erkannt zu werden, denn dann wäre sein ganzer Plan, William zu belasten, im Eimer gewesen. Schließlich gibt's ohne Ermordeten auch keinen Mord!

Den Kniehosenanzug legte John zusammen mit der Aktentasche, die er aus dem Hillman mitgenommen hatte, in den Koffer. Dann lief er die Hügel hinab nach Bramber, wo er kurz nach Mitternacht von dem Fuhrmann Wimble gesehen wurde. Während der folgenden drei Wochen hielt sich Rother im Brook Cottage versteckt, nachdem er sich vorher einen guten Vorrat an Lebensmitteln von Fortnum & Mason angelegt hatte. Um den Eindruck zu verstärken, das Haus sei unbewohnt, zog er die Jalousien herab, schloss sämtliche Fenster und stahl von einem Haus in der Nähe, das gerade zum Verkauf stand, ein Maklerschild. Mit dem im Garten fühlte er sich vor Störungen wohl ziemlich sicher. Außerdem wusste er, sollte sich wirklich jemand bei dem Makler nach der Immobilie erkundigen, dann würde der bestreiten, Brook Cottage im Angebot zu haben. So viel also zu den Ereignissen des 20. Juli.

Wir kommen nun zum Verwirrendsten an dem ganzen Fall – den Knochen. Rother gab sich nämlich nicht allein mit der Entdeckung des blutbefleckten Wagens zufrieden – er wollte den ›Mord‹ viel näher an Williams Haustür bringen. Entscheidend für seinen Plan war, dass es eine Untersuchung gab, in der dann auf Mord entschieden wurde. Es ist zwar durchaus möglich, dass eine solche Untersuchung stattfindet, ohne dass sterbliche Überreste gefunden wurden, aber üblich ist das keineswegs. Also machte sich John an die Arbeit und tat das einzig Mögliche ... er lieferte die Überreste selbst! An diesem Punkt war ich dann wirklich mit meinem Latein am Ende. Erst gut zwei Monate nach Beginn der Ermittlung kam mir allmählich der Verdacht, dass die Knochen gar nicht von John Rother stammten. Auch dank einer beiläufigen Bemerkung von Ihnen, Mr. Barnet, bei einem früheren Gespräch.«

»Von mir? Ich kann mich gar nicht erinnern, dass ich –«

»Ach, das werden Sie inzwischen vergessen haben«, unterbrach ihn Meredith. »Aber wie der Zufall es wollte, hatte ich diese kleine Bemerkung in meinem schriftlichen Bericht für jenen Tag festgehalten. Es war am Tag nach Williams Tod, wir sprachen ganz allgemein über die Familie Rother, und da erwähnten Sie, dass John Rother eine große Ähnlichkeit mit seinem Urgroßvater habe, Sir Percival Rother, dem letzten der Sippe, der in der Familiengruft begraben wurde. Sie erwähnten ein Porträt des alten Mannes, das im Wohnzimmer von Chalklands hing.

Mein Verdacht wurde geweckt, als wir den fehlenden Schädel in Rothers Kniehosenanzug eingewickelt beim Brook Cottage fanden. Professor Blenkings verwies darauf, dass dies unmöglich John Rothers Schädel sein könne, und erwähnte unter anderem, dass der Schädel einen Unterbiss habe. Am Tag darauf kam ich zu Ihnen, falls Sie sich erinnern, lieh mir den Schlüssel für Chalklands, fuhr hin und sah mir das Porträt an. Langer Rede kurzer Sinn, Sir Percival hatte tatsächlich einen Unterbiss, in der Statur glich er seinem Urenkel allerdings stark. Das genügte mir! Ich fuhr zum Pfarrhaus und erklärte die Sache dem Pfarrer, der mir gestattete, die Familiengruft der Rothers zu untersuchen. Es war so, wie ich erwartet hatte – Sir Percivals Knochen fehlten!«

»Großer Gott!«, rief Barnet aus und erschauerte. »Eine grässliche Vorstellung!«

»Ja – eigenartig, nicht, wie weit die Schwärmerei für eine Frau einen Mann treiben kann. Jedenfalls war damit dieser Teil des Rätsels gelöst. Dann erinnerte ich mich an Kate Abingworths Aussage über jenes seltsame Treffen von John und Janet auf dem Rasen in Chalklands eine Woche vor dem vermeintlichen Mord. Janet hatte einen Koffer dabei. Warum? Weil sie irgendwo die Nacht zusammen verbrachten? Mitnichten. Sie wollten zur Kirche, um das Skelett des armen alten Sir Percival zu holen.

Ich nehme an, John hat dann das Gerippe zerteilt, damit alles in den Koffer passte, und versteckte diesen, bis er die Zeit fand, sich mit einer chirurgischen Säge an die Arbeit zu machen. Die Knochen in kleinere Teile zu zersägen war ein Geniestreich Johns, einer von vielen. Uns sagte dies sogleich, dass der Versuch unternommen worden war, den Leichnam durch den Ofen zu schicken, damit er nicht entdeckt wurde. Große Skelettteile im Kalk hätten auf Achtlosigkeit hingedeutet. Johns Plan steckte voller solcher kleiner rationaler Einfälle. So hatte er zum Beispiel die Angewohnheit, vor einer langen Fahrt den Tank zu leeren, um den Verbrauch seines Hillman zu ermitteln. Als er dann zu seiner vorgeblichen Reise nach Harlech aufbrach, konnte er diese damit noch untermauern. Wobei es mir in dem Fall bei meinen Ermittlungen half, da ich von dem verbliebenen Benzin ableiten konnte, dass Rother vor Erreichen der Bindings Lane rund fünfzig Kilometer gefahren war. Als mir dann der Verdacht kam, dass er das Telegramm in Littlehampton aufgegeben hatte und dabei wohl über Worthing gefahren war, um eine Begegnung mit William zu vermeiden, konnte ich eine Testfahrt machen und dadurch die Route, die er am 20. genommen hatte, mehr oder weniger bestätigen.

Was die Knochen betraf, so erhärtete diese abscheuliche Voraussicht tatsächlich den Verdacht gegen William. Auch die Nutzung des Ofens war teuflisch schlau, da wir diesen selbstverständlich mit William in Verbindung brachten. Wie die Knochen tatsächlich in den Ofen geschmuggelt wurden – na, dafür war zweifelsohne Janet zuständig. Die Knochen dürften noch vor dem 20. zu kleinen Bündeln verpackt und in Janets Zimmer versteckt worden sein. Der Schädel, der wegen des Unterbisses versteckt gehalten werden musste, wurde wahrscheinlich ebenfalls vor dem 20. im Brook Cottage zurückgelassen oder gar zusammen mit dem Umhang und dem breitkrempigen Hut in der Aktentasche versteckt. Janet brauchte sich also nur jede Nacht hinauszuschleichen, ein paar Knochen in den Ofen zu legen und sie mit Kohle und Kreide zu bedecken, bis das ganze Skelett aus dem Weg war.

Ein wesentlicher Punkt war Johns Aufmerksamkeit allerdings nicht entgangen. Es ist sehr schwirig, ein Opfer zu identifizieren, wenn nur noch die Knochen übrig sind – und in diesem Fall waren es auch noch verkohlte. Was also macht Rother? Er lässt Janet die Messingscheibe, die er immer trug, und seinen Gürtel dazutun, der eine besonders gefertigte Schnalle hatte. Zu seinem Pech trug ihn seine Genialität aber nicht weit genug – er vergaß, dass der Mörder auch die Kleider seines Opfers loswerden wollte, weswegen wir vergeblich nach Knöpfen, Manschettenknöpfen und so weiter suchten. Nur deswegen durchsuchten wir auch das Brook Cottage nach dem Anzug und stießen dabei auf den Schädel! So viel zu den Knochen. Nun kommen wir zu dem tatsächlichen Mord. Und ich langweile Sie wirklich nicht, Sir?«

»Im Gegenteil«, versicherte Barnet, »Sie hypnotisieren mich. Ich überlege sogar schon, wo ein guter Schauplatz für den Fall sein könnte. In dieser Tragödie steckt eine erstklassige Geschichte, Meredith – vom Himmel geschickt, möchte ich fast sagen –, besonders der Plot!«

»Wie schon gesagt«, pflichtete Meredith ihm bei. »Nichts ist so kurios wie die Wirklichkeit. Ihre einzige Schwierigkeit dabei wird sein, Ihre Leser dazu zu bringen, sie Ihnen auch *abzunehmen*. Eigenartig – aber eine Tatsache.« Meredith streckte sich zufrieden, trank einen Schluck, zündete seine Pfeife wieder an und fuhr fort: »Kommen wir also zu William Rothers Tod. Sie wissen natürlich, wie er am 10. August auf der Sohle des Kreidesteinbruchs gefunden wurde. Sie waren ja bei der Untersuchung dabei. Es ist also sehr wahrscheinlich, dass ich Ihnen Dinge erzähle, die Sie schon kennen.

Über eine Sache rätsle ich noch immer – wie erfuhr John, dass William nicht verhaftet worden war? Solange er sich im Brook Cottage versteckt hielt, wurden keine Zeitungen dorthin geliefert. Von Janet Rother kamen keine Briefe, und zwar aus dem einfachen Grund, dass John seit dem 20. Juli ja angeblich tot war. Dennoch müssen die beiden irgendwie in Kontakt gestanden haben. Janet muss ihn über den Fortgang meiner Ermittlungen auf dem Laufenden gehalten haben. Meiner Ansicht nach konnte das nur geschehen, indem Janet tagsüber mit dem Bus nach Bramber fuhr und an einer verabredeten Stelle eine Nachricht hinterließ. Dann schlich sich John frühmorgens hinaus, um sich diese äußerst notwendige Information zu holen. Aber das ist nur eine Vermutung – fest steht jedenfalls, dass John einige Tage vor dem 10. August klar geworden ist, woher der Wind wehte.

Ich glaube allerdings keine Sekunde, dass der Plan, William aus dem Weg zu räumen, binnen weniger Tage ausgeheckt wurde. Dieser Plan, der umgesetzt werden sollte, wenn wir ihn nicht verhafteten, wurde vermutlich zur selben Zeit ausgearbeitet wie Plan Nummer eins. Gut möglich, dass das falsche Geständnis, das dem Toten in die Tasche gesteckt wurde, mindestens ein Jahr vor seinem Einsatz entworfen worden war.

Gemäß Plan Nummer zwei sollte Williams Tod als Selbstmord dargestellt werden. So wurden die Drähte oberhalb der Grube bewusst durchtrennt und die Zange so hingelegt, dass die Polizei sie finden musste. John rechnete damit, dass die Polizei, sollte der erste Plan wie vorgesehen ablaufen, William zwangsläufig auf ihre Liste der Verdächtigen setzte. Er wusste, dass sein Bruder ein äußerst empfindliches, nervöses Wesen hatte. Was wäre da natürlicher, als dass William aus Angst, was ihm nach einer Verhaftung widerfahren würde, der Gerechtigkeit vorgreifen und sich selbst das Leben nehmen würde? Man muss sich dabei bewusst sein, dass William einen sehr triftigen Grund hatte, John zu beseitigen. Das war uns schnell klar. Ebenso war uns sein Grund, Selbstmord begehen zu wollen, absolut einsichtig.

Leider beging John bei der Inszenierung dieser Tragödie den einen oder anderen kleinen Fehler. Er war übervorsichtig. Als er das falsche Geständnis tippte, achtete er darauf, keine Fingerabdrücke zu hinterlassen. Offensichtlich trug er dabei Handschuhe. So auch Janet, als sie das Geständnis William in die Tasche steckte – mit dem Ergebnis, dass wir auf den seltsamen und verdächtigen Umstand stießen, dass Papier und Umschlag überhaupt keine Fingerabdrücke aufwiesen! Des Weiteren zeigte die Wunde an Williams Schläfe nach oben, als er auf der Sohle lag, obwohl die medizinischen Befunde eindeutig anzeigten, dass er sich unmöglich noch selbst hätte umdrehen können. Und wenn Sie sich erinnern, hat mir genau das gesagt, dass William die Wunde *vor dem Sturz* erlitten hatte. Von den übrigen Indizien haben Sie bei der Untersuchung gehört.

Nun zum eigentlichen Ablauf des Mordes. Natürlich beruhen sämtliche Beweise, die ich gegen Rother habe, auf Indizien. Die Geschworenen müssen entscheiden, ob er seinen Bruder tatsächlich auf die Weise umbrachte, die ich jetzt beschreiben werde.

In jedem Fall wissen wir, dass sich John Rother in der Nacht des 10. August mit dem Fahrrad vom Brook Cottage aufmachte. Biggins, der Wirt des Loaded Wain, hat gesehen, wie er es bestieg. Wieder hatte er sich eine neue Verkleidung zugelegt. Er hatte die drei Wochen im Versteck genutzt, um sich einen Bart wachsen zu lassen, und er trug nun einen ordentlichen schwarzen Anzug und einen Bowler. Vermutlich hatte er diese Verkleidung eigens für seine Flucht nach London unmittelbar nach dem Mord gewählt. Eine solche Kluft würde in der Hauptstadt niemandem auffallen. In jener Nacht wurde er noch einmal gesehen, als er von der Hauptstraße auf den Feldweg einbog, der an den Öfen vorbei nach Chalklands führt. Vermutlich versteckte er das Fahrrad irgendwo in den Büschen und ging zu Fuß weiter bis zu der Stelle, wo er sich mit William verabredet hatte.

Zufällig weiß ich jetzt, wie der Zettel, mit dem das schicksalhafte Treffen arrangiert wurde, formuliert war, und zwar aus dem einfachen Grund, dass wir ihn in der Brieftasche fanden, die wir John Rother abnahmen, als er bei seiner Verhaftung durchsucht wurde. Unvorsichtig, werden Sie zugeben – aber auch ganz verständlich. Ein Verbrecher wiegt sich leicht in falscher Sicherheit, wenn er nicht unmittelbar nach dem Verbrechen verhaftet oder verdächtigt wird. Ich habe den Zettel sogar bei mir – vielleicht möchten Sie ihn sehen? Ein echtes Exponat für ein Kriminalmuseum, wie? Höre ich ein Angebot, Mr. Barnet?«

Barnet streckte lächelnd die Hand nach dem Zettel aus. Die Adresse, die er sah, war getippt.

»Konnten Sie den Poststempel entziffern?«, fragte er Meredith wie ein Kriminalexperte den anderen.

»Ja – London. Ein paar Tage vor Williams Tod fuhr Janet, wie ich von Kate Abingworth weiß, dorthin. Das nennen wir ein bedeutsames Faktum!«

Barnet kicherte.

»Ihnen entgeht wirklich nicht viel, hm? Gott sei Dank habe ich mich noch nicht entschlossen, einen Mord zu begehen.« Sorgsam zog er das getippte Blatt aus dem knittrigen Umschlag.

Wenn Sie wissen wollen, wer Ihren Bruder ermordet hat, [las er] *dann kann ich Ihnen genaue Informationen liefern, die zu einer Verhaftung führen werden. Sagen Sie der Polizei nichts von diesem Brief. Wir treffen uns auf High Meadow am 10. August nachts um 2.00 Uhr, vorausgesetzt, Sie kommen allein und erwähnen mich bei der Aufklärung dieses Verbrechens nicht.*

»Und dazu noch sehr schlau formuliert«, lautete Barnets Kommentar, als er den Brief dem Superintendent zurückgab. »An Williams Stelle wäre ich mit ziemlicher Sicherheit zu dem Treffen gekommen.«

»Eben.« Meredith schwieg eine Weile, dann fragte er leise: »Ist Ihnen an dem Schreiben etwas Besonderes aufgefallen? Oder vielmehr etwas Charakteristisches?«

»Charakteristisches? Ich kann nicht ganz folgen.«

»Erinnern Sie sich an den Abend, als Sie mich in der Arundel Road mit Williams Brief aufsuchten?« Barnet nickte. »Da haben wir doch über die Maschinenschrift gesprochen. Ich habe Ihnen erklärt, wie es möglich ist, die Schrift einer bestimmten Maschine zuzuordnen, und wie man in den meisten Fällen feststellen kann, wenn etwas von denselben Händen getippt wurde.«

»Daran erinnere ich mich genau. Dieses Wissen hat es Ihnen auch ermöglicht, das Geständnis als Fälschung zu identifizieren.«

»Ja, und seither hat es mir sogar noch mehr verraten. Etwas so Entscheidendes, dass Rothers Leben davon abhängen könnte. Dieses Schreiben, Mr. Barnet – das wurde auf der Remington geschrieben, der Reiseschreibmaschine von Chalklands, und die Art, wie die Tasten angeschlagen wurden, ähnelt sehr stark derjenigen bei dem Geständnis. Seltsam, aber ich konnte nie einer Probe von Johns Tippweise habhaft werden – aber ich glaube jetzt, dass er nicht nur diese Notiz, sondern auch das Geständnis getippt hat. Wir versuchen gerade, ein Geschäftsschreiben von John Rother an einen seiner Kunden aufzuspüren, und wenn dieser Brief dieselben Charakteristika aufweist wie das Schreiben und das Geständnis ... tja, dann haben wir ihn wohl am Schlafittchen! Ich ahne, dass John so vorsichtig war, alles von ihm Getippte zu vernichten, bevor er vorgeblich nach Harlech aufbrach. Dumm nur, dass er bei dieser Notiz so unvorsichtig war, wie?«

»Und wie genau wurde William nun ermordet?«

»Reine Vermutung«, räumte Meredith ein. »Ich nehme an, dass John einen Feuerstein benutzt hat. Darauf deutet die Art der Wunde hin. Danach zerrte er die Leiche an den Rand der Grube und schleuderte sie weit hinaus, damit sie auch wirklich bis nach unten fiel.«

Nun folgte ein langes Schweigen, das lediglich vom trägen Summen fleißiger Bienen und dem verschlafenen Gezwitscher der Spatzen in den kühlen Kastanienzweigen durchsetzt war. Dann beugte sich Barnet plötzlich vor und fragte:
»Wird er hängen?«
»Vielleicht«, sagte Meredith und zuckte verhalten die Achseln. »Dieser Teil des Falles liegt nicht in meiner Hand: Ich kann lediglich die Beweise im bestmöglichen Licht darlegen, den Rest muss ich den Anwälten und den Geschworenen überlassen. Zeugen sind eine unzuverlässige Spezies. Die sind wie manche Cricket-Teams – nur gut auf dem Papier! Ich habe vor Gericht schon so manches Mal erlebt, wie der Lieblingszeuge der Anklage sich als stärkster Zeuge der Verteidigung entpuppt hat und umgekehrt. Das kann auch hier passieren.«
»Und Janet Rother?«
»Ich habe so meine Zweifel, ob wir sie je zu fassen kriegen. Wir stehen in Kontakt mit der Polizei auf dem Kontinent, aber die können natürlich nichts machen. Zu viel Vorsprung, denke ich mal. Nein, wie mein Sohn Tony sagen würde, sie ist uns ›durch die Lappen gegangen‹. Mit anderen Worten, sie ist weg.«
»Bedauern Sie das?«
Meredith rieb sich mit dem Pfeifenstiel das Kinn.
»Tja, da fragen Sie mich was, Sir. Laut Vorschrift sollte ein Ermittler ungefähr so viele Gefühle wie ein Bettpfosten haben. Aber meiner Erfahrung nach macht die reine Dienstmaschine noch keinen richtig guten Ermittler. Sehen Sie, Mr. Barnet, das Verbrechen ist mit menschlicher Schwäche, menschlicher Gier, menschlichem Elend verknüpft – bei

einer Ermittlung stößt man an jeder Ecke auf das menschliche Element. Als ›Diener des Gesetzes‹, wie es in den Zeitungen heißt, sollte ich Mrs. Rothers Flucht als Fehlschlag ansehen. Aber manchmal steht das Gesetz mit dem Menschen im Konflikt, und wenn Sie mich in dieser zweiten Eigenschaft fragen ... tja, dann hatte sie Glück! Wir alle sind im Leben manchmal schlecht beraten, und ich denke, sie war schlechter beraten als die meisten – weiter nichts!«

Kapitel 19

DIE ERÖFFNUNG EINES PROBLEMS

Aldous Barnet griff zum Füllfederhalter und schrieb: *Jener Teil der Sussex Downs, in dem unsere Geschichte spielt, wird vom Chanctonbury Ring beherrscht. Diese ovale Haube aus mächtigen Buchen sieht man an schönen Tagen von nahezu jedem Punkt der kleinen Gemeinde Washington aus. Wie viele Dörfer hatte es ...*

ENDE

Martin Edwards

NACHWORT

Mord in den Sussex Downs ist ein glänzender und höchst vergnüglicher Kriminalroman. Seit seiner Erstveröffentlichung im Jahr 1936 schmachtete er unverdient in Vergessenheit, und es war nahezu unmöglich, ein erschwingliches Exemplar aufzutreiben, obwohl John Bude über zwanzig Jahre lang eine erfolgreiche Karriere als Kriminalschriftsteller erlebt hat. Womöglich hat Bude heutzutage mehr Leser als damals in der »Blütezeit des Mordes« zwischen den Weltkriegen, und seine neuen Fans werden *Mord in Sussex,* den Roman eines noch jungen Schriftstellers, der das Handwerk der unterhaltsamen Irreführung gleichwohl bereits souverän beherrscht, bestimmt genießen.

Das vorliegende Buch stellt für mich wegen der Bandbreite und Qualität der Zutaten einen auffallenden Fortschritt gegenüber Budes frühen Arbeiten dar. Als Erstes der Schauplatz. Während seines gesamten Schaffens war eine seiner Stärken immer die sorgfältige Beschreibung der Szenerie. Chalklands, das Bauernhaus der Rothers, und die es umgebende Landschaft sind überzeugend gezeichnet, und ganz in der Tradition jener Blütezeit wird uns auch noch eine Karte mitgeliefert, die uns hilft, dem Gang der Ereignisse zu folgen, nachdem John Rother unter Umständen vermisst wird, die anfangs (aber trügerisch) an das Verschwinden Agatha Christies erinnern.

Als Zweites die Handlung. Budes wachsendes Selbstvertrauen als Romanautor zeigt sich an der spannenden Abfolge von Windungen und Wendungen, wobei er geschickt den Verdacht von einer Figur auf die andere lenkt, und das trotz der relativ kleinen Besetzungsliste. Er ist so clever, schon sehr früh in der Geschichte einen bedeutsamen Hinweis einzubauen, ja eigentlich ist sogar schon der Buchtitel von Bedeutung. Wie viele andere Autoren der Blütezeit entnahm Bude manche Handlungselemente dem wirklichen Leben. Die Nachricht, die William Rother ins Krankenhaus von Littlehampton lockt, erinnert an den entscheidenden Schwindel in dem legendären Fall Wallace in Liverpool, fünf Jahre vor Erscheinen des Buchs. Namhafte Krimiautoren, von Dorothy L. Sayers und Margery Allingham bis hin zu Raymond Chandler und P. D. James, waren fasziniert von diesem Mysterium, und mehrere gute Bücher sind daraus entstanden. Ein Zeichen von Budes Geschick ist es, dass diese mysteriöse Nachricht nur eine aus einer ganzen Reihe von Komplikationen ist, mit denen Superintendent Meredith es zu tun hat. Hier wie in seinem vorangegangenen Buch erweist sich Bude als Schüler Freeman Wills Crofts', des berühmtesten der akribischen Krimiautoren der Blütezeit, dessen aufwendig konstruierte Rätsel den Grips zahlloser Leser auf die Probe stellten.

Als Drittes der Ermittler. Meredith wurde in *The Lake District Murder* eingeführt, wo er sich als eine derart reizvolle Figur erwies, dass Bude ihn nicht nur für diese Geschichte von Cumberland nach Sussex versetzte, sondern ihn auch noch in den meisten seiner folgenden Romane ermitteln ließ. Meredith ist sowohl in seinem Fleiß als auch in seiner Wertschätzung einer guten Mahlzeit Crofts' Inspector French nachgebildet, allerdings hat er mehr Humor. Und zudem einen vorwitzigen Sohn, der einen wesentlichen Beitrag zu seiner Ermittlungsarbeit leistet. Meredith ist kein disziplinloser Einzelgänger, noch hat er, was (nach heutigen Maßstäben) etwas altmodisch wirkt, ein Alkoholproblem oder ein kompliziertes Gefühlsleben. Vielmehr ist er glaubhaft – manche seiner ersten Vermutungen erweisen sich als falsch, dennoch kämpft er weiter – und mit echter Zuneigung gezeichnet.

Als Viertes der Schreibstil. John Budes Werk ist vollkommen unprätentiös. Ihm fehlten Sayers' oder Allinghams hochliterarische Ambitionen, doch seine Charakterzeichnungen sind sauber, seine humorigen Einsprengsel geschickt platziert – ein Zeuge, der behauptet, über das »zweite Gesicht« zu verfügen, veranschaulicht beide Eigenschaften, und auch das kurze letzte Kapitel ist ein hübscher Einfall. Auch Budes Menschlichkeit – wovon Merediths Überlegungen am Ende der Geschichte zeugen – trägt dazu bei, dieses Buch von der »faden« Kategorie abzuheben, in der zahlreiche Krimis der Blütezeit landen, häufig ohne viel kritische Überlegung.

Mord in Sussex mag Bude nicht reich gemacht haben, dennoch bestätigte das Buch die Erwartungen, zu denen seine ersten Romane Anlass gaben. Budes richtiger Name war Ernest Elmore und gründliche Recherche sein Markenzeichen. Zuweilen nutzte er persönliche Erlebnisse als Basis für den Handlungsrahmen; seine Zeit als Sportlehrer an einer Schule lieferte ihm den Hintergrund zu dem geistreich betitelten *Loss of a Head*, Urlaubsreisen inspirierten ihn zu *Death on the*

Riviera und *Telegram from Le Touquet*. Wie Crofts (und anders als die meisten heutigen Kriminalschriftsteller) benutzte er in Romanen wie *Trouble-a-Brewing*, *Death on Paper* und *When the Case was Opened* effektvoll die Industrie als Kulisse.

Der stille, gesellige Familienmensch mit Sohn und Tochter leitete im Zweiten Weltkrieg die örtliche Bürgerwehr, da er für den Dienst an der Waffe untauglich geschrieben worden war. Er spielte Golf und malte gern, machte aber nie den Führerschein (wobei sich seine Tochter Jennifer erinnert, dass ihn dies nicht davon abhielt, seiner Frau zu sagen, wann sie schalten sollte). 1953 war er Mitbegründer der *Crime Writer's Association* und später auch einer der Organisatoren der *Crime Book Exhibition*, einer der ersten Initiativen, mit der dieser Verband an die Öffentlichkeit trat. Er lebte in der Nähe von Rye und war von 1953 bis Mai 1957 ein beliebtes und engagiertes Vorstandsmitglied der CWA. Im November jenes Jahres musste er kurz nach Abgabe seines, wie sich zeigen sollte, letzten Romanmanuskripts wegen einer Operation ins Krankenhaus. Zwei Tage später starb er; er wurde nur sechsundfünfzig Jahre alt. Man kann annehmen, dass sein Werk, hätte er noch fünfzehn, zwanzig Jahre länger gelebt, eine Bedeutung erlangt hätte, die seinen Namen im Gedächtnis der Krimileser bewahrt hätte. Doch es sollte nicht sein. So war John Budes Leistung bis zu dem Zeitpunkt, da die *British Library* sich zu einer Neuauflage seiner frühen Romane entschloss, nur einer kleinen Zahl von Kennern bekannt. *Mord in Sussex* sollte dazu beitragen, ihm seinen Ruf als einer der Großen unter den britischen Meistern der traditionellen Kriminalliteratur zu sichern.